W0315234

Für Martina

Juni 2018 bis Dezember 2018

Berlin, Dezember 2018

In Berlin

Ich saß im Wohnzimmer unseres Hauses und las ein Buch über das Land Peru in Südamerika. Nebenbei lief das Fernsehgerät. Den Ton hatte ich auf leise gestellt, um die aktuellen Nachrichten nicht zu verpassen. „Warum müssen sich Menschen so streiten“, dachte ich. Es war ein Streit zwischen einer Frau und einem Mann, der immer lauter und lauter wurde. Erst als ich die Hilferufe der Frau hörte, sah ich von meinem Buch auf. Auf dem Bildschirm war eine schöne, schwarzhaarige junge Frau zu sehen, die von einem ebenfalls dunkelhaarigen Mann mit einem Messer bedroht wurde. „Du wirst es nicht tun! Ich entscheide wann und wohin du gehst. Du hast unsere Familienehre beschmutzt“, schrie der Mann. Wahrscheinlich hatte sich die Frau nicht an die Gesetze seiner Religion gehalten. Ich sah noch wie er den Arm hob. Aus dem Schrei wurden ein Flehen und danach Stille.

Mit der Fernbedienung schaltete ich das Fernsehgerät aus. Irgendwie machte mich der Inhalt des Filmes wütend. Ich nahm mein Buch und wollte in diesem weiterlesen. Es war ein Buch über die noch ungeklärten Geheimnisse von Südamerika, speziell über Peru. Aber ich konnte mich nicht mehr auf den Inhalt des Buches konzentrieren. Immer wieder musste ich an die junge Frau aus dem Film denken. Was hatte sie so Schreckliches getan. Schon als Kind konnte ich mich mit der Religion nicht anfreunden. Auf meine Fragen, wo denn Gott sei und warum er so viele Krankheiten, Seuchen, schreckliche Kriege, Morde und Missbrauch von unschuldigen Kindern zulasse, bekam ich immer nur die gleichen Antworten: „Du musst an Gott glauben." Ich wollte aber als Kind nicht an etwas glauben, was so viel Leid zuließ. Wenn er aber das Universum, das Paradies und Adam und Eva erschaffen konnte, warum half er nicht den vielen Menschen, die schon Jahrtausende unter dem Glauben gleich welcher Art litten und die nur ihr freies Leben gestalten wollten? Mit 16 Jahren las ich ein Buch über Albert Einstein. In seinem „Gottesbrief“ schrieb er 1954: „Das Wort Gott ist für mich nichts als Ausdruck und Produkt menschlicher Schwächen, die Bibel eine Sammlung ehrwürdiger, aber doch reichlich primitiver Legenden. Keine noch so feinsinnige Auslegung kann etwas daran ändern.“ Diese Aussage eines der größten Wissenschaftler der Menschheit prägten mein weiteres Leben.

Als ich 18 Jahre war, trat ich aus der Kirche aus. Ich fühlte ich mich frei. Frei von unsinnigen Regeln und Gesetzen und nur meiner Moral verpflichtet. Einer Moral, die ich von meinen Großeltern und Eltern gelehrt bekommen und die über Jahrzehnte meiner Familie hohes Ansehen eingebracht hatte. Als ich Jahre später mit dem muslimischen Glauben und den Gesetzen der Scharia in Berührung kam, glaubte ich in der Steinzeit der Menschen angekommen zu sein. Wie kann ein moderner Mensch, der alle Möglichkeiten hat, sich das Wissen der Menschheit anzueignen, sich diesem Glauben und diesen Gesetzen unterordnen?

Ich begann in der Geschichte der alten Ägypter, der Pharaonen, nach Glaubensbekenntnissen zu suchen. Die Übersetzungen der ägyptischen Hieroglyphen beschrieben, dass die Ägypter vor tausenden von Jahren an Götter glaubten. Ra, den Sonnengott, den Wettergott, den Gott der Fruchtbarkeit und viele andere Götter riefen die Ägypter an, um eine gute Ernte und damit den Fortbestand ihres Volkes zu erhalten. In ihren Geschichten erzählen sie, dass die Götter vom Himmel kamen und sich mit einigen Menschen vereinigten. Aber nicht immer waren diese Götter gegenüber den Menschen friedlich.

Auch Gott vernichtete mit der Sintflut seine Schöpfung. Die alten Schriften erzählen von einer völligen Vernichtung des Lebens um 2501 v. Chr. Nur Noah soll mit seiner Familie und ausgesuchten Tieren überlebt und den Grundstein für ein neues Leben auf der Erde gelegt haben. Später soll der erzürnte Gott noch einmal unwertes Leben in Sodom und Gomorra durch Feuer und Steinschlag ausgelöscht bzw. vernichtet haben. Warum fragte ich mich seit Jahren, warum vernichtete er seine eigene Schöpfung? Nie bekam ich eine Antwort.

Ich legte das Buch zur Seite, schloss die Augen und lehnte mich in meinem Sessel zurück. Ich erinnerte mich an unsere Reisen. Wir, Xenia und ich, waren fast um die ganze Welt gereist. Vor meinem Auge zogen die saftigen grünen Landschaften und Berge von Neuseeland vorbei, der rot leuchtende Uluru, der heilige Berg der Aborigines im Untergang der Abendsonne, die traumhafte Unterwasserwelt des Great Barrier Reefs, der geheimnisvolle Fuji Yama, das zauberhafte Taj Mahal, die Eiserne Säule von Delhi, die aus reinsten Eisen besteht, die Pyramiden inklusive der Sphinx von Gizeh sowie die Mond– und Sonnenpyramide in Teotihuacán in Mexiko. Die rätselhafte Stadt Machu Picchu in Peru sowie die Hochebene von Nasca mit den Nasca Linien aber hatten wir noch nicht gesehen.

In meinen Gedanken versunken spürte ich, wie sich mir jemand näherte. Es war Xenia, meine Frau. Sie beugte sich über mich und gab mir einen Kuss. „Du kommst genau richtig“, sagte ich. „Ich möchte mit Dir nach Peru fliegen und endlich unseren Traumurlaub in Südamerika machen“. „Wo ist das Problem“ fragte sie mich? Ich sagte:“ Du bist das Problem. Seit Jahren will ich nach Peru, du aber willst immer nur in die Alpen um zu Wandern. Berg hoch, Berg runter und ab und zu mal ein Bier oder eine Brotzeit, das reicht mir langsam. Früher...früher“ fiel mir Xenia ins Wort, „früher wollten wir auch noch die Geheimnisse der Welt suchen. Aber heute...?“ „Reicht es dir, wenn ich dir die Geheimnisse von Peru zeige?“ fragte ich. Ich wusste, dass Xenia genauso wie ich an Abenteuerreisen interessiert war. Man musste nur ihr Interesse wecken und schon begann sie mit großer Freude Reisekataloge und das Internet nach einer passenden Reise zu durchsuchen. Sie hatte die große Begabung stundenlang zu recherchieren, um eine akribische Reiseplanung zu erstellen. So hatten wir ohne Reiseleitung Australien, Neuseeland, Japan, China, Indien und andere Länder bereist. Insgesamt waren es 65 Länder, die wir bereisten oder in denen wir waren. Auch bei der Neuseelandreise hatte Xenia fast alles berücksichtigt. Die diversen Flugbuchungen, die Leihautos, die Hotel- oder Motel-Buchungen usw. Nur einmal lag sie daneben. Das Hotel, was sie in einer besonders schönen Umgebung in Neuseeland gebucht hatte, war kurz vor unserer Ankunft abgebrannt. Pech! Aber sonst konnte ich mich auf meine „Reiseleiterin", wie ich sie ab und zu nannte, immer verlassen.

„Was für Geheimnisse" fragte sie? „Na Geheimnisse eben. Zum Beispiel die rätselhafte Stadt Machu Picchu oder die Hochebene von Nasca. Vielleicht können wir auch mit einem kleinen Sportflugzeug die Nasca Linien sehen oder wandern auf den Spuren der Inkas durch das peruanische Amazonas- Gebiet zum

Sonnentempel“. Xenia sah mich neugierig an und fragte: “Was für Linien und was für ‘n Sonnentempel?“ Ich wusste, ich hatte ihr Interesse geweckt und sagte: “Lass uns heute mal eine kleine virtuelle Reise durch Peru machen. Ich habe in einer Mediathek ein interessantes Reisevideo gefunden“. Das schauen wir uns heute Abend ganz gemütlich bei einer Flasche Rotwein an. Was meinst du?“ „Na gut, machen wir“. Xenia umarmte mich. Damit war die Reise so gut wie gebucht.

Ein Erlebnis in 3D

Nach dem Abendessen machten wir es uns in unserem Musikzimmer gemütlich. Ich hatte eine gute Flasche Rotwein aus dem Keller geholt und Xenia sorgte für die bei so einem Fernsehabend unbedingt notwendigen Kartoffel- Chips. Da das Reisevideo im 3D-Format war, setzten wir unsere 3D-Brillen auf. Während ich in der Mediathek das Video suchte und fand, goss Xenia uns den Rotwein ins Glas. Wir stießen mit unseren Gläsern an und sagten: “Auf unsere Reise!“ Unter dem großen OLED- TV war ein Soundsystem befestigt, aus dem Flugzeuggeräusche kamen. Plötzlich erschien auf dem Bildschirm ein kleines Flugzeug, was eine Buchstabenzeile hinter sich herzog. „Abenteuer in Peru“ konnte man lesen. Das Flugzeug machte noch ein paar Loopings und flog dann auf uns zu. Instinktiv hoben wir die Hände, um es abzuwehren, aber es flog glücklicherweise an uns vorbei. Wir sahen uns an und lachten. 3D macht doch Spaß. Als der Bildschirm wieder aufblendete sahen wir aus großer Höhe auf Peru. Unter uns zogen die Berge und Täler des südamerikanischen Landes vorbei. Wir konnten die Berge der Anden und den Dschungel vom Amazonas sehen. Irgendwo da unten lebten vor hunderten von Jahren die Inkas. Ihre Hochkultur gab noch heute den Forschern Rätsel auf. Wir überflogen den Titicacasee- See, die Nasca- Hochebene mit den berühmten Nasca- Linien und die geheimnisvolle Felsenstadt Machu Picchu, die uns besonders anzog und landeten in Lima, der Hauptstadt Perus. Als ich zu Xenia blickte, bemerkte ich, wie fasziniert sie von den soeben gesehenen Landschaften war. In einer Übersicht sahen wir, wohin die Reise uns im Video führen sollte. Da ich mich schon längere Zeit mit dem Land Peru beschäftigt hatte, kamen mir einige Reiseziele bekannt vor. Wir ließen uns in eine noch unbekannte Welt entführen. Zwischendurch hörte ich Xenia sagen:"...das ist ja unglaublich, das müssen wir uns ansehen...". Nach einer Stunde hatten wir auf dem Bildschirm die Schönheiten von Peru gesehen. Xenia nahm die 3D- Brille ab, sah mich mit gerötetem Kopf an und sagte: “Lass uns nach Peru fliegen“. Ich stand auf und gab ihr einen Kuss. „Meinst Du es ernst“ fragte ich?“ „Ja“, sagte sie, „es scheint ein wunderschönes und interessantes Land zu sein. Es ist eine ganz andere Kultur, als wir bisher kennengelernt haben. Ich freue mich, tief in die Wälder des Amazonas einzudringen, die Pyramiden der Inkas und die noch ungelösten Geheimnisse der Ureinwohner zu sehen. Lass uns morgen eine Reise so ähnlich wie im Video planen. Zuerst in das Gebiet des Amazonas, dann zum Titicacasee- See und natürlich zum Machu Picchu“. „Ich möchte aber unbedingt über die Nasca- Linien mit dir fliegen“, sagte ich. „Es muss ein großartiges Gefühl sein, wenn wir über die Hochebene fliegen und die berühmten Linien und Zeichnungen sehen, die Jahrtausende alt sind und deren Bedeutung man heute immer noch nicht richtig erklären kann. Man kann den Flug von Nasca oder aber auch von Ica vornehmen“. Xenia sah mich an.

Ein Lächeln lag auf ihrem Gesicht und ich wusste, dass sie sich auf diese Reise freute. Wie anstrengend und abenteuerlich die Reise werden sollte, ahnten wir beide noch nicht. Lange noch lagen wir im Bett wach und sprachen über die soeben im Video gesehenen faszinierenden Bilder. Ich nahm Xenias Hand und sagte:“ lass uns schlafen und morgen weiter reden…“. Wir drehten uns auf unsere Schlafseite und träumten von den Inkas und Peru. Jeder auf seine eigene Art.

Die Entscheidung

Als ich aufstand war Xenia schon in der Küche und bereitete das Frühstück vor. Wir wollten das freie Wochenende nutzen und uns intensiv mit der Reise nach Peru beschäftigen. In der Nacht hatten wir beide geträumt und erzählten uns unsere Träume.

Xenia war in die Vergangenheit gereist und bei den Inkas angekommen. Ein großer mit Federn und Amuletten geschmückter Häuptlingssohn wollte sie zur Frau und entführte sie aus ihrem Dorf. In einer Verfolgungsjagd aber konnte ihr Bruder, der mir zufällig ähnlichsah, sie aus den Armen des Häuptlingssohnes retten und zu den Eltern zurückbringen. Ich war in der Zukunft gelandet. „In meinem Traum“, erzählte ich, „feierten die Urur- und Urururenkel ein großes Fest der Wiederkehr der Götter auf der Hochebene von Nasca. Alle hatten ihren schönsten Schmuck und die buntesten Kostüme angelegt. Die Krieger der Inkas zierte eine besondere Gesichtsmalerei, während die

Mädchen und Frauen die buntesten Röcke und den schönsten Haarschmuck trugen. Sie tanzten im Kreis und im schnellen Rhythmus der Trommeln wippten ihre Brüste auf und nieder. Die Krieger stampften ihre Speere in den kargen Boden und in wilden Tänzen umkreisten sie einen großen Stein, der wie eine kleine Pyramide aussah. Auf den Seiten des Steines waren Schriftzeichen und Figuren eingeschlagen, ähnlich der der Nasca- Linien. Die Trommeln wurden immer schneller und die Laute, die die Krieger und Frauen ausstießen immer lauter. Fast in Ekstase bewegten sich die Menschen um die Steinpyramide. Ein Schrei des Häuptlings beendete den Tanz. Die Krieger stießen die Speere in den Boden und plötzlich leuchtete die Pyramide in einem blauen Licht. Es war kein übliches Leuchten, sondern ein Strahl von vielen hunderten Lichtstrahlen, die sich in der Unendlichkeit des Raumes zu einem Punkt fügten. Über diesen Punkt schwebte plötzlich ein Raumschiff. Über dem Schiff war der Himmel dunkel und die Sterne leuchteten hell. So hell, wie ich es noch nie gesehen hatte. Das Raumschiff war eine rundleuchtende Scheibe, aus deren Mitte ein oszillierender Strahl in Richtung Erde wanderte. Der Strahl veränderte seine Richtung und erfasste ein junges Mädchen, das plötzlich mitten in dem Lichtkreis stand. Sie hob die Arme und löste sich vom Boden. Langsam schwebte sie in Richtung des Raumschiffes und verschwand in der Helligkeit der Strahlen. Sekunden war es still. Dann erhob sich ein Jubel, der sich als Echo an den umgebenden Bergen brach. Wer oder was war da eben passiert? Hatte man das junge Mädchen geopfert oder war es eine Auserwählte, die zu den Göttern aufsteigen durfte?“

Ich sah Xenia an und wir beide wussten, dass unsere Reise eine Abenteuerreise werden würde.

Stundenlang suchten wir in Katalogen und im Internet bei Reiseveranstaltern uns die Bausteine unserer Peru- Reise zusammen.

Manchmal verloren wir uns in Reisebeschreibungen und Erzählungen, in Fotos und in Reise- Videos. Doch je mehr wir in die Reise-Beschreibungen oder Reise-Videos eintauchten, umso größer wurde unsere Sehnsucht nach dem Land Peru, nach dem Land der Inkas.

Tage später hatten wir alle Bausteine unserer Reise zusammen. Xenia buchte bei einem Reiseveranstalter, mit dem wir in den letzten Jahren gute Erfahrung gemacht hatten und konnte sogar noch die Peru-Inlandsflüge ohne Probleme dazu buchen. Drei Wochen später flogen wir von Berlin nach Frankfurt, um unsere Peru- Reise zu beginnen.

Der Flug

Der Check In verlief ohne Probleme. In der Hoffnung, dass unser Gepäck an Bord der Boeing 770 war, nahmen wir in unseren extra gebuchten XL-Sitzen Platz. Xenia war eine große sportliche Frau, die immerhin 1,80m groß war. Ich überragte sie um 8cm und wir brauchten deshalb auch die XL- Sitze. Im Bordjournal suchte ich nach Filmen oder Videos, die wir uns auf dem langen Flug nach Lima ansehen wollten. Zu unserer Enttäuschung gab es keinen einzigen Film über Peru, sondern nur langweilige Liebes- oder brutale Actionfilme. Glücklicherweise hatten wir uns auf unser Tablet einen Peru- Reiseführer und diverse Videos über die Sehenswürdigkeiten dieses Landes gespeichert, so dass wir unabhängig vom Angebot der Fluggesellschaft waren.

Nach den üblichen Erklärungen zur Flugsicherheit startete die Boeing und wir flogen in Richtung Südamerika. Vor dem

Abheben des Flugzeuges gab ich Xenia 3 kleine Küsse und sagte zu ihr: “Guten Flug“. Sie wiederholte „Guten Flug“ und wir warteten beide, bis die Maschine ruhig in der Luft lag. Seit vielen Jahren praktizierten wir diese Zeremonie und hatten damit immer Glück. Die Flugzeit betrug ca. 12 Stunden. Während des Fluges sollten wir ein Abend-Menü und am nächsten Morgen ein Frühstück erhalten. Wir kuschelten uns in unsere Decken und beschäftigten uns mit unserem Reiseland. Irgendwann nachts, als die Beleuchtung der Kabine ausgeschaltet war und nur die Sicherheitsstreifen auf dem Fußboden leuchteten, wachte ich aus meinem Halbschlaf auf. Xenia hatte die Decke bis an den Kopf gezogen und atmete in gleichmäßigen Zügen. Die Reisevorbereitungen und Anstrengungen der letzten Tage ließen sie tief schlafen. Sie hatte noch nicht einmal ihren Sicherheitsgurt gelöst. Als ich den Blick von ihr abwendete bemerkte ich, dass plötzlich die Triebwerke des Flugzeuges lauter brummten. Ich wurde in

Richtung Flugrichtung gedrückt und musste mich mit beiden Händen am Vordersitz abstützen. Das Flugzeug wurde stark abgebremst und ich hatte das Gefühl, dass wir wie gegen eine Gummiwand flogen. Plötzlich löste sich der Druck und die Maschine fiel um mehrere hundert Meter in Richtung Erde. Nachdem sich das Flugzeug stabilisiert hatte, flog es ruhig weiter. Durch den Fall waren einige Passagiere und Kleinkinder aufgewacht. Die Kleinkinder fingen teilweise zu weinen an, konnten aber von den Eltern beruhigt werden. Xenia öffnete die Augen und fragte:" ist irgendwas?" „Nein" sagte ich, „schlaf weiter. Es war nur ein kleines Luftloch". In diesem Moment meldete sich der Flugkapitän und beruhigte die Passagiere mit den Worten: „Es ist alles in Ordnung. Wir haben nur ein paar kleine Turbulenzen. Schnallen sie sich bitte an". Da die Maschine ruhig in der Luft lag, ignorierte ich die Aufforderung des Kapitäns und versuchte ebenfalls ein wenig zu schlafen. Vielleicht träumte ich wieder von der Zeremonie der Inkas und dem hübschen Mädchen, welches in das Raumschiff entführt wurde. Stunden später weckte mich die Ansage der Stewardess aus meinem Tiefschlaf. Sie sagte: „Guten Morgen meine Damen und Herren. Ich hoffe, sie hatten eine ruhige Nacht. In wenigen Minuten servieren wir ihnen das Frühstück“. „Prima“ dachte ich, „endlich einen Kaffee“ und schob die Fensterverkleidung nach oben. Ein Strom von Licht flutete durch das Fenster und kitzelte Xenia an der Nase. “ Mach wieder zu“ sagte sie leise und zog sich die Decke über das Gesicht. „Es gibt Frühstück“ flüsterte ich in ihr Ohr und plötzlich öffnete Xenia die Augen. Da die Toiletten des Flugzeuges ständig besetzt waren, begnügten wir uns mit einem heißen feuchten Tuch, das uns die Stewardess brachte. Kurze Zeit später erhielten wir unser Frühstück und stillten damit unseren Appetit auf Kaffee und den kleinen Hunger, der sich über Nacht eingestellt hatte.

Nach dem Frühstück schaltete ich den Monitor ein, der sich in der Rückenlehne des

Vordersitzes direkt vor mir befand. Es wurde die Position des Flugzeuges auf einer Karte angezeigt und ich sah, dass wir uns noch über dem Atlantik befanden, aber schon kurz vor Südamerika waren. In wenigen Stunden werden wir Brasilien überfliegen und dann in Lima landen. Xenia hatte sich in der Zwischenzeit den Reiseführer genommen und blätterte durch die Seiten, die die Hauptstadt von Peru, Lima, beschrieben. In Lima wollten wir nur wenige Tage bleiben und uns dann in den Dschungel im Amazonasgebiet begeben. Ich nahm unser Tablet und studierte noch einmal unsere Reiseroute.

Nach 3 Tagen in Lima wollten wir nach Puerto Maldonado im Südosten von Peru fliegen. Von dort sollte uns ein Boot zur Corto Maltes Amazonia Lodge bringen. Diese liegt mitten im Amazonas Gebiet und soll ein optimaler Ausgangspunkt für Ausflüge ins Amazonasgebiet sein. Das Tambopata-Nationalreservat, in dem der Lago Sandoval liegt, war dann neben anderen Ausflügen unser

Hauptziel. Eine Woche später hatten wir geplant von Puerto Maldonato nach der alten Inka-Hauptstadt Cusco zu reisen, um von dort die „Weiße Stadt“ Arequipa, den Titicacasee, die Stadt Ica oder Nazca und weiter nördlich das Weltwunder Machu Picchu aufzusuchen. Mein Finger verharrte plötzlich auf der Stadt Ica. Was wollten wir eigentlich in Ica? Ach ja, von Ica hatten wir einen Ausflug zur Oase „Huacachina“ geplant. Denn um die kleine Oase in der Region Ica, etwa fünf Stunden südlich von Lima, ranken sich zahlreiche spannende Legenden. Außerdem faszinierten uns Fotos von den Nasca- Linien. Und diese wollten wir natürlich mit dem Flugzeug überfliegen, sehen und fotografieren. „Was überlegst Du?“ fragte mich Xenia. „Ich frage mich, warum mein Finger gerade bei der Stadt Ica wie magisch auf dem Tablet hängenblieb“ sagte ich. „was hängenblieb?“ fragte sie. „Na eben hängenblieb“. Xenia sah mich an und schüttelte leicht mit dem Kopf. „Schlecht geschlafen?“ Ich brummte ein „Nein“ und schaute wieder auf mein Tablet. Warum erschien mir plötzlich die Stadt Ica so wichtig? Die anderen Reiseziele hatten doch mindestens gleiche, wenn nicht noch interessantere Sehenswürdigkeiten zu bieten. Erst in der Stadt Ica sollten wir von Dingen erfahren, die wir noch nicht kannten, die uns aber mehrere Tage in der Stadt und deren Umgebung hielten. Irgendwie hatte ich das Gefühl, dieses Ica wird unser Leben verändern. Stunden später sah ich aus dem Fenster des Flugzeuges den dichten grünen Dschungel von Brasilien. Ganz in der Ferne zeichneten sich Berge ab, die aber noch sehr undeutlich zu erkennen waren. Nach der Restflugzeit von einer Stunde konnte es nur die Bergkette der Anden sein. War es etwa schon der Nevada Huascarán, der höchste Berg von Peru mit 6768m Höhe und seinen zwei weißen Gipfeln, der in der Ferne sich abzeichnete? In der kommenden Stunde wollte ich öfter das wunderbare Panorama betrachten, dass sich unter dem Flugzeug zeigte. Xenia hatte mein langes Betrachten der Erdoberfläche bemerkt.

Sie fragte: „Gibt es etwas Besonderes zu sehen?“ „Außer dem Dschungel unter uns nur noch ein paar Berge in der Ferne. Keine Engel und keine Ufos“. Sie schubste mich an und antwortete mit einem verschmitzten Lächeln: „Doofer“. Ich schubste zurück und sagte zu ihr: „Es wird bestimmt ein schöner Urlaub“. „Ja, ich glaube es auch“.

Die Hauptstadt von Peru - Lima

Eine Stunde später setzte die Boeing in Lima auf der Landebahn des Flughafens “Aeropuerto Internacional Jorge Chávez“ etwas unsanft auf und rollte auf das Flughafen-Terminal zu. Der Flughafen liegt am nördlichen Rand der Stadt Callao, direkt am pazifischen Ozean. Callao befindet sich rund 10 Kilometer vom Stadtzentrum von Lima entfernt. Als die Anzeige der Anschnallpflicht erlosch und die Maschine am Terminal angedockt hatte, nahmen wir unser Handgepäck und gingen in Richtung Flugzeugausgang. Die Stewardessen verabschiedeten uns freundlich und wünschten uns einen erlebnisreichen Urlaub in Peru. „Den werden wir haben“, sagte ich zu Xenia und wir verließen das Flugzeug, das uns tausende Kilometer sicher durch den Luftraum gebracht hatte. Nachdem wir unsere Koffer auf dem Laufband sahen, waren wir beruhigt. Die üblichen Einreiseformalitäten konnten wir relativ schnell hinter uns bringen und liefen in

Richtung Flughafenausgang. Wir sahen sofort den winkenden peruanischen Reiseleiter, der uns in unser Hotel in Lima bringen sollte. Eine kurze freundliche Begrüßung und schon saßen wir in einem Taxi, das uns zum Grand Hotel Bolivar fuhr. Xenia hatte für uns dieses Hotel ausgesucht. Sie wollte endlich einmal in einem Grand Hotel übernachten. Als wir beim Hotel ankamen, es liegt an der Plaza San Martin, sahen wir ein weißes Gebäude aus der Zeit um 1920. Es wurde vom peruanischen Architekten Rafael Marquina entworfen und war das erste große Hotel in Lima. Wir verließen das Taxi, nahmen unser Gepäck und gingen durch den beeindruckenden Bogen des Haupteingangs zur Lobby. Uns empfing der Hauch einer vergangenen Epoche. Unter der im Jugendstil gebauten Glaskuppel der Lobby ließen wir uns auf ein altes Canapé- Sofa mit einem wunderschönen blauen Bezug fallen. Xenia strahlte über das ganze Gesicht und fragte: „Was meinst du, habe ich das richtige Hotel ausgesucht?“ „Ich glaube schon. Wenn ich mich so umsehe, fühle ich im Jahr 1925 zu sein". In der Tat verspürte man in den langen Fluren und angesichts der alten Möbel den Hauch einer vergangenen Zeit. Noch etwas müde von der langen Flugreise bestellten wir beim Kellner zwei Cappuccino. Der Reiseführer, der uns vom Flughafen abgeholt hatte, stand an der Rezeption des Hotels und flirtete mit einer Hotelmitarbeiterin. Diese war jung und hübsch und so wie sie aussah gehörte sie bestimmt zu den Nachkommen der Inkas. Später sprachen wir mit ihr und erfuhren, dass sie aus München war und ein Auslandspraktikum in dem alten Grand Hotel machte. Soviel zu den Nachkommen der Inkas, die wir aber später noch kennenlernen sollten.

Wir bekamen ein wunderschönes großes Hotelzimmer mit Blick auf den kleinen Park, der sich direkt vor dem Hotel befand. Da wir nur wenige Tage in Lima bleiben wollten, ließen wir einen Großteil unserer Kleidung im Koffer. Nur die Wertsachen wie Pässe, Geld und die

Kameras schlossen wir im Safe ein. Der Cappuccino brachte uns wieder ins Leben zurück und wir planten zunächst einen Besuch des historischen Zentrums von Lima. Der Plaza de Armas, auch Plaza Mayor genannt, befindet sich im Zentrum genau an dem Ort, wo Francisco Pizarro die Stadt Lima einst gründete. An den Seiten des Platzes erheben sich der große Regierungspalast, die mächtige Kathedrale und der Palacio Munizipal. Auch wenn man nur ein paar Tage in Lima ist, muss man diesen Platz besucht haben. Wir gingen zur Rezeption, ließen uns anhand eines kleinen Stadtplanes den Weg zum Plaza de Armas erklären und verließen unser schönes Hotel. Uns empfing die Ruhe des kleinen Parks, die aber schnell der Hektik einer großen Hauptstraße wich. Dort angekommen stellten wir fest, dass viele Menschen in Richtung Zentrum liefen. Sie waren festlich gekleidet und trugen verzierte Kreuze in den Händen. Es waren Familien, die vom Baby bis zum Ur- Opa nur ein Ziel hatten, in das Zentrum von Lima zu gelangen. Um unsere Neugier zu befriedigen, fragten wir eine junge Frau, die neben uns lief, in der Hoffnung, dass sie englisch spricht: „Sorry, do you speak English“? "Yes, can i help you?“ "Yes, warum läuft halb Lima zum Zentrum der Stadt; was ist heute für ein Tag?“ „Heute ist ein Feiertag in Peru und in wenigen Minuten findet eine katholische Prozession statt. Die Prozession Allerheiligen". "Ja," sagte ich, "wir haben davon gelesen, aber den Tag vergessen". "Das ist kein Problem, sie werden in den nächsten Tagen mehrere Prozessionen in Lima sehen. Die Menschen in Peru sind sehr gläubig und beten mehrmals am Tag. Sind sie gläubig?“ "Nein", sagte ich, "wir sind Atheisten. Und sie?“ fragte ich. "Ich, ich werde wohl auch aus der Kirche austreten. Ich habe zu viele Fragen an Gott, die er mir bisher nicht beantwortet hat“. „Sind sie Studentin?“ „Ja, ich studiere Archäologie an der Universität „San Ignacio de Loyola“. Oft bin ich aber in Cusco, weil sich diese Stadt und die Umgebung sich perfekt auf Grund seiner historischen

Bedeutung und der vielen archäologischen Stätten für ein Studium der Archäologie eignet. Sie kommen aus Deutschland?" „Ja, woher wissen sie das?" „Ich erkenne es an ihrer Aussprache und außerdem haben sie, bevor sie mich ansprachen, mit ihrer Frau, ich nehme an, dass es ihre Frau ist, deutsch gesprochen. Leider kann ich die deutsche Sprache nicht sprechen, aber ich mag sie. Übrigens ist mein Name Suyana. Der Name Suyana hat die wunderschöne Bedeutung „Hoffnung" und ich danke meinen Eltern, dass sie mir diesen Namen gegeben haben". „Es ist ein sehr schöner und klangvoller Name" sagte Xenia. „Sind sie in Lima zur Welt gekommen?" „Nein, ich bin in Ica geboren, einer kleinen Stadt, die etwa 300 km südöstlich von Lima im Süden von Peru liegt. Kennen sie Ica?" "Nein", sagte ich. „Wir haben über Ica gelesen und wollen Ica auch besuchen, aber außer einen Ausflug zur Oase „Huacachina" haben wir bisher nichts geplant. Suyana, wollen wir gemeinsam einen Cappuccino trinken und uns über Ica und über

Peru unterhalten. Ich glaube, sie können uns bestimmt einige Hinweise geben, die wir nicht in den Reiseführern finden?“ „Gern“, sagte Suyana, „ein wenig Zeit habe ich noch und wenn ich ihnen bei ihrer Reiseplanung helfen kann, tue ich es gern“. Wir waren in der Zwischenzeit am Plaza de Armas angekommen und suchten uns ein kleines Straßen- Café. Zufällig fanden wir noch drei freie Schatten-Plätze und bestellten uns einen Cappuccino. Auch Suyana liebte dieses Getränk und erzählte uns von Peru und von den Sehenswürdigkeiten, welche wir unbedingt sehen müssten. Sie empfahl uns eine bestimmte Lodge und einen See im Amazonasgebiet, wies uns auf bestimmte Details beim Besuch des Machu Picchu hin und erzählte uns von Ausgrabungen von Inka-Stätten, die aber leider von Touristen noch nicht besucht werden können. Sie war voller Wissen und gab es gern an uns weiter. Suyana begeisterte uns immer mehr, ihr Land zu entdecken. Plötzlich schaute sie auf ihre Uhr und sagte: “Oh, ich habe die Zeit vergessen“. „Suyana“, bat ich, „erzählen sie noch ganz kurz von ihrer Heimat, von Ica“. Sie runzelte die Stirn und sagte: „Ja, mein Freund kann noch ein paar Minuten warten“ und lachte. Ihre Augen strahlten und ihre Wangen waren leicht gerötet, als sie über ihre Heimat sprach. „Ica und die Umgebung“, begann sie, „ist sehr interessant. Es gibt dort nicht nur den Pisco Sour, sondern auch Museen und die Steine von Ica“. „Was ist Pisco Sour?“, fragte ich. „Pisco Sour ist in Peru ein sommerlicher Cocktail, der sehr erfrischend schmeckt. Probieren sie ihn. Er wird ihnen bestimmt bekommen. Gehen sie in das große Museum und besuchen sie die Oase „„Huacachina“. „Ja, das hatten wir vor“, sagte Xenia. „Aber was gibt es noch in und um Ica?“ Suyana erzählte uns von Ausgrabungen, Kanälen aus Granit, den Nasca- Linien und von anderen unbekannten Funden, die nach individueller Weltanschauung Kopfschütteln oder Bewunderung auslösten. Im Jahr 1961 tauchten bei Ica erstmals Steine aus dem

Vulkangestein Andesit auf, welche sehr detaillierte Gravuren von Dinosauriern mit Menschen, medizinischen Eingriffen und Landkarten zeigten. Diese Steine sollen sehr alt sein, mehr als 12000 Jahre. Älter als die jetzt lebenden Menschen. Im ehemaligen Gebäude der Telefongesellschaft an der Plaza de las Armas in Ica gibt es eine große Ausstellung der besagten Steine. Vielleicht besuchen sie aber auch das Museum von Dr. Cabrera, der mit der Sammlung diese Steine begonnen hatte". Suyana schrieb auf eine Serviette ihre Telefonnummer und gab sie uns. „Wenn sie Fragen haben oder wenn sie in Ica sind, rufen sie mich einfach an. Vielleicht sehen wir uns noch einmal. Es würde mich freuen. Nun muss ich aber gehen, sonst wird mein Freund ungeduldig". Sie lächelte uns an, gab uns die Hand und tauchte unter im Strom der Menschen, die zu der Prozession liefen. Xenia sah mich an und sagte: „Gut, dass wir Suyana kennengelernt haben. Sie wird bestimmt einmal eine gute Wissenschaftlerin und Archäologin und wird noch Vieles der Geschichte ihres Landes entdecken". „Ja", erwiderte ich nachdenklich und dachte in diesem Moment nur an die Steine von Ica. Wieso waren auf den Steinen Menschen und Dinosaurier zu sehen. Wenn ich mich noch recht an meinen Unterricht in Geschichte und Biologie erinnere, waren die Dinosaurier längst ausgestorben als der Mensch die Erde in Besitz nahm. Nachdenklich folgte ich Xenia, die, nachdem wir unseren Cappuccino bezahlt hatten, in Richtung Prozession lief. Der Plaza de Armas war voller Menschen. Leise hörten wir Musik, die immer lauter wurde. Aus einer Straße kamen dichtgedrängt viele Frauen in bunten Kleidern und Männer in festlichen dunklen Anzügen gelaufen. Ihre Schritte waren bedächtig und sie trugen teilweise unterschiedliche christliche Symbole. Danach erschienen Frauen mit weißen Tüchern, welche rückwärtsliefen und mit ihrem Gesicht in Richtung einer von vielen Männern getragenen Jesus- Statue blickten. Dabei sprachen sie Gebete und verbeugten sich vor dem Heiligen. Danach folgten die Würdenträger der Stadt und weitere Geistliche, die man an ihren üppigen, mit Gold übersäten Gewändern erkennen konnte. Vor der übergroßen Jesus-Statue stand ein Priester, der Babys und kleine Kinder entgegennahm und diese segnete. Die Prozession lief sehr langsam in Takte der Musik, die von einem Militärorchester gespielt wurde. Hunderte Menschen begleiteten diese Zeremonie, beteten und bekreuzigten sich. Jeder von diesen Menschen glaubte an Gott, an Gottes Sohn Jesu und an die Mutter Maria. Jeder betete und betete jeden Tag in der Hoffnung, dass sich die Wünsche in diesem Gebet irgendwann einmal erfüllen. Eine Antwort darauf, wann sich diese Wünsche erfüllen, bekam bisher keiner. Trotzdem war die Prozession, als einer der Höhepunkte der Gläubigen von Lima, für uns beeindruckend.

Xenia schaute mich an und fragte. „Wollen wir weitergehen?“ Ich nickte und wir liefen durch die Menschenmassen zur Kathedrale, die sich gegenüber befand.

Die Cathedral de Lima ist eine große Basilika, deren Ursprünge bis in das frühe 16. Jahrhundert reichen. Das beeindruckende Bauwerk befindet sich in einem der meist besuchten Viertel der Stadt, am Plaza Mayor. Die Kathedrale besitzt eine Fülle von Seitenkapellen, deren Ausgänge zur Plaza und in die umgebenen Straßen gehen. Das weiße Gebäude, gebaut im Kolonialstil, bestimmt mit seinen zwei gewaltigen im neoklassizistischen Stil gebauten Türmen den Plaza Mayor und ist das eigentliche Wahrzeichen im Stadtzentrum. Es gibt drei große Eingänge. Wir betraten die Kathedrale durch das Portada del Perdón, die Tür der Vergebung, über der sich das peruanische Wappen befindet. Als Xenia in die große Kathedrale eintrat und das helle lichtdurchflutete Kirchenschiff des Gotteshauses sah, hörte ich das Wort: „beeindruckend“. Die Wände der Kathedrale waren mit großen Gemälden geschmückt. Der prächtige Hochaltar war vollständig mit Gold überzogen. Schon die barocke Fassade der Kathedrale hatte mich begeistert, aber das Innere der Kathedrale war noch beeindruckender. Ich nahm meine Kamera und fotografierte die Leistungen der Menschen und nicht eines Gottes, die dieses wunderschöne Bauwerk geschaffen hatten. Wir gingen weiter zu der mosaikverzierten Kapelle am Haupteingang, wo die Überreste von Francisco Pizarro, dem berüchtigten spanischen Eroberer und Gründer von Lima, ruhen. Nachdem wir auch die vielen Seitenkapellen uns angesehen hatten, setzte sich Xenia auf eine Bank im Kirchenschiff und atmete tief ein. „Was meinst Du“, sagte sie, „hätten die Menschen auch ohne ihren Glauben an Gott diese wunderschöne Kathedrale geschaffen?“ „Ja“ antwortete ich, „denke an frühere Bauwerke wie die Pyramiden in Ägypten, an die heutigen großen Bauwerke und an die wissenschaftlichen und technischen Leistungen wie das Auto, den Computer oder den Flug zum Mond, all das haben die Menschen ohne Gott geschaffen. Oder hat er ihnen dabei geholfen?" Xenia nickte und wir verließen die Kathedrale, in der die Freiheit des menschlichen Denkens seit Jahrhunderten in den Käfig der Religion eingesperrt war.

An den Seiten des Platzes erheben sich der große Regierungspalast und der Palacio Munizipal. Wir entschlossen uns, beide Paläste zu besuchen. Am Abend wollten wir dann ganz gemütlich einen Spaziergang um den Plaza Mayor machen und in eines der vielen Restaurants gehen. Die Atmosphäre des Platzes und die am Abend in goldenes Licht getauchte Kathedrale sollten uns bezaubern.

Der Besuch des Präsidentenpalastes von Lima, war ebenfalls beeindruckend. Dieser Palast wurde aber erst 1938 fertiggestellt. Wir waren begeistert von dem Eingang und den verschieden verschwenderisch dekorierten Sälen. Als schönster Raum des Palastes fanden wir das „Goldene Wohnzimmer“ mit seinen kostbaren Gemälden und dem detailreich verzierten Gewölbe. Von den im Palast ausgestellten historischen Objekten erzählen viele die koloniale Geschichte Limas. Xenia konnte ihre Begeisterung kaum zurückhalten und zupfte mich ständig am Arm. „Sieh mal hier diese Tonskulptur. Diese stammt doch bestimmt von den Inkas. Sie sieht gar nicht spanisch aus“. Xenia hätte sie am liebsten angefasst und ganz genau studiert. Aber die dicke Kordel hinderte sie daran, noch näher an diese Skulptur zu kommen. Wo diese Skulptur herkam, wie alt sie war und wer sie gefunden oder ausgegraben hatte, stand leider nicht auf einem Schild. Schade das nicht Suyana dabei war. Sie hätte uns bestimmt mehr über die rätselhafte Tonskulptur sagen können. Ich zog Xenia in den nächsten Raum. Wir waren spät dran und wollten doch noch das leuchtend gelbe Palacio Munizipal, das Rathaus von Lima, besuchen. Ähnlich wie der Palacio de la Unión, der sich gleich neben dem Rathaus befindet, ist das Gebäude sofort an den für Peru typischen dunklen Zedernholzbalkonen zu erkennen. Das Gebäude wurde seither von mehreren Erdbeben schwer in Mitleidenschaft gezogen und mehrmals wiederaufgebaut. Der heutige Bau wurde 1944 eingeweiht und glänzt mit einem Interieur im Stil der französischen Renaissance. Wir gingen durch das große Eingangsportal und durch verschiedene Gänge in den Innenhof, von wo aus eine weiße Marmortreppe zu den Haupträumen des Rathauses führt. Xenia lief schneller als ich die Treppe empor und stand in einem von Licht durchfluteten und mit prächtigen Spiegeln und Gemälden geschmückten Raum des Palacio Munizipal. „Das ist ja unglaublich", hörte ich sie sagen. Xenia konnte sich so herrlich begeistern. Aber was wir da an Eleganz und Größe, an antiken Möbeln, vergoldeten Schnitzereien und Stuckarbeiten sahen, ließ uns beide die Schönheit des Barocks und des Rokokos bewundern. Wir schlenderten durch die Räume und waren überwältigt von der frühzeitlichen Kultur in Peru. Die Zeit, in der wir den Palacio Munizipal besuchen durften, war abgelaufen. Xenia und ich gingen mit so vielen Eindrücken zum Ausgang, dass wir bestimmt den ganzen Abend darüber sprechen wollten. „Lass uns ein schönes Terrassen Café suchen und uns über alles was wir eben gesehen haben, unterhalten“, sprach ich zu Xenia. Ihre Augen hatten schon ein Café gefunden und sie fragte mich: “Sieh mal da drüben, dieses sieht gut aus. Wollen wir dahingehen“? Wir liefen schnell über den Platz und erreichten das Restaurant „Olano Terrazzo“. Es liegt im 4. Stock gegenüber dem Präsidentenpalast. Die Tische des Restaurants stehen auf einer Terrasse, von der man einen faszinierenden Blick auf die Plaza Mayor hat. Kaum waren wir mit dem Aufzug im Restaurant angekommen, sprach Xenia schon mit einem älteren, sehr spanisch aussehenden Kellner und zeigte auf einen freien Tisch auf der Terrasse. Sie lächelte ihn an, er lächelte zurück und schon bekamen wir den Tisch, den sich Xenia gewünscht hatte.

„Einen besseren Ausblick auf den Plaza Mayor kann man wirklich nicht haben. Hast du einfach großartig gemacht“ sagte ich zu ihr. Sie liebte ab und zu so kleine Komplimente und ich hatte recht: es wurde ein wunderschöner Abend bei Pisco Sour und Ceviche, einem echten peruanischen Gericht.

Am späten Abend sanken wir in unserem Hotel in unser Bett. Von mehreren Pisco Sour leicht beschwipst schliefen wir tief und fest, bis uns am Morgen mein Smartphone weckte. Glücklicherweise hatte ich am Abend noch die Weckzeit eingestellt, denn sonst hätten wir garantiert das Frühstück verschlafen. Nach unserer Morgentoilette gingen wir ausgeschlafen und erfrischt in das Restaurant. Uns empfing ein gutgelaunter Kellner und begleitete uns zu einem Tisch unweit des Buffets. Xenia bestellte sich einen großen Milchkaffee und ich einen Cappuccino. Während des Frühstücks besprachen wir die Ausflüge, die wir an diesem Tag in Lima machen wollten, denn Lima bietet noch viel mehr als den Plaza Mayor und seine direkte Umgebung. Eigentlich braucht man mehrere Wochen, um die Stadt der Könige kennen zu lernen.

Unser Peru-Reiseführer zeigte uns eine Vielzahl von Sehenswürdigkeiten und Museen an, die man in Lima unbedingt besuchen sollte. Wir entschieden uns zunächst für den Besuch des „Museo Nacional de Antropologia y Arqueologia" im Distrikt „Pueblo Libre". Dieser liegt am „Plaza Bolivar". Weiter wollten wir im Laufe des Tages noch an der palmengesäumten „Avenida Arequipa" bis zum Zentrum des Distriktes „Miraflores" laufen, um uns die im kommerziellen Zentrum von Lima befindlichen Straßencafés, guten Hotels, Feinschmecker- und Fastfood- Restaurants anzusehen. Den Abschluss an diesem Tag sollte der „Parque del Amor" bilden, der seinen Namen der im Park aufgestellten Skulptur eines sich liebenden und küssenden Liebespaares verdankt. In der Nähe befindet sich nämlich eines der bekanntesten Restaurants der Stadt, das „La Rosa Nautica", das an einem Pier südlich des Liebesparkes liegt. Dort soll es exzellente Fischgerichte wie gebratene Meerbrasse mit Meeresfrüchtesauce geben, die sowohl Xenia wie auch ich gern essen. Also machten wir uns auf den Weg, denn wir mussten am Abend die Koffer packen, da am nächsten Morgen unser Flug in das Amazonasgebiet nach Puerto Maldonato ging.

Nur mit unseren Kameras und ein paar Dollars in der Tasche liefen wir zum „Museo Nacional de Antropologia y Arqueologia. Im Museum angekommen, sahen wir unzählige Exponate aus Jahrtausenden der peruanischen Geschichte. Xenia zupfte mich ständig am Arm und zeigte mir Steinreliefs, Keramiken und vieles andere aus der vor inkaischen Zeit und vor der sogenannten Geburt Jesus. Wir liefen wie Schatzsucher durch die Räume und suchten die interessantesten, geheimnisvollsten und für uns seltsamsten Ausstellungsstücke. Diese wollten wir fotografieren und sie als digitalisierte Schätze mit in die Heimat nehmen.

Waren diese alten und doch so wertvollen Stücke wirklich von dieser Welt? Seltsame Figuren und Gesichter blickten uns an. Menschen, die Anzüge wie Taucher am Körper hatten und Tiere, die halb Tier und halb Mensch waren. Wir wussten beim Anblick dieser Kreaturen noch nicht, dass wir auf dieser Reise noch viele andere seltsame Wesen und Dinge sehen würden, die uns zum Nachdenken über die Geschichte der Erde zwingen würden.

Auch in der Schatzkammer im Untergeschoss des Museums sahen wir Gegenstände, die die Fantasie und die hohen Fertigkeiten und Kenntnisse der Künstler aus dieser Zeitepoche dokumentierten. Xenia wollte es einfach nicht glauben, dass wir hier in Peru solche Kunstwerke sahen, die tausende von Jahren alt waren und mit der Kultur der Inkas nichts zu tun hatten. Später, als wir schon Wochen wieder in der Heimat waren, sahen wir uns diese Kunstwerke noch einmal an und verglichen diese mit anderen Bildern, die wir am Ende unserer Reise machten. Das Ergebnis war für uns nach unseren Erlebnissen verständlich und wir mussten es der Öffentlichkeit mitteilen. Aber davon später. Der Höhepunkt im Museum für Anthropologie und Archäologie an diesem Tag sollte das Modell der Inka- Stadt Machu Picchu sein. Die berühmteste aller Inka- Ruinen, auch als „Verlorene Stadt der Inka“ bezeichnet, wollten wir schon bald besuchen und uns von der Baukunst und den Geheimnissen der Inkas selbst überzeugen.

Etwas verwirrt von dem Gesehenen verließen wir das Museum und liefen in Richtung Avenida Arequipa. Xenia sagte kein Wort. Sie lief nachdenklich neben mir. Erst als ich sie ansprach antwortete sie nicht auf meine Frage, sondern fragte mich:“ War das eben Realität was wir gesehen haben oder habe ich geträumt?“ „Nein“, sagte ich, “du hast nicht geträumt. Es war alles so real und ich wette mit dir, dass Suyana in der Erde Perus noch vieles finden wird, was die Menschheit erstaunt. Diese Dinge werfen viele Fragen auf, die Menschen aber irgendwann einmal beantworten werden“.

„Achtung!“ rief ich und zog Xenia von der Straße zurück auf den Fußweg. Versunken in ihren Überlegungen hatte sie ein Auto übersehen, welches sich schnell näherte und Xenia bestimmt touchiert, wenn nicht sogar angefahren hätte. „Danke“, sagte sie und gab mir einen Kuss, „du musst auf mich aufpassen“. „Mmh“ brummte ich, „das glaube ich auch“.

Die Avenida Arequipa führt direkt in das Zentrum Mira Flores. Aus der Vergangenheit Perus landeten wir in der Gegenwart. Uns empfingen Hotels und Banken aus Stahl und Glas, die sich in ihren silbernen und goldenen Fassaden gegenseitig spiegelten. In modernen Geschäften konnten wir Erzeugnisse des indianischen Handwerks wie handgestrickte Pullover, Ponchos und Wandbehänge aus der Wolle der Alpaka- Schafe erwerben. Fantasievolle Keramikfiguren, bunte Mützen und eine Vielzahl von Schmuck begeisterten Xenia. Ich interessierte mich mehr für die kunstvoll verzierten Flaschenkürbisse, auf denen seltsame Kreaturen zu sehen waren.

Woher hatten die Künstler, die diese Gravuren anfertigten, nur die Vorlagen? Soviel Fantasie konnte man als einfacher Kürbisflaschen- Maler doch gar nicht haben. Aus der Vielzahl der verzierten Kürbisse nahm ich einen besonders schön bemalten Flaschenkürbis und sah mir diesen an. Auf der Oberseite zeigte er mir die Sonne und den Mond mit drei Sternen. Daneben stand ein Tiger oder Leopard und über ihn flog ein Vogel. Gegenüber waren Pyramiden der Inkas und kleinere Gebäude aus großen Steinen zu sehen. Es war aber nicht Machu Picchu. Der Kürbis wurde durch eine gemusterte Schlange geteilt. Unterhalb der Schlange waren Menschen zu sehen, die von verschiedenen Tieren umgeben waren und unterschiedliche Tätigkeiten verrichteten. Als Abschluss gab es einen verzierten Ring. Ich sah zu Xenia und fragte:“ Wollen wir den Kürbis mitnehmen?“ „Wenn er dir gefällt?“ antwortete sie. Ich behielt diesen interessant bemalten Flaschenkürbis in der Hand, damit mir kein anderer Tourist diesen weg kauft und sah mir weitere dieser kleinen Kunstwerke an. Ein anderer Kürbis, etwas größer, dafür aber flacher, zog mein Interesse auf sich. Der Untergrund war dunkelbraun und die Zeichnungen waren in ganz dünnen weißen Strichen auf die Oberfläche gemalt. Der Maler muss daran Stunden gesessen haben, so detailliert waren die Zeichnungen die Menschen, Tiere, Gebäude und den Sternenhimmel zeigten. Nun hatte ich zwei für mich einmalige Kunstwerke erstanden, als plötzlich meine Augen bemalte Steine sahen. Bis zu diesem Zeitpunkt wusste ich noch nicht, dass diese Steine unsere Reise beeinflussen und das Leben von Xenia und mir verändern würden. Nachdem ich die zwei kleinen Flaschenkürbisse in die linke Hand genommen hatte, ergriff ich mit der rechten Hand einen der bemalten Steine. Es war nicht der größte der Steine, aber der interessanteste und er war schwer und schwarz. In diesem Moment dachte ich an unser Reisegepäck und an das von der Fluggesellschaft vorgegebene Maximalgewicht.

Egal, dachte ich mir und schaute mir den Stein genauer an. Er war so groß wie die Fläche meiner Hand, er war schwer und schwarz und mit weißer Farbe bemalt. Auf dem Stein sah ich Menschen, seltsame Pflanzen und Dinosaurier. Auf der Rückseite des Steines saß ein Kind auf einem Dino und benutze diesen als Reittier. Seltsam, dachte ich, als die Dinos lebten, gab es doch noch keine Menschen auf der Erde. Der Stein erschien mir aber so interessant, dass ich diesen unbedingt mit den Flaschenkürbissen kaufen wollte. Ich sah zu Xenia, die eine Kette aus Pflanzensamen in der Hand hielt und die ihr gefiel. „Was hast du denn da in der Hand?“ fragte sie mich. „Ich werde mir diese zwei kleinen bemalten Kürbisse und den Stein kaufen“ sagte ich zu ihr und lächelte sie an. Xenia kannte mein Interesse an außergewöhnlichen Dingen und schaute neugierig auf den Stein. Ich hätte zu gern gewusst, was sie in diesem Moment dachte. An der Kasse packte eine dunkelhäutige Frau, die nach dem Aussehen zu den Nachkommen der

Inkas gehörte, die kleinen Kürbisse in Papier ein. Als sie den Stein in die Hände nahm, schaute sie mich an und sagte:“ Ica!“ Als ich nicht direkt darauf reagierte, wiederholte sie noch mehrmals das Wort Ica und streckte mir ihre Hand entgegen. Ich lächelte sie an und nickte. Schon wieder dieses Ica. Kommen die Steine aus Ica oder sie oder was ist an Ica das Besondere. Wir zahlten und verließen den Shop. Xenia sah mich an und fragte: “Warum hat sie mehrmals Ica gesagt. Was ist so besonders an diesem Stein?“ „Sie ihn dir an. Die Zeichnungen darauf sind schon seltsam. Oder hast du schon Menschkinder auf einem Dinosaurier reiten sehen?“ „Zeig mal“, bat Xenia. Später gingen wir in Richtung Meer, um den „Parque del Amor“ uns ansehen. „Möchtest du das im Park aufgestellte sich liebende und küssende Liebespaar nicht sehen?“ fragte ich Xenia. „Wer sich unter dem Paar küsst, liebt sich für immer und ewig“ sagte ich zu ihr. Xenia war zwar eine moderne selbstbewusste Frau, liebte aber auch ab und zu einen schnulzigen

Liebesfilm. „Natürlich möchte ich dich unter der Skulptur der Liebenden küssen“ sagte sie und kuschelte sich an mich. „Schön, dann lass uns gehen“. Ich nahm ihre Hand und wir liefen wie ein junges verliebtes Paar zum Park der Liebe. Es war ein sonniger warmer Tag. Die Sonnenstrahlen blitzten durch die Palmen und wir erreichten gutgelaunt den Liebespark. Er war kleiner als wir gedacht hatten. In einer gepflegten Grünanlage standen in der Mitte die Skulptur des Liebespaares. Wir nahmen unsere Kameras und fotografierten diese Oase der Liebe und der Ruhe. „Willst du mich jetzt küssen?“ fragte mich Xenia. „Ja, sehr gern, aber nicht nur einmal“ sagte ich lächelnd und zog Xenia unter die Figur der sich Liebenden. Es waren mehrere Küsse, die ich Xenia gab, denn ich liebte meine Frau. Ein Leben ohne sie konnte ich mir nicht vorstellen. Als ich ihr den letzten Kuss gab, bekamen wir von einem älteren, wahrscheinlich peruanischen Paar, Beifall. Beide lachten und riefen „Love is beautiful“. Wir lachten zurück und gingen an das Geländer in Richtung Steilküste, wo man einen herrlichen Blick über die Meeresbucht genießt. Dort kann man nicht nur die Surfer auf den Wellen beobachten, sondern auch viele Paraglider, die die Luftströmungen der Steilküste nutzen, um mit waghalsigen Aktionen die Aufmerksamkeit der begeisterten Zuschauer zu erlangen. Wir konnten uns von dem Anblick der bunten Schirme der Paraglider und der Surfer kaum trennen. Doch die Zeit verging zu schnell, um noch zu bleiben. „Hast du Hunger?“ fragte ich Xenia.“ „Ganz doll“ brummte sie mir zu. "Dann lass uns in das in der Nähe befindliche Restaurants „La Rosa Nautica“ gehen." Das Restaurant liegt an einem Pier südlich des Liebesparkes. Dort soll es exzellente Fischgerichte wie gebratene Meerbrasse mit Meeresfrüchtesauce geben. Xenia wie auch ich essen gebratene wie auch gedünstete Seebrasse sehr gern. Den Fisch, gedünstet, aßen wir zuerst vor vielen Jahren in einem Fischrestaurant am Roten Meer in Ägypten. Seit dieser Zeit ist es eine unserer

Lieblingsspeisen. Wir machten uns auf den Weg, denn am Abend stand schon wieder Kofferpacken an. Frühmorgens sollte unser Flug in das Amazonasgebiet nach Puerto Maldonato gehen, den wir keineswegs verpassen wollten. Der Weg zum Restaurant war doch weiter als wir dachten. Als wir endlich den Pier erreichten, wehte uns eine leichte Brise des Pazifiks entgegen.

Reise in das Amazonas - Gebiet

Es war noch dunkel, als mein Smartphone die Weckmelodie abspielte. Obwohl diese sehr leise begann, saß ich aufrecht im Bett und musste mich erst einmal orientieren. Ich war nicht in Ica und nicht in einer Höhle und alles war nur ein Traum. Verschlafen haben wir auch nicht. Neben mir lag Xenia und fragte leise: „Muss ich jetzt aufstehen?" „Wenn Du mit mir frühstücken willst und wir rechtzeitig am Flughafen sein wollen, dann steh jetzt auf" sagte ich zu ihr. "Ich will aber nicht aufstehen." Es folgten nun die üblichen Versprechungen ihrerseits und die Drohungen meinerseits, die aber bei Xenia immer Wirkung zeigten. Irgendwann stand sie dann auf und schlürfte mit ihren zu großen Hausschuhen in Richtung Bad. Die Koffer waren gepackt und wir gingen noch etwas müde zum Restaurant. In dem hellen, sonnendurchflutenden Raum erwartete uns ein Frühstück mit Rührei, Schinken und Toast. Leuchtend rote Blumen sowie zwei Gläser frisch gepressten Orangensaft standen auf dem Tisch. Der servierte Kaffee duftete wie in den besten Tchibo - Zeiten. "Mmh" sagte Xenia, "der Tag beginnt ja richtig gut." Nach dem Frühstück verließen wir unser schönes altes Grandhotel, versprachen an der Rezeption ein baldiges Wiederkommen und verabschiedeten uns noch herzlich von der Praktikantin aus München, die wir für ein echtes Inka - Mädchen gehalten hatten. Sie rief nach einem Taxi, das uns zum Flughafen fuhr. Das Flugzeug nach Puerto Maldona startete fast pünktlich und wir waren gespannt, welche Abenteuer uns im Amazonasgebiet von Peru erwarteten.

Puerto Maldonado – Start in den peruanischen Dschungel

Das Flugzeug rollte zur Startbahn und bremste ganz plötzlich. Die zwei Propeller Motoren heulten auf und ein ohrenbetäubender Lärm mit einem Ächzen des Flugzeuges drang in die Passagierkabine. Xenia sah mich an und suchte meine Hand. In diesem Moment meldete sich der Flugkapitän und sagte schnarrend so viel wie: "Bremstest". Ja, andere Länder, andere Sitten. Die Maschine rollte zur Startbahn und unter dem Aufschrei der Motoren nahm das Flugzeug an Geschwindigkeit zu, bis es von der Startbahn holpernd abhob und brummend in den Himmel stieg. Die wenigen Wolken lagen unter uns und wir sahen Lima in der Morgensonne. Die Stadt erschien uns größer und grüner mit ihren Parks. Am blau leuchtenden Strand sahen wir schon die ersten bunten Paragleiter, die an der Steilküste entlang flogen. Das Flugzeug brummte weiter in Richtung Südosten, dem Dschungel entgegen.

Kurze Zeit später sahen meine Augen sattgrüne Blätterwälder, nur durchbrochen vom leuchtenden Braun des Madre de Dios Flusses. Der Landeanflug auf Puerto Maldonado hatte begonnen. Eine Aufforderung sich anzugurten gab es nicht. Puerto Maldonado liegt nur eine halbe Stunde von Cusco entfern. Diese völlig andere Welt im scheinbar undurchdringlichen Dschungel sollte in den nächsten Tagen unser zuhause sein. Das Flugzeug neigte die Nase Richtung Erdboden und flog ziemlich steil auf die kurze Landebahn zu. Ich nahm an, der Pilot weiß was er tut und hoffte auf eine gute Landung. Etwas unsanft setzte die Maschine auf der holprigen Landepiste auf und rollte zum kleinen Flughafen - Gebäude. Geschafft, wir waren im Dschungel des Amazonas gelandet. Na gut, fast.

Von dem kleinen, überschaubaren Flughafen von Puerto Maldonado wurden wir von unserem Reiseleiter des Hotels Corto Maltes Amazonia abgeholt und zur Bootsanlegestelle im Hafen gebracht. Papaya Bäume stehen in den Gärten des kleinen Ortes, Hibiskus Sträucher säumen die Straßen und der Markt in der Nähe des Hafens ist ein Ort voller bunter Menschen und Tieren. Alle Farben, die die Natur zu bieten hat, sind hier zu sehen. Die Röcke der peruanischen Händlerinnen leuchten genauso bunt wie die Früchte und Tiere. Aber davon später mehr.

Die einzige Möglichkeit zu unserer 14 km entfernten Lodge zu kommen, ist mit einem Boot über den Wasserweg zu fahren. Michael, unserer Reiseleiter, hat in der Zwischenzeit unser Gepäck in das lange, schmale Holzboot gebracht. Wir balancierten über zwei schmale Holzbretter in das Boot und Xenia schaut mich fragend an. Eigentlich ist sie eine mutige und sportliche Frau, die nur ab und zu nach meiner Hand greift. Aber die Piranhas im Wasser sind ihr doch nicht so sympathisch. Michael nimmt ihre Hand und führt Xenia rückwärtslaufend in das Boot. Wir werden vom Bootsführer und seinem Matrosen herzlich begrüßt und bekommen ein buntes Getränk aus Fruchtsäften. Mit einem dumpfen Grummeln lässt der Bootsführer den alten Automotor an, der sich am Heck des Bootes befindet. An diesem Motor war eine lange Antriebswelle befestigt, an deren Ende sich die Schraube befand, die uns mit dem Boot auf dem Wasser vorantreiben sollte. In Thailand und anderen asiatischen Ländern hatte wir ähnliche Konstruktionen gesehen. An Sicherheit durfte man bei diesem Antrieb aber nicht denken. Das Boot wurde rückwärts in Richtung Fluss gezogen und wenn der Bootsführer etwas vorsichtiger die Wende vollzogen hätte, wäre Xenias Kleidung noch trocken. So aber peitschte die Antriebsschraube das Wasser auf, das Boot kippte leicht zur Seite und ein Koffer drohte in das Wasser zu rutschen. Um dieses zu verhindern sprang Michael in Richtung Koffer, konnte diesen festhalten und verlagerte allerdings damit den Schwerpunkt des Bootes in Richtung Wasser. Der Bootsführer steuerte gegen und die sich drehende Schraube sprühte einen Teil des Wassers auf Xenia. Sie schrie kurz auf und war unfreiwillig mit dem Wasser des Amazonas getauft. Als Xenia daraufhin laut lachte, lachte das ganze Boot. Ich half ihr die Kleidung zu trockenen und wir konzentrierten uns auf die Fahrt. Michael erzählte, dass er ein Ureinwohner aus dieser Dschungelgegend sei. Mit seinem Großvater und Vater durchstreifte er schon als Junge den Urwald. Nach dem Abitur zog es ihn nach Lima an die Universität. Dort studierte er Hotelmanagement. "Ich war ein guter Manager", sagte er, "aber immer mehr zog es mich zurück in den Dschungel. Eines Tages verließ ich das Hotel und den Schreibtisch und wurde Reiseleiter für meine Heimat.“ Wieviel wir aus dieser Entscheidung von Michael profitierten, wurde uns in den nächsten Tagen erst klar. Eine dreiviertel Stunde fuhren wir im langen Holzboot über den Madre de Dios Fluss. Dieser fließt von hier aus weiter nach Bolivien und schließlich in den Amazonas. Unsere Augen bleiben an grünen

Bananenplantagen, wehenden Palmen und rustikalen Dschungel- Lodges am Flussufer hängen. Auf der rechten Seite taucht plötzlich etwas wie ein Wasserbagger auf. Michael erklärt uns, dass das illegale Goldschürfer sind, die eigentlich nicht geduldet werden. Da aber die Goldausbeute sehr gering ist, sieht die Polizei oftmals weg. Die frische Brise, die uns der Fahrtwind bringt, fühlt sich bei Temperaturen um die 30 Grad sehr angenehm an. Trotz der hohen Temperaturen kommen uns eine Vielzahl von, mit Früchten und Gemüse, beladenen Booten entgegen. Diese Bootseigner, so Michael, sind Bauern, die ihre Waren zum Markt nach Puerto Maldonado bringen. Da es keine Straßen gibt, müssen sie das Boot nehmen. Das ist schon seit Jahrhunderten so. Als wir ankommen läutet zur Begrüßung die Glocke, die über das Eintreffen neuer Gäste informiert. Mit einem frischen, köstlichen Saft einer Passionsfrucht werden wir empfangen. Das Hauptgebäude der Lodge wurde seitlich offen aus Bambus gebaut. In diesem Gebäude befindet sich die Rezeption und das Restaurant. Ein kleiner Souvenir-Shop ist ebenfalls vorhandenen. Um das Hauptgebäude reihen sich im Kreis unterschiedliche auf Stelzen stehende Häuser. Der Zugang erfolgt über die im Boden eingelassenen großen Baumstammscheiben und über eine Holz-Treppe. Michael führt uns zu unserem Haus. Wir steigen die leicht knarrende Holztreppe empor, öffnen die Tür und sagen beide " Aah". Das hatten wir im Dschungel nicht erwartet. In dem großen Raum stehen zwei Betten mit einem weißen Moskitonetz überspannt. Daneben stehen ein Tisch und Stühle aus natürlichem Holz. Weiter rechts gibt es einen Schrank, ebenfalls aus Naturholz. Im hinteren Teil des Hauses befindet sich die Toilette und das Duschbad. Xenia stürmt sofort in das Duschbad und ruft: "Besetzt!“ Michael ruft hinterher: "Essen in 20 Minuten". Ich nutze die Möglichkeit mich etwas umzusehen und unser Gepäck zu verstauen. Im Duschbad rauscht das Wasser und Xenia summmt eine Melodie. Es scheint alles in Ordnung zu sein als plötzlich ein lauter Schrei aus dem Duschbad ertönt und Xenia nackt in das Zimmer springt. "Eine große Spinne ist im Bad" ruft sie und legt sich ihr Handtuch um ihren Körper. Sie ist immer noch eine anziehende Frau denke ich und gehe in Richtung Badezimmer. Vorsichtig blicke ich um die Ecke, sehe aber keine Spinne. "Wo soll dieses Ungeheuer denn sein", frage ich Xenia. "Na da" sagt sie und deutet auf das Bad. "Na da ist eine ungenaue Beschreibung" sage ich ganz ruhig. "Die Spinne ist weg". "Wie weg?" fragt Xenia. "Weg, einfach weg. Wahrscheinlich hast Du sie durch deinen Schrei erschreckt und sie ist in den Dschungel geflüchtet. "Haha geflüchtet, sie ist bestimmt noch da. Du kannst ja jetzt duschen gehen" sagte Xenia. "Mach ich auch", sage ich. Ich zog mich aus und ging in das Duschbad. Vorsichtig sah ich mich um und da war sie, ziemlich groß und wunderschön gezeichnet. "Ist die Spinne noch da?" fragte Xenia. "Nein, sie ist geflüchtet" sage ich, drehe das Wasser auf, behielt aber die Spinne im Auge. Sie sah mich mit ihren Kugelaugen an und dachte: Der ist bestimmt schmackhaft, aber zu groß. Ganz langsam drehte ich die Handdusche in die Richtung der Spinne und glaubte, dass der erste Wassertropfen sie zum Weglaufen bewegen würde. Sie aber zuckte nur kurz zusammen und blieb ansonsten an ihrer Stelle. Wahrscheinlich war die Spinne aus dem Urwald ganz andere Regenschauer gewöhnt. Langsam wurde mir dieses haarige Etwas vertraut. Auf meine Frage: "Was willst du von mir?" antwortete sie nicht. Ich beachtete sie einfach nicht mehr und als ich doch wieder hinsah, war sie weg. Sie war einfach gegangen, ohne mir zu sagen wohin. Xenia fragte, warum ich solange in der Dusche bin. "Ja, ich komme schon" rief ich zurück. Sie hätte mir die Geschichte mit der Spinne sowieso nicht geglaubt. Nachdem wir uns dschungelmäßig angezogen hatten, gingen wir über den Bretterweg in das Restaurant. Es gab Fisch mit Passionsfruchtsoße, den wir so zubereitet noch nie gegessen hatten. Dazu tranken wir einen Fruchtsaft, der wie Guave- Saft schmeckte. Als wir Michael sahen, winkten wir ihn an unseren Tisch. "Ist es eine Köchin oder ein Koch, der dieses schmackhafte Fischgericht zubereitet hat?" fragte ich. "Es ist ein Koch" sagte er und erzählte uns die Geschichte der Lodge. Vor zwanzig Jahre besuchte ein Geschwisterpaar aus Paris diese Gegend. Sie waren vom Dschungel, den Tieren und Pflanzen so begeistert, dass sie beschlossen, genau hier diese Lodge zu bauen, damit auch andere Menschen die Schönheit der Natur sehen können. Da sie über ein größeres Vermögen verfügten, konnte die Lodge innerhalb eines Jahres gebaut werden. Unter dem Personal war auch der Koch, der auch heute noch der Chef der Küche ist. Diesen schickte man allerdings nach dem ersten Menü für vier Wochen nach Paris in die Hotelküche eines befreundeten Paares, damit er die französische Küche kennengelernt. "Das Ergebnis schmecken sie heute" sagte lächelnd Michael. "In zehn

Minuten wollen wir aufbrechen" rief er uns zu und verließ das Restaurant. Wir tranken den schmackhaften Juice und liefen langsam in Richtung Rezeption. Da Michael nicht in Sicht war, bummelten wir in den Garten. Hinter uns schrien bunte Aras, die sich um eine Banane stritten. Xenia lehnte sich an eine Bananenstaude. Ich nahm meine Kamera, um ein Foto von Xenia zu machen. Sie mochte viele Fotos damit sie viele Fotos wieder löschen konnte, die ihr nicht gefielen. Als ich an ihr Gesicht zoomte, sah ich im Sucher der Kamera genau hinter Xenia Kopf eine Schlange. Zuerst dachte ich es wäre eine Attrappe. Als aber die zischelnde Zunge zu sehen war, drückte ich mehrmals auf den Auslöser der Kamera und rief zu Xenia: "Komme doch bitte mal zu mir“. Sie vermutete, dass ich ihr das Foto zeigen wollte, was ja auch so war. Als sie das Foto auf dem kleinen Screen sah, erkannte Xenia nicht sofort den Schlangenkopf im Hintergrund. "Sieh einmal genauer hin." sagte ich zu ihr. "Ist das etwa eine Schlange im Hintergrund?" fragte

Xenia. In diesem Moment kam Michael und wir zeigten ihm das Foto. "Ja, das ist eine junge Cobra. Die verstecken sich oft in Bananenstauden. Sie sind in dem Alter aber harmlos". Wir gingen zu der Bananenstaude und sahen uns etwas mutiger die Schlange an. Sie war wunderschön. Graue, weiße und silbrig - schwarze Schuppen formten den Kopf und den Körper. Die dunklen halbkugelförmigen Augen schauten uns starr an, müssen aber unsere Annäherung bemerkt haben, da sich plötzlich die kleine gespaltene Zunge zeigte, die unter zischelnden Geräuschen aus dem Maul kam. Wir zuckten leicht zusammen und traten einen Schritt zurück. Michael lachte und erklärte uns die Ausflüge, die wir am Nachmittag noch durchführen wollten. Allerdings musste er seine Erläuterungen mehrfach unterbrechen, weil die Aras sich wieder stritten. Manchmal gehen einen diese bunten und intelligenten Vögel wirklich auf den Geist. Wir wollten am Nachmittag einen Spaziergang durch den Dschungel und vor

Mitternacht eine Nachtflussfahrt machen. Beides hörte sich interessant an, es wurde aber ein Abenteuer der Wissenschaft und der Natur. Wir liefen los und nach einigen hundert Metern sahen wir auf der rechten Seite das Privathaus des französischen Geschwisterpaares, die sich aber derzeit in Paris aufhielten. Wenige Meter und wir waren unter dem dichten Blätterdach verschwunden. Die Abenteuer des Nachmittags waren zwar auch Schlangen, Affen, diverse Vogelarten und große blau leuchtende Schmetterlinge, aber hauptsächlich Bäume und Pflanzen.

Was Michael uns an diesem Nachmittag zeigte und vorführte, ging weit über unsere Fantasie hinaus. Wir lernten die Würgefeige und den Ameisenbaum kennen, hingen uns an Lianen und schaukelten wie junge Affen hin und her. Wir sahen riesige Bananenbäume und pflückten große Paranüsse vom Baum, die uns Michael mit seiner Machete öffnete, so dass wir die kleinen im Kreis angeordneten Paranüsse sahen und an diesen knappern konnten. Wir rieben mit grünen Blättern unsere Hände ein, die nach wenigen Sekunden rot, blau oder gelb wurden. Es waren die Naturfarben, die die Frauen im Amazonas oder am Titicacasee heute noch für das Färben ihrer bunten Röcke verwenden. Wir sahen die scharfen Stacheln, mit denen sich Bäume gegen Pflanzen-Parasiten wehren und wir versuchten 30 bis 40 Meter hohe Bäume zu umfassen, die uns drei keine Chance gaben. Nie werden wir das Orchester des Dschungels vergessen. Noch heute höre ich die unterschiedlichen Töne und Geräusche des Urwaldes. Schreie, Piepsen, wunderschöne Melodien, gesungen von unbekannten Vögeln, Zwitschern, Gurren, das Brechen der Zweige, wenn wir unseren Fuß aufsetzten, all das ergab einen Mix von Tönen, die mancher neuzeitliche Rapper nie erreichen wird. Unsere Baumwollshirts saugten nicht nur unseren Schweiß, sondern auch die großen Tropfen, welche aus dem üppigen grünen Dach über uns zur Erde fielen, auf. Wir folgten vorsichtig Michael, um keines der für uns unsichtbaren Tiere zu stören. Er stoppte plötzlich, zeigte in einen Baumwipfel und flüsterte:" Affen!" Wir sahen nach oben und sahen nichts. Michael artikulierte einen Ton, der die für uns unsichtbaren Affen zu wilden Schreien provozierte. Er riss ein Bündel Bananen von einem Bananenbaum und schickte seltsame Laute in Richtung Affen. Diese Töne ließen die Schreie der Affen verstummen und plötzlich zeigte sich eine Affenmutter mit ihrem kleinen Affenkind. Vorsichtig sprang sie mit dem Affenbaby im Arm von Ast zu Ast und stoppte plötzlich. Als ob sie Michael erkannt hatte, sprach sie ganz ruhig in ihrer Affensprache mit ihm. Er antwortete ihr und sie hangelte zu ihm, um das Bündel Bananen zu ergreifen. Danach schaute sie ihn an als wenn sie sich bedanken wollte. Beide wechselten irgendwelche Laute aus und sie kletterte ohne Hektik zurück in den Wipfel des Baumes. Wir sahen beide Michael an, der über das ganze Gesicht lachte. "Ich kenne die

Affenmutter seit meiner Kindheit. Mein Großvater hat mich mit ihr bekanntgemacht. Wir sind Freunde, wenn es so etwas zwischen Menschen und Tier gibt. Immer wenn ich mit meinem Großvater in den Dschungel ging, habe ich nicht nur viele seltene Pflanzen, sondern auch viele Tiere und deren Laute kennengelernt. Deshalb kann ich mich mit " The Queen“, so hat mein Großvater sie genannt, ein wenig unterhalten." "Michael, erzähle bitte weiter von Dir und Deinem Großvater" sagte Xenia. Wir liefen langsam weiter durch den Dschungel und Michael erzählte uns unglaubliche Geschichten, die er mit seinem Großvater erlebt hatte. So langsam verstanden wir Michael, dass er das Büro mit dem Dschungel des Amazonas tauschte. An diesem Nachmittag erlebten und hörten wir so viele Dinge, wie wir es uns nicht vorstellen konnten. Xenia sah mich öfters an und ohne ein Wort zu sprechen wusste ich, dass meine Frau keine Minute dieses Nachmittages vermissen wollte. Später, als wir wieder in Berlin waren, erzählten wir uns oft von den Stunden, die wir mit Michael im Dschungel verbrachten.

Es war bereits dunkel als wir unsere Lodge erreichten. Michael erinnerte uns an unseren Nachtausflug und wir gingen etwas müde in unser Stelzenhaus. Als Xenia als erste duschen wollte, erinnerte ich sie an die Spinne im Bad. "Geh du zuerst, ich will mich noch etwas ausruhen" sagte sie und lächelte mich an. "Ich grüße sie von dir" und ging in den Duschraum. Vorsichtig sah ich mich um, aber von der Spinne war nichts zu sehen. Vielleicht hatte sie einen Ausflug gemacht oder war auf Nahrungssuche. Das warme Wasser vertrieb meine Müdigkeit und in wenigen Minuten war ich wieder munter. Als ich pfeifend aus dem Duschraum kam, sah mich Xenia fragend an. "Sie wartet auf dich" sagte ich lächelnd und pfiff weiter mein Lied. Sie stand auf, umarmte mich und fragte: „Ist sie wirklich noch da?" "Nein, du kannst duschen gehen, sie ist ausgegangen." Ich wollte keine weitere Verzögerung, denn auf uns wartete bestimmt ein köstliches Abendessen. Als wir unser Haus verließen, empfing uns ein dunkler und trotzdem in vielen Farben schimmernder Himmel. Um uns herum zirpte und zwitscherte es. Wie in einem Märchen gingen wir in das Restaurant. Unser Tisch war bereits gedeckt und es standen zwei Gläser von dem wunderbaren Guave - Juice darauf. Eigentlich waren wir beide Wein - und Biertrinker. Wie gut aber auch ein Juice schmecken kann, sollten wir hier erfahren. Niemals hätten wir geglaubt, dass man mitten im peruanischen Dschungel ein französisches Menü serviert bekommt. Es war einfach köstlich. Erst später haben wir Michael gefragt, was wir da gegessen haben. Er schmunzelte und fragte: „Soll ich es wirklich sagen? Es war Meerschweinchen in einer Passionsfruchtsoße an Rotwein oder so ähnlich." Xenia war plötzlich ganz ruhig und antwortete: „Dafür schmeckte es wirklich gut.“ Ich erinnerte mich an eine Geschichte von ihr, wo sie in ihrer Kindheit ein Meerschweinchen als Haustier hatte und fragte nicht weiter nach. Auch Michael bemerkte die leichte Veränderung von Xenia und als er mich ansah, schüttelte ich leicht den Kopf und wir blendeten das Thema an diesem Abend aus. Am Fluss wartete schon ein Boot auf uns. Es war kleiner als das Boot was uns von Puerto Maldonado in die Lodge gebracht hatte und besaß neben einem leisen Außenbordmotor noch zwei Ruder. Wir begrüßten den Bootsführer und nahmen in dem leicht schaukelten Boot Platz. Xenia hatte ihre neue Digitalkamera dabei und wollte den Dschungel bei Nacht aufnehmen. Ich hielt meine bewährte Foto- Videokamera in der Hand, die ich seit Jahren auf alle Reisen mitnahm. Die Kamera war klein, leicht und besaß ein lichtstarkes Objektiv, was besonders in der Nacht vorteilhaft war. Und man konnte mit ihr auch Videoclips in Zeitlupe aufnehmen. Nachteilig war am Anfang, dass sie wie eine Pistole aussah. Ein junger Sicherheitsbeamter am Flughafen holte deswegen die Bundespolizei. Fast hätten wir deshalb unseren

Flug verpasst. Aber alles ging gut aus. Die Produktion der Kamera wurde leider eingestellt. Aber ich hoffe, dass diese Kamera uns noch Jahre auf den Reisen begleiten wird.

Das Boot legte leise vom Steg ab und fuhr stromaufwärts. Wir verließen den großen Fluss und bogen rechts in einen kleinen Seitenarm ein. Rechts und links des Bootes umsäumte uns der Dschungel. Bis zum Ufer waren es beidseitig rund drei Meter. Ab und zu hörte man Geräusche, die man aber schwer deuten konnte. Die Dunkelheit behielt ihre Geheimnisse für sich. Immer tiefer fuhren wir in eine uns unbekannte und geheimnisvolle Welt, deren Wispern, Knacken, Grummeln und Zirpen uns beeindruckte. So oder ähnlich muss es den Ureinwohnern oder Wissenschaftlern gegangen sein, die vor Jahrhunderten in den Dschungel vordrangen. Mit einer Taschenlampe suchte Michael den Uferrand ab und sichtete den ersten Bewohner: einen schwarzen Kaiman. Bevor Xenia ihre Augen am Kamera- Sucher hatte, war der Kaiman verschwunden. Sie wollte mir etwas sagen, aber ich hielt den Zeigefinger an den Mund, was so viel bedeutet wie: Ruhe! Es war ganz still. Nur das Plätschern des Wassers und die Geräusche des Urwaldes waren zu hören. Der Lichtkegel der Taschenlampe erfasste ein kleines Opossum, das aber schnell hinter einem Baum verschwand. Über uns flatterten Fledermäuse, ein blauer King Fisher Vogel saß auf einem Ast und da er sich gestört fühlte, flog er in den dunklen Dschungel. Xenia fotografierte die ganze Zeit. Als sie den Daumen hochhielt, wusste ich, dass sie von dem wunderschönen Vogel ein Foto machen konnte. In der Ferne hörte man das Krollen eines Gewitters. Bestimmt prasselte dort der Regen auf das Blätterdach des Urwaldes. Hin und wieder zeigte Michael auf bestimmte Stellen im Wasser. Wir aber sahen nichts. Erst als er mit der starken Taschenlampe an diese Stelle leuchtete, sahen wir in die Schlitzaugen von Kaimanen. Sie waren nicht sehr groß, aber die

Hand ins Wasser legen wollte ich auch nicht. Außerdem hatte er uns verunsichert mit seiner Aussage zu den Piranhas. Als wir ihn danach fragten lächelte er und sagte: „Ja, es gibt welche in diesem Fluss. Wenn man keine Wunden am Arm oder an der Hand hat, sind sie harmlos. Aber wenn sie Hunger haben beißen sie auch ohne Wunde zu." Michael sah zu Xenia hin, die sofort ihre Finger aus dem Wasser zog und lachte. Wir wussten nun nicht genau, ob er es ernst meinte oder ob es Spaß war. Das Boot fuhr leise über das Wasser. Plötzlich hielt es der Bootsführer an und deutete in die Dunkelheit. Erst als Michael den Lichtstrahl der Lampe in diese Richtung hielt, sahen wir in zwei rotglühende Augen. Ich riss die Kamera hoch und drückte den Auslöser. Das Tier, es war ein Wasserschwein, verharrte geblendet noch einige Sekunden und lief dann in den Dschungel. Es wollte einfach kein Fotomotiv in der Dunkelheit sein. Langsam fuhr unser Boot immer tiefer in eine geheimnisvolle, von Tierlauten gesättigte unbekannte Gegend.

Unsere Kameras hatten wir ständig in der Hand, um ja keinen Schnappschuss zu verpassen. Als der kleine Seitenarm des Hauptflusses sich in einen Tümpel erweiterte, stoppte das Boot und der Bootsführer nahm die Ruder. Er ruderte uns langsam an den Tümpel heran. Plötzlich hörten wir ein lautes Schnaufen, konnten aber kein Tier sehen. Michael richtete mit reduzierter Helligkeit die Lampe in Richtung des Geräusches aus. Große leuchtende Augen sahen uns an und wir konnten die Umrisse eines Schädels wie von einem Flusspferd erkennen. Es schnaubte und schüttelte den Kopf bedrohlich hoch und runter. Unsere Kameras hatten wir auf Nachtmodus gestellt, um ohne Blitz in der Dunkelheit fotografieren zu können. Diese Situation wollte ich aber als Video aufnehmen und schaltete die Kamera in den Videomodus, konnte aber gleichzeitig noch Fotos aufnehmen. Das Flusspferd wurde immer wütender und der Bootsführer zog das Boot zurück. Michael kannte die Gefahr, die von so einem großen

Flusspferd ausging und fragte uns: „Reicht es...?" Wir nickten und fuhren weiter. Auf der Rückfahrt erzählte uns Michael Abenteuer, die er mit seinem Großvater vor vielen Jahren in seiner Heimat, er stammte aus einem kleinen Dschungeldorf in der Nähe der Lodge, erlebt hatte. Wir hingen wie Kinder an seinen Lippen, die eine Abenteuergeschichte vorgelesen bekamen. Der Bootsführer hatte den Außenbordmotor gestartet und wir fuhren in Richtung Lodge. Ungefähr eine Stunde später legte das Boot am Steg an. Wir liefen den steilen Weg vom Fluss nach oben. Im Restaurant erwartete uns ein kühler Juice. Zugern hätte ich gewusst, welche Frucht oder welche Früchte in diesem Getränk steckten. Den Koch, der nicht mehr im Restaurant war, wollte ich am nächsten Tag befragen.

Den Stromgenerator hatte man schon abgestellt. Aus diesem Grund saßen wir bei romantischem Kerzenschein. Als wir zu unserem Bambushaus gingen, fing es leicht an zu regnen. Wir betraten von der Terrasse den großen Raum. Kerzen tauchten diesen in sanftes Licht. Romantik im Dschungel! Müde von den Tagesausflügen legten wir uns wenige Minuten später ins Bett, schlossen unsere Moskitonetze und fielen zu den Tropfen des Regens, der auf unser Dach fiel, in einen tiefen, erholsamen Schlaf. Die Kerzen hatte ich vorher gelöscht, den großen Riegel vor die Eingangstür geschoben und die Weckzeit auf meinem Smartphone eingestellt. Auf dem kleinen Tisch neben mir lag eine Scheckkartengroße Led - Lampe, die in dem dunklen Zimmer uns etwas Orientierung ermögliche sollte, falls es notwendig war. Eine Stunde später war die kleine Lampe unser Lebensretter.

In der ersten Tiefschlafphase wurden wir plötzlich von lauten, tiefgrollenden Schreien geweckt. Direkt neben unserem Haus schrie ein großes Tier. Es musste groß sein, denn solche Töne kommen nur aus dem Rachen von

Löwen, Elefanten oder Flusspferden. Xenia saß im Bett unter ihrem Moskitonetz, welches an der Decke aufgehangen war und fragte: "Was ist das...?" "Ich weiß es nicht" antwortete ich. Wir verharrten einen Moment und hörten auf das Schreien. Die kleine Led-Lampe hatte ich eingeschaltet und auf die Tür gerichtet. Plötzlich schwankte das Haus auf Stelzen und Xenia schrie auf. Wiederholt fragte sie: „Was ist das, was ist das?" Das Tier hatte sich gegen die Stelzen geworfen und rumpelte seine Haut an diesen, vermutete ich. So ging es mindestens 10 Minuten oder länger. Die Angriffe wurden nur durch die fürchterlichen Schreie unterbrochen. Manchmal glaubten wir, das Tier wäre weiter gegangen, aber kurze Zeit später erfolgte der nächste Schrei oder Stoß. Ob die ständigen Stöße das Stelzenhaus aber aushalten konnte, darin war ich mir unsicher. Ich öffnete mein Moskitonetz und ging zur Tür. In der Hand hatte ich nur die kleine Taschenlampe. Bevor ich die Tür öffnen konnte, musste der große Holzriegel zur Seite geschoben werden. Als ich die Tür dann einen Spalt öffnete, rief Xenia: "Sei vorsichtig!" Wie kann ich vorsichtig sein, wenn ich gar nicht weiß, was mich erwartet. Es war stockdunkel oder „Schwarz war die Nacht“, wie man so schön sagt. Nichts konnte man sehen. Der Lichtstrahl der kleinen Led-Lampe reichte gerade ein bis zwei Meter. Also ging ich an die Treppe, um zu sehen, was für ein Ungeheuer unsere Nachtruhe stört. In diesem Moment stieß das Ungeheuer wieder zu und schrie, wie ein Ungeheuer eben schreit. Um nicht von der Terrasse zu fallen, hielt ich mich an der Holzumrandung fest. Zufällig fiel der Lichtstrahl der Lampe auf etwas Großes, zottliges. Die glühenden Augen starrten mich an. Ich schrie meine Wut dem Tier entgegen und leuchtete direkt in die Augen. Es war ein Flusspferd und wahrscheinlich das Gleiche, was wir bei unserer nächtlichen Bootstour gestört hatten. Diese Reaktion hatte es wohl nicht erwartet. Es machte kehrt, schrie noch ein paar Mal und verschwand Richtung Wasser. In der

Zwischenzeit hatten sich mehrere Stelzenhäuser geöffnet und Lichtkegel von diversen Taschenlampen erhellten die Dunkelheit. Ich hatte keine Lust mitten in der Nacht irgendwelche Gespräche zu führen und schloss die Tür in der Hoffnung, dass das Ungeheuer nicht mehr wiederkommt. "Mein mutiger Ritter, lass dir einen Kuss geben" sagte Xenia und ich ließ mich nicht zweimal bitten. Lange fand ich keinen Schlaf und ich bemerkte, dass es Xenia nicht anders ging. Irgendwann am Morgen weckte uns mein Smartphone. Wir stiegen noch etwas müde aus dem Bett, schalteten das Licht ein, der Stromgenerator lief also schon, duschten kurz und gingen zum Frühstück. Hauptthema war die nächtliche Ruhestörung durch das Flusspferd. Als Michael in das Restaurant kam, beruhigte er uns erst einmal. "Sie leben mit wilden Tieren in der Lodge und wenn ein Tier mal nachts an ihrem Stelzenhaus rüttelt, müssen sie keine Angst haben. Die Häuser sind stabil gebaut." Ich wendete mich Xenia zu und sagte: "Michael hat wohl noch nie so eine Nacht erlebt." Als wir in den folgenden Stunden nochmal auf die nächtliche Ruhestörung zu sprechen kamen, erzählte uns Michal seine Abenteuer, die wohl noch etwas heftiger waren, als unsere Nacht.

Für diesen Vormittag ist ein Ausflug zum Lake Sandoval geplant. Wir ziehen die bereitgestellten Gummistiefel an und besteigen ein größeres Boot. Mit von der Partie sind ein Ehepaar aus Schweden, ein Paar aus Frankreich und ein Paar aus Stuttgart. Das Boot legt ab und wir fahren mit hoher Geschwindigkeit flussaufwärts, umfahren Sandbänke und halten unsere Hände ins Wasser in der Hoffnung, dass uns keine Piranha in die Finger beißen. An der rechten und linken Fluss- Seite sehen wir ab und zu kleine Bambushütten. Michael erklärt uns, dass das entweder Hütten von Goldschürfern oder von Einsiedlern sind. Nach einer Stunde legt das Boot am Ufer an. Über ein paar in den Sand gelegte Bretter laufen bzw. rutschen wir in den höher gelegenen Dschungel. Aufgrund des Regens der Nacht war der Weg matschig und voller Wasserpfützen. Wir umlaufen diese Pfützen, da man nicht sehen konnte, wie tief sie waren. Unser Weg führte uns noch vier Kilometer durch den Dschungel bis zu einem kleinen Hafen. Auf dem Weg dorthin ist manchmal der Matsch, durch den wir laufen so tief, dass man kaum den Fuß wieder herausziehen kann. Nach wenigen hundert Metern sehen wir in den Bäumen die ersten Affen. Wenig später hören wir die Rufe von Papageien und anderen Vögeln, die wohl um Futter streiten. Wir laufen, fotografieren besonders schöne blaue Schmetterlinge oder dicke fette grüne Raupen mit bunten Stacheln. Irgendwann sind wir an dem kleinen Hafen angelangt. Von dort wollen wir noch eine Stunde zum Lake Sandoval rudern. Vor uns liegt ein Holzboot, aus dem Michael und der Bootsführer das angesammelte Regenwasser erst einmal schöpfen müssen. Am Heck des Bootes befindet sich eine Holzkiste, aus der später Michael unser Menü verteilt. Mmh, es gibt in Bananenblätter gewickelten noch warmen Reis mit Hühnchen und Ananas. Dazu trinken wir einen erfrischenden Juice. Mit frischen Kräften greifen wir uns die Ruder und treiben das schwere Holzboot durch das Sumpfgebiet, aus dem rund 50 Prozent des Regenwalds bestehen. Nach fast einer ungemütlichen Stunde, die uns die Mücken des Sumpfes einbrachten, lichtete sich der Dschungel und wir erreichten den einsamen ursprünglichen See. Das Boot gleitet über das ruhige, glänzende Wasser, in dem sich der Himmel und die Bäume des Ufers widerspiegeln. Als ich die Kamera auf das Wasser richte, um dieses Farbenspiel aufzunehmen, sehe ich direkt neben dem Boot einen rötlichen Baumstamm. Da er seltsam aussieht, berühre ich Xenia, die sich zu mir beugt und deute auf den Stamm. In diesem Moment bewegt er sich und schwimmt ganz ruhig davon. Michael erzählt flüsternd, dass sich in diesem, von der Außenwelt isolierten,

See viele seltene Tiere wie Rochen, Paiche, Biber ähnliche Tiere und sogar Piranhas tummeln. In den Bäumen sitzen bunte Muyunas, aus hängenden Nestern schauen uns neugierig Webervögel an und in den Mangroven spielen junge Fischotter. Wir gleiten mit dem Boot nah ans Ufer. Michael zeigt in eine Richtung und wir sehen einen großen bunten Reiher, der unsere Fotoattacken nur ein paar Minuten aushält, dann aber unter einem Schrei seine großen Flügel ausbreitet und rauschend in den Dschungel entflieht. Dann ist es fast unheimlich ruhig. Das Boot fährt weiter und wir sehen rechts schwarze Kaimane, die ruhig im Wasser liegen und auf Nahrung warten. Immer wieder schrecken wir Vögel auf, die aber nach kurzem Flug zurückkehren. Diesen Lake Sandoval kann man schon als Kleinode der Erde bezeichnen. Nach zwei Stunden purer Natur rudern wir langsam mit dem Boot zurück und in den Kanal ein, der uns zum Dschungelhafen führt. Als wir aus dem Boot aussteigen, spüren wir kaum noch unsere

Beine. Aber die Rücktour durch den Dschungel steht noch an und wir müssen den gleichen matschigen Weg zurück, den wir gekommenen sind. Immer wieder zücken wir unsere Kameras, um große Strelitzien, bunte Vögel, riesige Bananenstauden und große blaue Schmetterlinge zu fotografieren. Einmal schreit Xenia leicht auf. Sie deutet auf einem Baum an dem eine schwarze, dicke, haarige Tarantel auf ihre Beute wartet. Ich weiß, Xenia mag keine Spinnen, schon gar nicht so große. Aber die Aussicht auf ein großartiges Foto, was sie auch macht, lässt ihre Abneigung verschwinden. Die Spinne, ich mein das Foto von ihr, hängt in ihrem Arbeitszimmer und erinnert uns immer an den peruanischen Dschungel. Michael weicht ab und zu vom Weg ab. Wenn er zurückkommt, bringt er Pflanzen und Blätter mit, die er uns erklärt. Einen kundigeren Reiseführer können wir uns nicht wünschen. Seit dieser Reise sehen wir den Dschungel mit anderen Augen. Dank dem Wissen von Michaels Großvater und seinem Wissen. Endlich lichtet sich das grüne

Dach des Weges und wir sehen den Fluss mit unserem Boot. Unsere müden Beine suchen auf dem schrägen Hang Halt im schlammigen Boden. Sie tragen uns aber sicher die letzten Meter zum Boot. Hilfreich streckt uns der Bootsführer die Hand entgegen und wir laufend schwankend zu unserem Platz. Ich lasse mich neben Xenia fallen und gebe ihr einen Kuss auf die Wange. "Wir haben es geschafft und es war schön" sage ich. "Ja, es war wunderschön und wir werden diesen Tag nicht vergessen" antwortet sie und ihre Augen strahlen. Der Motor brummt und wir schwimmen mit dem Strom in Richtung Lodge. Michael hat sich zu uns gesetzt und erzählt von seinen Erlebnissen, die er als Kind mit seinem Großvater und auch später im Dschungel seiner Heimat, hatte. Er ist ein echter Ureinwohner. Seine Haare sind schwarz, seine Haut wie seine Augen dunkelbraun und seine Figur kräftig. Xenia fragt ihn lachend: „Tanzt ihr immer noch eure wilden Tänze als Krieger? Ich habe davon geträumt und wurde von einem Krieger entführt!" Michael lacht und antwortete auf ihre Frage: "Ja, an traditionellen Festtagen schmücken wir uns als Krieger, tanzen unsere Kriegstänze, trinken vergorenes Mais Bier das man „Chicha“ nennt und entführen besonders gern weiße Frauen aus Deutschland." "Huch, dann komme ich nicht mit in dein Dorf, sondern bleibe bei meinem Peter", scherzte Xenia. Es wurde eine lustige Rückfahrt. Als ich Michael fragte, was wir uns unbedingt noch in Peru ansehen sollten, sagte er:" Machu Picchu, die Ballestas-Inseln, die Nasca-Linien und Ica. Schon wieder dieses Ica. "Was gibt es denn so Besonderes in Ica?" fragte ich. "Du wirst es sehen, es sind Steine“ antwortete Michael. Wir legten am Bootssteg der Lodge an und gingen in unsere Hütte. Laut begrüßten uns die Aras, die gerade eine Wassermelone als Geschenk bekommen hatten. Nach der anstrengenden Tour duschten wir und ruhten uns eine halbe Stunde aus. Leider müssen wir am nächsten Morgen diese gastliche Lodge verlassen. Unsere Reise geht weiter zum Machu Picchu, der geheimnisvollen

Stadt der Inkas. Wir packten unsere Koffer, um am Abend Zeit für ein gutes Essen, eine gute Flasche Wein und viele interessante Gespräche mit Michael und anderen Gästen zu haben. Es wurde ein Abschiedsabend unter Freunden Perus. Wir drückten Michael lange die Hand und versprachen leichtsinnig wiederzukommen. Ich glaube, nach den Erlebnissen, die wir auf dieser Reise hatten, werden wir es tun.

Nach einer ruhigen Nacht in unserem Stelzenhaus und einem Frühstück der Sonder-Klasse gingen wir zum Bootssteg. Unterwegs verabschiedeten wir uns von den bunten Aras, die auf einem Baum saßen und krächzend um Futter bettelten. Als wir mit unseren Händen ihnen zuwinkten, winkte der große Aras mit dem linken Flügel zurück, so war jedenfalls unser Eindruck. Wir gingen den steilen Weg zum Boot, verabschiedeten uns vom Personal der Lodge und stiegen in das Boot, dass uns drei Tage zuvor hergebracht hatte. Der Bootsführer stieß mit einer langen Stange das

Boot vom Steg ab, der alte Automotor brummte und die lange Welle mit der Schraube, die ab und zu aus dem Wasser kam, trieb uns über die Wellen des Madre de Dios. Wieder sahen wir die Bambushütten und später die Goldschürfer am Uferrand. Wir fuhren relativ schnell mit der Strömung des Flusses und Xenia hielt mutig die Hand ins Wasser. Wir hatten uns die Piranhas in der Lodge angesehen. Die Größe des Fisches hatte uns enttäuscht, die Zähne aber waren schon beeindruckend. Wenn man dann noch bestimmte Schauergeschichten über die Piranhas liest, bekommt man schon Gänsehaut. Wir legten im Hafen von Puerto Maldonato an und verabschiedeten uns. Ein Taxi brachte uns durch die quirlige Stadt zum Flughafen. Der Flug nach Cusco war ähnlich wie der Flug nach Puerto Maldonato, etwas unruhig und die Landung holprig. Wahrscheinlich hatten die zwei Piloten den gleichen Fluglehrer. Wir wollten drei Tage in Cusco bleiben und von dort mehrere Ausflüge starten. Ein Guide brachte uns in unser Hotel.

Es war ein im alten spanischen Stil gebautes Hotel mit einem grünen Innenhof. Nachdem wir in unserem Zimmer alle notwendigen Dinge ausgepackt hatten, tranken wir einen wirklich sehr gut schmeckenden Cappuccino in dem wunderschönen Innenhof. Xenia hatte sich im Reiseführer schon mit Cusco und den Sehenswürdigkeiten beschäftigt. Sie schlug vor, den Rest des Tages in Cusco zu verbringen. Die Stadt bietet mehr Sehenswürdigkeiten, als man an einem Tag erfassen kann. Da wir wie geplant am nächsten Tag nach der Stadt in den Bergen, Maccu Picchu, fahren wollten, war eine Vorbildung über das Inkareich in Cusco genau richtig. Wir tranken unseren Cappuccino aus und verließen unser Hotel.

Cusco – die alte Hauptstadt der Incas

Xenia und ich liefen langsam zur Plaza de Armas. In den gepflasterten Gassen glaubt man die Geschichte Perus zu spüren. Vor mehr als 800 Jahren soll der Inka Manco Cápac auf Geheiß seines Vaters, des Sonnengottes Inti, die Hauptstadt des Inkareichs gegründet und sie Cusco, Quechua für „Nabel der Welt“, getauft haben. In über 3.400m Höhe entstanden so prachtvolle Paläste und Tempel des mächtigen Inka- Reiches. Im 16. Jahrhundert begann dann mit der Ankunft der Spanier die Zerstörung und damit der Zerfall des Reiches und der alten Hauptstadt der Inkas. Aus den Steinen der zerstörten Inkastädte wurden Kirchen und administrative Gebäude im spanischen Stil gebaut. Cusco geriet neben der neugegründeten Hauptstadt Lima in Vergessenheit. Erst 1911, nach der Entdeckung des nahegelegenen Machu Picchu lebte die Stadt wieder auf. Das Interesse für die vergangene Inka-Kultur wurde wieder stärker.

Cusco, die schöne und interessante Stadt in den Anden, durfte wieder sein was sie Jahrhunderte war, die Hauptstadt der Inkas. Ein Spaziergang durch die Altstadt und eine Fahrt in die Umgebung von Cusco offenbart einem viele Spuren der Vergangenheit der Inkas. Nach wenigen Minuten standen wir an dem belebten Plaza de Armas.

Xenia setzte sich auf einen gerade frei gewordenen Platz auf einer der wenigen Bänke und winkte mich heran. Obwohl es rings um den Platz viele kleine Restaurants gab, wollten wir erst einmal die imposanten Bauwerke auf uns einwirken lassen. Wir sahen direkt auf die Kathedrale von Cusco. Xenia nahm meine Hand und lächelte mich an. Ohne ein Wort zu sagen wusste ich, dass sie das imposante Bauwerk, das auf den Grundmauern einer Inkafestung errichtet wurde, sie faszinierte. Die eindrucksvolle Architektur und Kunst aus drei Jahrhunderten am ehemaligen Standort eines Inkapalasts ist auch für einen modernen

Menschen beeindruckend. Der gewaltige Sakralbau, der eine Mischung aus Gotik und Renaissance darstellt beinhaltet im Innenraum über 400 Gemälde, Holzschnitzereien und einen beeindruckenden Altar aus Silber. Der Bau der monumentalen Kirche begann 1559 und nahm bis zur Fertigstellung fast 100 Jahre in Anspruch. Viele der verbauten Steine stammen aus der nahe gelegenen Inkafestung Sacsayhuamán. Hinter der Kathedrale steht ebenfalls auf Grundmauern der Inka-Stadt die koloniale Jesuitenkirche „La Compañia de Jesús“, die in Prunk und Schönheit die Kathedrale der Stadt um einiges überragt. Nachdem wir das bunte Treiben auf und rund um den Platz ausreichend studiert hatten, liefen wir in Richtung Kathedrale. Ich hatte meinen Arm um Xenia gelegt und wir gingen, ohne ein Wort zu sagen, um dieses Bauwerk in Ruhe betrachten zu können. Unterwegs musste ich aber noch einige Fotos machen, so beeindruckend war diese alte Architektur.

Im Inneren der Kathedrale fiel unser Blick auf einen geschnitzten Puma- Kopf am Kirchenportal. Dieser soll von den Inkas beim Bau der Kathedrale angebracht worden sein. Der Puma steht in der Mythologie der Inkas für die materielle Welt. Damit konnten wir direkt nichts anfangen und wollten uns aber über die Bedeutung des Pumas bei den Inkas noch informieren.

Die zahlreichen Kunstwerke der Malerei in der Kathedrale wurden im römisch-katholischen Stil gemalt. Besonders das Bild mit Jesus und seinen Jüngern beim Letzten Abendmahl zog viele Touristen an. Für uns als Atheisten hatte es keine Bedeutung, im Gegenteil fragten wir uns, warum Gott das verheerende Erdbeben von 1650 nicht verhindert hatte. Es können ja nicht alle Menschen damals in Cusco Sünder gewesen sein. Wir gingen weiter und sahen den Hauptaltar, der aus massivem Silber besteht. Für das Chorgestühl aus Zedernholz, das mit kunstvoll geschnitzten Figuren von Bischöfen, Päpsten und Heiligen verziert ist, verdienen die Handwerker dieser Zeit Bewunderung. Da wir schon mehr Zeit als geplant verbraucht hatten, ließen wir die Besichtigung der größten Glocke in Südamerika, der zwei Meter große „María Angola“, in einen der Türme aus.

Auch die koloniale Jesuitenkirche „La Compañia de Jesús“ wollten wir in den nächsten Tagen besuchen, um uns ganz der Kunst dieser Kirche hinzugeben. Denn unmittelbar um Cusco herum liegen sehenswerte Überreste des Inkareiches, die wir unbedingt an diesem Tag noch sehen wollen.

Mit dem Taxi fahren wir zur etwa 3km entfernten Ruine Sacsayhuamán. Es ist die wohl bedeutendste Ruine aus der Inka Zeit. Xenia erzählt mir während der kurzen Taxifahrt was sie bereits über die Ruine weiß. So richtig kann ich mir aber kein Bild machen, bis wir auf der Straße die Reste der Kultstätte sehen. Der Taxifahrer fährt uns zum Eingang und ich bezahle einen geringen Betrag für die Fahrt.

Xenia hat sich in der Zwischenzeit schon an der Eingangskasse angestellt und in wenigen Minuten erhalten wir die Tickets für den Eintritt. Die Stätte, von der heute nur noch eine Drittel des ursprünglichen Umfangs vorhanden ist, diente vor allem als Tempel. Gleichzeitig sollte es die Macht des Inkareiches präsentieren. Die ehemalige Kultstätte wurde vor allem durch Erdbeben und die spanischen Eroberer zerstört. 1536 leisteten die Inkas den Spaniern erheblichen Widerstand, da sie Sacsayhuamán als Festung benutzten. Die über drei Ebenen errichteten Mauern boten einen ausreichenden Schutz, der aber gegen die Übermacht der Spanier keine Chance hatte.

Von Sacsayhuamán hat man einen fantastischen Ausblick über Cusco, uns interessieren aber mehr die Mauern. Ich höre schon die Sticheleien von unseren Freunden, wenn sie fragen"... was, Mauern habt ihr euch angesehen...? „Ja", sagen wir dann, „aber was für welche".

Für die Bauweise bewundern wir heute noch die Inkas. Oder waren es gar nicht die Inkas? Riesige, tonnenschwere, glatt geschliffene Steine wurden perfekt aufeinandergesetzt. Aussparungen, Löcher, Anker und alles was Steine bei einem Erdbeben zusammenhält, wurden in die Steinquader geschlagen, gebohrt und gefräst. Diese Technologie ist vor allem deshalb faszinierend, weil nach wie vor unklar ist, wie die Inkas ohne Kenntnisse des Rades diese, teils bis zu 40 und mehr Tonnen schweren Steine bearbeiteten und bewegen konnten. Auf den Terrassen befinden sich zudem zahlreiche Kanäle, die die Wasserversorgung von Cusco sicherten. Neben Überresten von zwei Türmen, die unterirdisch miteinander verbunden sind, befindet sich hinter den Mauern ein großer freier Platz, auf dem jedes Jahr am 24. Juni die Feierlichkeiten des Sonnenfestes Inti Raymi ausgetragen werden. Einer alten Legende zufolge soll auf dem Gelände von Sacsayhuamán ein wertvoller Schatz versteckt sein, der aber in 300 Jahren vergeblicher Suche nie entdeckt werden konnte. Zurück in Cusco genießen wir den Abend im Schein der untergehenden Sonne und schlendern durch die Stadt, die einst die machtvolle Stadt der Inkas war.

Die Felsenstadt Machu Picchu

Am nächsten Morgen fahren wir mit dem Taxi zum Bahnhof. Die Rezeption unseres Hotels hatte auf unseren Wunsch Karten für die Bahn reserviert, so dass Xenia kurze Zeit später mit den Zugkarten in der Hand aus dem Bahnhof kam. Sie freut sich und ist gespannt, was uns am heutigen Tag erwartet. Ich hatte in der Zwischenzeit ein paar Fotos von dem alten historischen Bahnhof gemacht, die ich Xenia während der Fahrt zeigen wollte. Wir stiegen in den relativ modernen Bahnwagen ein. Nach kurzer Zeit setzte sich der Zug in Bewegung und fuhr uns durch das romantische Tal des Urubamba-Flusses nach Aguas Calientes. Aguas Calients ist der Ausgangspunkt für Besucher der Stadt Machu Picchu. Durch unser Zugfenster sahen wir kleine Dörfer, romantische Wiesen, Täler und Felsen, die hoch in den Himmel reichen. Nach ca. 3,5 Stunden kommen wir in Aguas Calientes an. Über einen Markt mit typisch peruanischen

Souverniers und einen verwirrenden Sprachteppich gelangen wir zum Busbahnhof. Vom Bahnhof läuft man entweder zu Fuß oder fährt mit kleinen Bussen die steilen Serpentinen hinauf. Wir entscheiden uns für einen kleinen Bus, der uns brummend und manchmal nah am Felsabgrund nach oben bringt. Nach einem kurzen Fußweg von der Bushaltestelle liegt Machu Picchu, die rätselhafte Stadt der Inkas vor uns. Sie wurde wegen ihrer versteckten Lage von den Spaniern nie entdeckt. Erst 1911 fand der Forscher Hiram Bingham die damals völlig von der Vegetation überwucherten Gebäude. Nach vielen Jahren der Restauration präsentiert sich heute Machu Picchu in voller Schönheit. Wir steigen die steilen Treppen bis ganz nach oben und sehen die geheimnisvolle Felsenstadt unter uns liegen. "Das ist ja unglaublich" flüstert mir Xenia zu, um die anderen Touristen, die ebenfalls tief berührt sind, nicht zu stören. Es sind ca. 15o Gebäude und 3.000 Stufen erhalten. Die zahlreichen aufgeschütteten Terrassen, auf denen

Kartoffeln und Mais angebaut wurden, werden auch heute noch über ein voll funktionsfähiges, komplexes Kanalsystem mit Wasser aus natürlichem Quellen versorgt. Dabei leitet ein unterirdisches Entwässerungssystem das überschüssige Regenwasser ins Tal.

Um diesen Eindruck nicht zu vergessen fotografieren wir Beide alles, was uns interessiert. Besonders Xenia sucht ausgewählte Motive, die aber ausreichend vorhanden sind. Von den Lamas angefangen, die auf den Rasenflächen fressen bis zu den Bergen im Hintergrund. Unwillkürlich läuft einem beim Anblick des mystischen Machu Picchu ein Schauer über den Rücken. Gefangen zwischen hohen, grünen Andengipfeln liegen auf 2.360m Höhe die steinernen Gebäude der terrassenförmig angelegten Inka-Stadt. In der Spitze des gegenüber liegenden Berges fanden die Wissenschaftler Kammern, in denen die Inkas ihre Ernte lagerten. Wie sie diese Kammern, die an Steilwänden liegen, mit Korn und Mais füllen konnten, ist heute noch immer ein Rätsel. Immer wieder geraten wir ins Staunen und zeigen auf Dinge, die wir dann mit unseren Kameras festhalten. Langsam laufen wir die Stufen zum Centrum der Stadt hinunter. Dabei unterlieg ich weiterhin einem Zwang, alles zu fotografieren. Da die Gebäude ohne Dächer sind, sieht man die Architektur noch deutlicher. Wie die Inkas es vor mehr als 500 Jahren geschafft haben, solche massiven Gebäude und Terrassen mit passgenauen Steinblöcken und ohne Bindemittel zu errichten, ist bis heute ein Geheimnis. Wo die Steine herkamen ebenfalls. Zu welchen Zweck Machu Picchu eigentlich gebaut wurde, ist auch in dieser Zeit noch nicht geklärt.

Besonders beeindruckend sind die erdbebensicheren Mauerwerke, deren vielkantigen Steinen fugenlos zusammengefügt wurden. Wie mit einem großen Messer geschnitten, so sehen die Steine aus. Im sogenannten Zeremonialbereich der Stadt findet man neben dem Haupttempel auch den Tempel der drei Fenster. Neben dem Kondor Tempel findet man den Sonnentempel. In diesem Tempel beteten die Bewohner von Machu Picchu den Sonnengott Inti an. Der berühmte Sonnenstein Intinhuatana ist hier so positioniert, dass die Sonne bei jeder Tag- und Nachtgleiche exakt darübersteht. Die Verehrung der Sonne durch die Inkas wurde mit großen Zeremonien und Feierlichkeiten begangen. Noch heute berühren viele Inkas und nicht nur Inkas den Stein mit der Stirn, um ihren Geist zu öffnen und die spirituelle Faszination der vergangenen Inka-Kultur auf sich wirken zu lassen. Auch Xenia und ich ließen sich dazu verführen und berührten den Stein in der Hoffnung, im nächsten Traum in die Welt der Inkas eintauchen zu können. Man weiß ja nie...

Machu Picchu soll als Rückzugsort, Kriegsfestung oder Lebensort für auserwählte

Inkas erbaut worden sein. Genaueres geht aus den archäologischen Funden auch der Neuzeit nicht hervor. Bekannt ist, dass die Inkas von Machu Picchu in einem steinernen Rundturm den nächtlichen Himmel betrachteten und sehr präzise astronomische Beobachtungen vornehmen konnten.

Leichte Nebelschwaden beleuchtet von der Sonne ziehen langsam durch die längst verlassenen Straßen und umhüllen die massiven Berge, die die Stadt in den Anden umgeben. Die Sonne scheint auf die Stadt wie vor hunderten Jahren und gibt der Phantasie freien Lauf. In meiner Vorstellung sehe ich Inkas, die die Terrassen bepflanzen, andere die am Sonnenstein Intinhuatana stehen und diskutieren und andere Inkas die Handwerker sind und aus Gold wunderschöne Amulette formen. Xenia legt mir sanft ihre Hand auf meine Schulter und fragt leise: „träumst du?". "Ein wenig" sage ich und drücke sie an mich. Xenia und ich haben vor der Reise von Machu

Picchu geträumt und jetzt stehen wir in der Stadt die Geschichte geschrieben hat.

Machu Picchu gilt auch als eines der Neuen Sieben Weltwunder. Vor rund 500 Jahren soll der Inka Pachacútec den Bau der perfekt strukturierten Bergfestung mit ihren Wohnhäusern, Tempeln und Terrassen veranlasst haben. Schon vor der Ankunft der Spanier im 16. Jahrhundert, wo der Zerfall der Inka-Kultur begann, soll die schwer zugängliche und aus dem Tal unsichtbare Stadt verlassen worden sein. Machu Picchu geriet über Jahrhunderte in Vergessenheit. Auch heute noch umgeben viele Rätsel die geheimnisvolle Ruinenstadt in den peruanischen Anden. Inmitten dichter grüner Vegetation und unwegsamen Gebirges, führte keine einzige bekannte Straße bis zum Heiligtum Machu Picchu.

Nachdem die geheimnisvolle, sagenumwobene Zitadelle erst 1911 zufällig wiederentdeckt wurde, stellt die sehr gut erhaltene Ruinenstadt einen der wichtigsten kulturellen Orte Südamerikas dar. Die Stadt scheint wie eine Verlängerung des Berges zu sein und zeigt das Geschick der Inkas, sich an ihre Umgebung anzupassen und im Einklang mit der Natur zu leben. Ich glaube, Machu Picchu bleibt eindeutig das unumgängliche Highlight auf jeder Peru-Reise.

Schweigend verlassen wir die geheimnisvolle Stadt, drehen uns mehrfach um und laufen beeindruckt von dem Gesehenen in Richtung Bus. Unsere Augen sehen jetzt erst viele Details, die wir vorher bei der Ankunft übersahen. Kleine Höhlen, welche in den Stein geschnitten wurden, präzise ausgerichtete Treppenstufen und immer wieder die Bausteine, die in ihrer Größe und Präzision der Ausführung wohl auch heute noch jeden Steinmetz herausfordern. "Wie haben die Inkas das nur gemacht" frage ich Xenia. Sie schaut mich lächelnd an und sagt:" Ich weiß es doch auch nicht! Warte auf meinen nächsten Traum, ich werde den Häuptlingssohn danach fragen." "Untersteh dich" sage ich und schubse sie leicht an.

Auf der Rückfahrt zeigen wir uns gegenseitig die Fotos, die wir als Erinnerung aus der geheimnisvollen Stadt mitnehmen. Immer wieder fragen wir uns, woher die Inkas das Wissen hatten. War es nur der menschliche Geist, der zu diesem Wissen in dieser Zeit geführt hatte oder gibt es ein Geheimnis in der Entwicklung der Menschheit, dass wir noch nicht kennen. Wenn es nur die Weiterentwicklung des menschlichen Geistes war, warum sind dann auch heute noch viele Völker unterentwickelt und verfügen nicht einmal über das Wissen der Inkas!

Spät kommen wir in unserem Hotel an und freuen uns auf ein gutes Essen bei einem Glas Wein. Nach einer erfrischenden Dusche sitzen wir im Gartenrestaurant und denken über den Tag nach. "Es war unglaublich, was wir da gesehen haben" sagt Xenia. Eigentlich plappert

Xenia gern, besonders bei einem Glas Wein und einer harmonischen Atmosphäre, aber heute ist sie erstaunt ruhig. Man spürt förmlich, wie sie nachdenkt. Auch mir geht es ähnlich. "Ich glaube, dass wir uns für das richtige Reiseland entschieden haben und das uns noch viele Abenteuer bevorstehen" sage ich zu ihr. "Ja, es war die richtige Entscheidung" meint sie und küsst mich auf den Mund.

Ich freue mich auf den Abend...

Am nächsten Tag stehen wir etwas später auf als sonst. Trotzdem wollen wir uns noch weitere Sehenswürdigkeiten von Cusco ansehen und uns am Abend auf unsere Fahrt zum Titicacasee vorbereiten. Nach einem wohlschmeckenden Frühstück bestellen wir uns noch einen Cappuccino und Xenia schlägt den Reiseführer auf. Da wir vor der Fahrt zum Machu Picchu schon die Kathedrale und andere Sehenswürdigkeiten uns angesehen haben, wollen wir uns heute die Besichtigung der größten Glocke in Südamerika, der zwei

Meter große „María Angola“, in einen der Türme vornehmen und die Jesuitenkirche „La Compañia de Jesús“ besuchen. Wir machen uns auf den Weg. Angekommen an der belebten Plaza de Armas sehen wir die Jesuitenkirche, die in Prunk und Schönheit die Kathedrale überholt. Nach der Besichtigung laufen wir zur Callejón de Siete Culebras. In dieser kleinen Gasse sieht man sieben Schlangen, das Symbol der Weisheit, die an den alten Mauersteinen kleben. Viel beeindruckender ist aber die Hatunrumiyoc-Straße, in der man die beeindruckende Baukunst der Inkas bestaunen kann. Vielkantige Steine setzten sie fugenlos ineinander und errichteten so erdbebensichere Mauern, während die Bauten der Spanier schon beim geringsten Beben in sich zusammenbrachen. Nachdem wir einige Fotos gemacht hatten, beichtete ich Xenia, dass es mir nicht besonders gut geht. "Hast du etwa die Höhenkrankheit?" fragte sie. Ich schüttelte mit dem Kopf und deutete auf den Magen. "Lass uns zum Plaza de Armas zurück gehen und dort einen Coca-Tee trinken, der hilft dir bestimmt". Wir nahmen in einem gemütlichen Restaurant Platz, bestellten zweimal Coca- Tee und ließen das geheimnisvolle Flair der Stadt auf uns wirken. Nach einer Tasse diesen Tees ging es mir schon besser und ich bekam plötzlich Appetit auf ein richtiges Mittagessen. Es war also nicht die Höhenkrankheit, sondern einfach der Hunger, der meinen Magen nicht guttat. Xenia bestellte sich eine kulinarische Spezialität genannt Cuy, ich ein Alpaca-Steak. "Du weißt schon was du da bestellt hast" fragte ich Xenia. "Ja, Meerschweinchen, ich muss es einfach mal probieren" antwortete sie und schaute mich verschmitzt an. Nach dem wirklich guten Essen schlenderten wir langsam in Richtung unseres Hotels und genossen die Atmosphäre dieser für uns doch fremden Kultur.

Der Titicacasee oder Das Meer der Anden

"Guten Morgen - Aufstehen!" Xenia beugt sich über mich und gibt mir einen Schmatz auf die Wange. Ich habe in dieser Nacht tief und fest geschlafen. Wahrscheinlich hat der Coca- Tee seine Wirkung auch noch später entfaltet. Beim Frühstück erzähle ich Xenia, das ich in der Nacht keinen Traum hatte, obwohl ich es mir gewünscht habe. Auch sie hat gut geschlafen. "Der Tag wird anstrengend", sage ich zu Xenia. Wir wollen mit dem Bus von Cusco über Pucara nach Puno fahren. Nach dem Reiseführer soll diese Route zu den eindrucksvollsten Routen im peruanischen Andenhochland gehören. Majestätische, schneebedeckte Gipfel, eingerahmt von dem satten Grün der Lama-Weiden, werden uns bei der Fahrt über Raqchi, Pucara nach Puno begleiten. Die Aussicht am Pass La Raya auf 4.300m Höhe wollen wir ebenso erleben wie die herrliche Andenhochebene des Altiplano und das pittoreske Tal Vilcanota. Am späten Nachmittag werden wir dann hoffentlich ohne Panne in Puno eintreffen. "Hoffentlich" sagt Xenia, "denn ich habe keine Lust auf 4500m Höhe in einem Bus zu übernachten". „Warum nicht?“ frage ich. Vielleicht hast Du in dieser Höhe einen wunderbaren Traum, wo du deinen Inka-Häuptlingssohn wiedersiehst“. „Und du dein Inka- Mädchen! Ach ja, das wurde ja von einem Ufo entführt. Pech für dich“. Manchmal konnte Xenia richtig schnippig sein. Wir sahen uns an und lachten. Ich liebe meine Frau. Mit ihr ist es nie langweilig.

Nur so viel zu der Fahrt: sie war anstrengend, sehr sogar. Aber wir haben noch nie eine Hochebene mit leuchtend blauen Seen, weißen Bergen im Hintergrund und Schafen und Lamas auf grünen Weiden im Vordergrund gesehen. In den Dörfern, die an der Strecke lagen, besuchten wir einige Märkte und konnten uns kaum von den Angeboten an weichen Schals und Pullovern aus der Wolle der Lamas und Alpakas trennen. Andere Stände boten

Maiskolben, Obst- und Süßkartoffeln, Schmuck und Wandteppiche an. An einem Stand faszinierten mich die kopierten Inka- Figuren, welche wir Tage zuvor in Lima sahen. Einige waren wirklich so modelliert, als wären sie von einem anderen Planeten. Woher hatten die Inkas die Phantasie oder gab es reale Vorbilder? Mein Blick schweifte über die Vielzahl der Figuren und blieb an einem Stein hängen, der dem Stein glich, den ich in Lima gekauft hatte. Ich nahm ihn in die Hand und betrachtete ihn genau. Auf dem Stein waren wieder Menschen und Dinosaurier zu sehen. Kinder, die mit kleinen Dinos spielten und sie mit Blättern fütterten. Ich sah zu der älteren Peruanerin, die die Kleidung der peruanischen Frauen mit Hut trug, auf und fragte sie nach dem Preis. Sie aber antwortete: "Ica, Ica" und schüttelte mit dem Kopf. "Ica" fragte ich und sie nickte. Dabei lachte sie mich an und zeigte mir ihre etwas lückenhaften Zähne. Schon wieder dieses Ica. Xenia war in der Zwischenzeit an einem Stand wo es Pullover aus Alpaka- Wolle mit einer Kapuze gab. Sie zeigte mir einen, der von Hand in den alten Inkamustern gewebt war und zuckte mit den Schultern. Ich nicke, was ein „Ja“ bedeuten soll. Wenn sie sich jetzt einen Pullover kauft, dann kaufe ich mir meinen zweiten Stein, dachte ich mir. Irgendwie zogen mich diese Steine an, aber warum? Als ich einige Geldscheine der peruanischen Währung Sol in meine Hand nahm, schrieb mir die Peruanerin auf eine Papierseite mit einem kleinen schwarzen spitzen Stummel eine große 2. Für einen Stein mit dieser Gravur ein angemessener Preis, dachte ich. Damals wusste ich noch nicht, wie wertvoll dieser Stein war. Ich gab ihr 3 Sol. Sie lachte über das ganze Gesicht und bedankte sich bei mir indem sie meine Hand in ihre etwas rauen Hände nahm und sie schüttelte. Dann nahm sie den Stein, legte noch einen kleinen flachen Stein- ähnlich einem Amulett- an einem Lederband dazu und wickelte beides in ein Blatt einer alten peruanischen Zeitung. Ich verabschiedete mich freundlich, ohne zu ahnen, welchen Schatz ich eben erworben hatte. Beim Wegdrehen fiel mein Blick wieder auf die Figuren, die wirklich seltsam aussahen und wahrscheinlich sehr alt waren. Irgendwie zogen sie mich an und erinnerten mich an die Keramikfiguren, welche wir im Museum in Lima gesehen hatten. In diesem Moment kam Xenia und zog mich am Arm in Richtung Bus. "Wir müssen einsteigen, sonst fährt der Bus ohne uns" sagte sie. "Eigentlich wollte ich noch eine Figur kaufen..." und zögerte ihr zu folgen. "Bitte komm jetzt, diese Figuren gibt es doch überall zu kaufen". Vielleicht hatte sie recht und ich kann später doch noch so eine seltsame Keramikfigur erwerben. Diese Entscheidung war ein Fehler, denn diese Figuren waren keine billigen Kopien, sondern höchstwahrscheinlich Originale aus der Zeit der Inkas oder älter. Aber das erfuhr ich erst viel später! Woher diese Frau die Figuren und Steine bekam, habe ich leider nie erfahren.

Nach einer Fahrt von ca. 2 Stunden kamen wir in unserem Hotel "Sonesta Posadas del Inca Puno" an. Wir bezogen unser Hotelzimmer und setzten uns danach auf die Terrasse des Hotels. Von der Terrasse hat man einen phantastischen Blick auf den See. An die unglaubliche Höhe von 3.820m, auf der der Titicacasee liegt, hatten wir uns während der Fahrt wohl schon angepasst, denn weder Xenia noch ich hatten Kopfschmerzen oder Schwindel. Xenia nahm unseren Reiseführer und las mir vor: "Der Titicacasee ist der höchste beschiffbare See der Welt und der zweitgrößte See Südamerikas. In diesen Süßwassersee fließen 25 Flüsse und er erstreckt sich über eine Länge von 178km. Er liegt genau auf der Grenze zwischen Peru und Bolivien. Der Titicacasee ist mit seinen über 40 Inseln nicht nur der natürliche Lebensraum zahlreicher, einzigartiger Tiere und Pflanzen, sondern auch das Zuhause einiger indigener Völker, die sich alle in ihren Trachten und Traditionen unterscheiden. Und genau diese Trachten sowie das intensive Blau des Himmels geben dem Titicacasee seinen farbenfrohen Touch – eine Kombination, die ihn für Besucher zu einem einmaligen Erlebnis macht". Xenia machte eine Pause, holte tief Luft und sagte: "Es ist einfach unglaublich". Ich liebte diese 4 Worte, denn dann wusste ich das Xenia tiefe Gefühle empfand. Wir tranken unseren Cappuccino und schauten versonnen auf den See, der im Licht der untergehenden Sonne glänzte.

„Ich bin gespannt auf die schwimmenden Schilfinseln. Weißt du, dass der Titicacasee für die Inkas eine äußerst wichtige Bedeutung hat?" Ich schüttelte den Kopf, weil ich immer noch an die Figuren auf dem Markt dachte. „Der erste Inka, Manco Capac, und seine Gemahlin Mama Occlo, die zugleich seine Schwester war, kamen um 1200 als Gesandte des Sonnengottes auf die Isla del Sol, eine Insel im Titicacasee. Allerdings liefen sie weiter und machten die Region um Cusco zu ihrer

Heimat, weil der Stab des Herrschers hier leichter in den Boden dringen konnte. Ihre Nachkommen nannten sich „Söhne der Sonne“. Andere Stämme aus der Region wurden integriert und bereits Ende des 15. Jahrhunderts umfasste das Inkareich Gebiete im Norden Perus und Teile Ecuadors, Boliviens und Argentiniens. Der elfte Inka- Herrscher ließ es vermessen. Es war von Norden nach Süden 4000 km lang. Das entspricht ungefähr der Strecke vom Nordkap nach Ägypten. Leider vernichteten die Spanier die großen architektonischen und wissenschaftlichen Leistungen der Inkas, so dass wir nur erahnen können, welche großartigen Leistungen die Inka- Zeit hervorbrachte. Woher weißt du das alles, fragte ich Xenia. „Aus unserem Reiseführerbuch. Du musst es nur einmal lesen“ antwortete sie. „Und wer soll die Fotos und Videos machen“ fragte ich. „Die gibt es alle im Reiseführer oder im Internet“ antwortete mir Xenia. „Aber da bist du doch nicht drauf und wie willst du deinen Freundinnen beweisen, dass du in Peru warst". „Ich kaufe mir Steine so wie du, die gibt es nämlich nur in Peru" neckte mich Xenia. Wir verließen die Terrasse, um am nächsten Morgen ausgeschlafen den Titicacasee zu erobern.

Der Titicacasee

Nach einem guten Frühstück gingen wir an Bord eines der vielen kleinen Motorboote. Wir fuhren von der peruanischen Seite des Titicacasees über einen Kanal auf das tiefblaue Wasser des Sees, um zu den größeren Inseln zu gelangen. Die rund 40 Inseln liegen etwa 6km von Puno entfernt. Das Besondere an den Inseln ist, dass es sich dabei um Totora-Schilf handelt. Die Pflanze wächst am Titicacasee. Sie hat im Inneren Hohlräume und damit einen hohen Auftrieb im Wasser. Die Inseln bestehen auf der Oberfläche aus verschiedenen, kreuzförmig aufeinander gelegten Schilf-Schichten. Unterhalb der Oberschichten liegt das Wurzelwerk des Schilfes. Damit erreichen die Inseln eine Dicke bis zu 2m. Xenia plätscherte mit einer Hand im Wasser, summte irgendein Lied vor sich hin und spritzte unabsichtlich das hinter uns sitzende französische Ehepaar voll.“ Désolé pour le désagrément“ entschuldigte sich Xenia und lächelte die Beiden an. „Oh, kein Problem“ antwortete der Franzose in Deutsch und wollte damit wohl beweisen, dass entgegen aller landläufigen Meinung einige Franzosen auch eine Fremdsprache sprechen. „Wieso sprichst du so gut ihre Sprache?“ fragte ich Xenia. „Ich war schon einmal in Paris“ antwortete sie und sah mich lächelnd an. Was soll man auf so eine Antwort sagen. Ich lächelte zurück und dachte mir: „na warte, irgendwann revanchiere ich mich“. Das Boot näherte sich in hoher Geschwindigkeit einer Schilfinsel. Aus weiter Entfernung sah man in der Sonne verschieden große Inseln und ein paar Schilfboote davor. Ein Boot war relativ groß und Bug als auch Heck waren nach oben gebogen. Je näher wir kamen desto mehr konnten wir einige Details erkennen. Auf der Insel gab es ein paar Hütten und leichter Rauch stieg aus deren Mitte auf. Rechts und links der großen Schilfinsel gab es noch mehrere kleinere Inseln. Auf einer konnte ich ein Schild erkennen, aber nicht lesen. Ich nahm meine Kamera und zoomte das Schild heran. In großen Schriftzeichen stand darauf „HOTEL“. Alles hatte ich erwartet, aber so etwas nicht. „Sieh mal“ sagte ich zu Xenia und gab ihr die Kamera. „schau dir mal das Schild an. Wir können dort auch gleich übernachten!“ Xenia nahm die Kamera und richtete sie auf die Insel. In diesen Moment verließen wir den Wasserarm, der sich weit geöffnet hatte.

Plötzlich steuerte der Bootsführer ruckartig das Boot nach rechts, da von links ein Sport- Boot mit hoher Geschwindigkeit entgegenkam. Durch diese schnelle Aktion konnte er einen Zusammenstoß mit dem anderen Boot vermeiden, der unweigerlich das Ende unserer Bootsfahrt gewesen wäre. Xenia fiel mir durch das Ausweichmanöver in die Arme und ich fragte sie als der erste Schock vorbei war:" was bekommt dein Retter?" In diesem Moment passierte das entgegenkommende Boot unser Boot in einem geringen Abstand und spritzte die auf der linken Seite sitzenden Bootsinsassen mit Wasser voll. "Eine Dusche aus dem Titicacasee hatte ich auch noch nicht" sagte ich laut und die mehr oder weniger Betroffenen lachten oder schmunzelten. Nach einer Stunde hatten die meisten die Wasserdusche aber schon vergessen, da die intensive Sonnenstrahlung über dem See die Kleidung schnell getrocknet hatte. Der Bootsführer entschuldigte sich für das unerwartete Ausweichmanöver und unsere Fahrt ging weiter. Xenia fragte mich: "was hast du da gesehen?" "Auf dem Schild steht "HOTEL" antwortete ich ihr". „Na prima, dann können wir ja gleich auf der Schilfinsel übernachten" rief sie. "Mmh" brummte ich, "erst schauen wir uns die Insel mal an". Unser Boot hatte in kurzer Zeit die wenigen hundert Meter überwunden und wir legten an einem Steg der Insel an. Steg war wohl etwas übertrieben, da es nur ein paar Bretter waren, die auf einem großen Stück Schilf lagen. An den Händen haltend gingen wir etwas wackelig an Land. Aber dieses Land war gar kein Land. Es war ein dicker Schilfboden, wie man durch das klare

Wasser sehen konnte, der mindestens eine Höhe von zwei Meter oder mehr hatte. Die untere Kante der Insel lag tief im Wasser. Diese Insel und die anderen Inseln hatte man mit großen Sägen aus dem Schilf geschnitten. Wie es die Vorfahren gemacht hatten, wusste man nicht so genau. Als wir den Boden betraten, liefen wir wie auf einen großen Stroh- oder Heuballen. Unsere Schuhe fanden erst nach wenigen Zentimetern Halt. Nach kurzer Zeit hatten wir uns daran gewöhnt und empfanden den weichen Boden sogar als angenehm. Die Inseln im Titicacasee wurden alle aus Schilf und Torf hergestellt. Auf diesen schwimmenden Inseln lebt bis heute der Stamm der Uros. Schon vor hunderten von Jahren zogen sich die Indios bei drohenden Angriffen anderer indigener Stämme mit Hilfe dieser künstlichen Inseln auf die Weiten des Titicacasees zurück. Auch in unserer Zeit leben die meisten von ihnen noch auf dem Wasser.

Nach einer freundlichen Begrüßung zeigten sie uns ihre Schilfhütten, die durchaus für eine Übernachtung geeignet waren. Nach einer Vorführung von Lebensmitteln wie kleinen Fischen, Süßkartoffeln und hellgrünen Schilfspitzen, die man wirklich essen kann und die leicht süßlich schmecken, zeigten sie uns ihre Feuerstelle. Man glaubt es nicht, aber auf der leichtentzündlichen Schilfinsel gab es eine Feuerstelle, auf der die Uros gerade eine schmackhafte Suppe kochten. Freundlich hielt uns die Köchin einen großen Holzlöffel entgegen und forderte uns auf, von der Suppe zu kosten. "Soll ich kosten"? fragte mich Xenia. "Mach doch und sage mir, ob wir davon leben können" antwortete ich ihr. Xenia beugte sich zu der Uro- Frau hin und bekam den großen Löffel in die Hand. Sie schlürfte vorsichtig ein wenig von der Suppe aus dem Löffel und sagte laut "Mmhh". Xenia nickte der Köchin zu, die erfreut über das "Mmhh" war und die den Löffel erneut in den Suppentopf steckte, um weitere Besucher kosten zu lassen. "Wie schmeckt denn nun die Suppe?" fragte ich Xenia. "Wie eine Suppe aus Fisch, Kartoffeln und Schilf ebenso schmeckt. Aber irgendetwas muss noch in der Suppe gewesen sein". "Ja, Seeschlangen, die sollen besonders bekömmlich sein" sagte ich zu ihr und lachte. Sie zeigte mir kurz ihre Zungenspitze und lachte ebenfalls. Um die Feuerstelle gab es einen Ring aus Steinen, der diese vom umgebenen Schilf trennte und vor dem Feuer schützte. Nach unten konnte das Feuer ebenfalls nicht weiterbrennen, da der feuchte Untergrund, der aus Schilf und Schilfwurzeln bestand, das Feuer stoppte. Außerdem hatte sich in der Nacht bei Temperaturen unter Null Grad Celsius unter dem isolierenden Schilf die obere Wasserschicht in Eis verwandelt. Ein Uro zeigte uns eine dünne Eisplatte, die von den Bewohnern zum Kühlen der Speisen verwendet wurde. Wir gingen auf der Insel weiter und entdeckten kleine Schilfboote, die die Indios für ihre Kinder gebaut hatten. Diese rudern, wenn sie etwas älter sind, selbst in ihren kleinen

Booten zur Schulinsel. Nur wenn sie noch jung sind, werden sie von den Eltern mit dem Boot in die Schule gebracht. Ein Uro bemerkte, dass wir uns für die Boote interessieren und kam auf uns zu. In der Hand hatte er eine leere Cola-Flasche und deutete damit auf das Boot. Da das Schilf von unten aber auch seitlich weg fault, kam man auf die Idee, die leeren Plastik-Flaschen der Touristen als Schwimmer in den Bootsböden einzuflechten und damit den Auftrieb als auch die Haltbarkeit der Boote zu erhöhen. Somit kann nicht nur ein Uro- Kind in einem Boot zur Schule rudern, sondern zwei oder drei, wie uns später der Reiseleiter erzählte.

Man vermutet, so der Reiseleiter, dass die Uros von den Pukinas abstammen, eine der ältesten Völker von Südamerika. Heute leben sie auf den schwimmenden Inseln und bezeichnen sich selbst als „Herrscher über das Wasser des Titicacasees“. Als die Uros in der Vergangenheit von feindlichen Stämmen und später von den Spaniern angegriffen wurden, versteckten sie sich im hohen Schilf. Da sie keine Nahrung holen konnten, begannen sie die zarten Spitzen des jungen Schilfes zu essen. So konnten sie mehrere Monate überleben. Während die Feinde glaubten das die Uros schon längst tot sind, schufen sie kleine Schilfinseln und retteten damit ihr und das Leben ihrer Kinder. Weder die Inkas noch die Collas konnten das Volk der Uros je besiegen, da diese sich bei Gefahr mit ihren Inseln auf das Innere des Sees zurückzogen. Heute leben 3 bis 5 Familien auf einer Insel. Sogar eine Schule, eine Kirche, einen Markt und ein Hotel mit Restaurant sowie ein Kartoffelfeld soll es geben.

Vor der eindrucksvollen Kulisse der Andengipfel fahren wir mit unserem Boot weiter zur Insel Amantani. Auf dieser Insel kann man bei Einheimischen übernachten und am Abend einen traditionellen Tanzabend mit den typischen Trachten der Bewohner der Insel erleben. Schon von weitem sieht man den höchsten Punkt der Insel, den Berg Pachatata. Dieser Berg dient seit Jahrhunderten zeremoniellen Zwecken. Eine alte Sage erzählt, dass man bei einer dreimaligen Umrundung der Tempelruine sich etwas wünschen kann, was in den nächsten Nächten in Erfüllung geht! Da wir weiter zur Insel Taquile wollten, vereinbarte ich mit Xenia, dass wir unsere Wünsche uns selbst erfüllen. Auf dieser Insel leben etwa 1.600 Quechua-Indios, die für ihre Webarbeiten in leuchtenden Farben bekannt sind. Schon als wir auf der Insel ankamen leuchteten uns Röcke in allen Farben entgegen. Diese hatten die Frauen zum Trocknen auf die Ufersteine gelegt. Auf der Insel sahen wir alte Indio-Männer mit geflochtenen Zöpfen in bunter Trachtenkleidung, die beim Stricken waren. Xenia schubste mich an und sagte: „Sieh genau hin, der nächste Winter kommt bestimmt und du willst doch nicht frieren!“ „Ich habe dich doch als Wärmequelle und die ist mir tausend Mal lieber als die bunten Socken, die ich eventuell selbst stricken könnte“. Xenia schnurrte wie eine Katze und schmiegte sich an mich. Um uns herum gab es Stände, wo die Frauen ihre Webarbeiten als auch die ihrer Männer anboten. Nirgendwo aber sah ich Figuren oder gravierte Steine aus der alten Kultur der Inkas. Schade, dachte ich, vielleicht hätte ich hier einen ganz besonderen Stein gefunden. „Was suchst du?“ fragte mich Xenia. „Ach nichts“ antwortete ich ihr. „Nichts gibt es nicht“ entgegnete sie und wusste doch genau, nach was ich suchte. Auf dem gepflasterten Platz standen wir hoch über dem Wasser. Wir waren dem blauen Himmel so nah wie lange nicht mehr und genossen die Aussicht auf den Titicacasee. Als wir wieder auf dem Boot waren erzählte uns der Reiseführer von der südlich gelegenen Sonneninsel, Isla del Sol. Der Legende nach soll diese Insel der Ursprung der Welt und der ersten Inkas gewesen sein. Zwei Ruinen von sehr alten Inka-Tempeln erinnern an diese Sage. Jährlich sollen an diesen heiligen Tempeln menschliche Opfer dem

Sonnengott dargebracht worden sein. „Welch ein Glück, dass du damals nicht gelebt hast“ sagte ich zu Xenia und erinnerte mich an meinen Traum im Flugzeug, in dem ein Mädchen an die Götter geopfert wurde. Bei den Worten des Reiseleiters über die Gebräuche der Inkas spürte man die Faszination dieser vergangenen Kultur. Wir hörten aufmerksam zu und nach einer spannenden Fahrt kam unser Boot in Puna an.

In der typisch peruanischen Stadt Puno, die den Titel Folklore-Hauptstadt Perus trägt, so der Reiseleiter, finden das ganze Jahr über Festlichkeiten und Umzüge mit traditionellem Tanz und der typischen Musik der Anden statt. Heute soll ebenfalls ein Umzug sein und wenn man in die Kultur der indigenen Andenbewohner eintauchen möchte, wäre es der richtige Tag. Wir erfrischten uns kurz im Hotel, nahmen unsere Kameras und liefen in Richtung der Stadt. Schon von Weitem sahen wir die bunten Kostüme der Stadtbewohner und hörten die Musik. Xenia lief schneller und rief: „Komm doch, das müssen wir aufnehmen“. Ich beschleunigte ebenfalls meine Schritte und nach kurzer Zeit kamen wir etwas atemlos an der Straße an. Hunderte von Menschen mit bunter Kleidung warteten auf den Umzug. Da die Musik schon zu hören war, tanzten Kinder aber auch Erwachsene nach dem Rhythmus der Melodie um uns herum. Unser doch etwas kühleres deutsches Temperament ließ uns zwar den Takt der Melodie aufnehmen, aber so verrückt tanzen wie unsere Umgebung wollten wir nun doch nicht. Wir sahen dem bunten Treiben zu und benutzten unsere Kameras, um diese Lebensfreude festzuhalten. Plötzlich rief Xenia: „da kommen sie“ und meinte damit den Umzug. Langsam tanzend näherten sich die Menschen. Ein quirliger bunter Straß von Kostümen auf zwei Beinen. Erst als der Umzug näherkam, konnte man die geschminkten Gesichter erkennen. Jung und Alt, schön und hässlich, anziehend und furchteinflößend waren die Gesichter, die in historischen und Fantasie-

Kostümen vor uns tanzten. Wie muss es zu Zeiten der Inkas gewesen sein? Alle Farben und besonders Gold spielten bei den Masken und Kostümen eine große Rolle. Die Sonne und der blaue Himmel spiegelten sich auf dem gelben Metall wider. Obwohl es wahrscheinlich nur Messing war, ahnte man doch, wie die goldgeschmückten Krieger der Inkas ausgesehen haben mussten. Die wilden Grimassen der Gesichter unterstützten noch die Speere, die im Rhythmus der Musik auf den Boden gestoßen wurden. Schwarze, weiße, rote und blaue Farben waren kunstvoll auf die Gesichter aufgetragen. Die dunklen Augen blitzten uns an und auf den Körpern der Krieger glänzte die braune Haut hervorgerufen durch Öl und Schweiß. Was für eine Show! Unsere Kameras versuchten davon ein kleines Abbild einzufangen. Als wir spät am Abend im Hotel flüchtig uns die Fotos ansahen, waren wir besonders von den Nahaufnahmen Xenias begeistert. Ich hatte das ungestüme Leben in Videos festgehalten, die wir uns später ansehen wollten. An diesem Abend tauchten wir ein wenig in die Vergangenheit ein. Ob sie wirklich so war, konnte uns keiner sagen. Trunken von dem Erlebten begaben wir uns spät in der Nacht in unser Hotel und fielen bald in einen tiefen Schlaf.

Als ich am nächsten Morgen erwachte, sah ich zu Xenia die noch tief und fest schlief. Wir beide waren sehr schnell eingeschlafen, aber ich hatte einen unruhigen von Träumen unterbrochenen Schlaf. Die sehr intensiv wahrgenommenen Bilder des gestrigen Tages, die Figuren und Gesichter waren mir im Traum sehr nah gekommen und wirkten fast wie in der Realität auf mich ein. Meistens sind Träume Alpträume. Die wenigsten lösen sich harmonisch auf. Der erste Traum war geprägt von einer Monsterwelle, die auf dem Titicacasee über unser kleines Schilfboot hereinbrach. Xenia und ich hielten uns an den Händen, bis uns der Wasserstrudel auseinanderriss. Erregt wachte ich mitten in der

Nacht auf und tastete nach Xenia. Sie war noch da, noch an meiner Seite. Lange konnte ich nicht einschlafen, denn immer wieder sah ich die Gesichter der Krieger mit ihrer Kriegsbemalung vor mir. Irgendwann muss ich dann doch in einen Tiefschlaf gefallen sein. Als es hell wurde, wir hatten die Fenstervorhänge offengelassen, geriet ich in einem Halbschlaf, der wieder zu einem Traum führte. Vielleicht war es aber auch die Höhe von 3822 Metern des Titicacasees, die die Träume verursachte. Dieses Mal befand ich mich auf einer Schilfinsel, die auf dem See trieb. Wir gehörten zum Stamm der Uro und bewohnten mit meiner Familie und unseren Eltern eine kleine Insel. Tage zuvor waren wir an das Festland gerudert, um von unserem Feld Kartoffeln und anderes Gemüse des Hochlandes zu ernten. Als wir auf dem Feld ankamen, sahen wir, dass es geplündert war. Wir sammelten noch zurückgelassene einzelne Kartoffeln und etwas Gemüse ein und liefen sehr zügig zu unserer Insel zurück. Um in Sicherheit zu sein, ruderten wir so schnell wir konnten mit der Insel auf den See. Als wir in Sicherheit waren sahen wir am Festland einzelne Inkas, die wahrscheinlich unser Feld und unsere Ernte geraubt hatten. Da sie aber kein Boot besaßen, konnten sie uns nicht folgen. In der kalten Nacht kuschelte ich mich an Xenia und wir hofften, dass es der Wind gut mit uns meint und die Insel nicht zurück an Land treibt. In der Nacht wachte ich auf und ging vor den Eingang der Schilfhütte, in der wir schliefen, um den Standort der Insel zu prüfen. Rings herum war nur Wasser und über mir leuchteten die Sterne so intensiv, dass ich das ferne Ufer sehen konnte. Beruhigt legte ich mich wieder neben Xenia und schlief sofort ein. Irgendwann in der Nacht muss der leichte Wind sich gedreht und die Insel Richtung Festland geschoben haben. Als ich einen leichten Ruck verspürte, wusste ich, dass die Insel an das Festland gestoßen war. Kurze Zeit später flogen vom Festland brennende Fackeln auf unsere Insel und die Krieger der Inkas nahmen uns als Gefangene oder sollten wir geopfert werden? Ich sah in die weinenden Augen meiner Kinder und sah die Blicke von Xenia. Irgendwas musste ich tun. Während die anderen Inkas unsere Hütte und die Insel plünderten, stand vor meinem Gesicht in seiner Kriegsbemalung ein Inka, der mich festhielt. Ich rief den Eltern, Xenia und den Kindern zu: „flieht, flieht“ und schlug im gleichen Moment in das Gesicht des Kriegers. Als ich aufwachte war mein Körper erregt und heiß und ich spürte noch die Stiche der Speere der anderen Krieger… Xenia dreht sich zu mir um und fragte: „was ist…?“ „Nichts“ sagte ich, „schlafe weiter“ und streichelte ihren Arm.

Beim Frühstück erzählte ich Xenia kurz meine Träume. Auch sie hatte geträumt, konnte sich aber nicht mehr so richtig an den Traum erinnern.

An diesem Tag wollten wir die Umgebung von Puno erkunden, bevor wir am nächsten Tag zurück nach Cusco fliegen wollten. In der Nähe von Puno in 4000m Höhe befindet sich

Sillustani. Man fährt ca. eine Stunde mit dem Auto. In diesem Gebiet sieht man u. a. die Grabtürme der Colla, auch Chullpas genannt. Normalerweise baut man einen Turm bzw. das Fundament unten breiter. Bei den Chullpas ist es umgekehrt. Die unregelmäßigen Mauern der Türme verjüngen sich untypischerweise nach unten, so dass der Turm oben breiter als unten ist. Die Colla legten viel Wert auf eine prachtvolle Bestattung ihrer adligen Toten. So wurden die Mumien einzelner Adliger oder ganzer Familien in Hockstellung in mehreren Stockwerken der Türme begraben. Chronisten aus dieser Zeit beschreiben, dass oftmals neben den Adligen auch deren Frauen, Kinder, Diener und Tiere getötet wurden. „Möchtest du immer noch in dieser Zeit leben?“ fragte ich Xenia. Sie schüttelte mit dem Kopf und holte tief Luft. “Nein“ sagte sie ganz ernsthaft, „ich glaube nicht“. Da einzelne Grabtürme die deutliche Form eines mächtigen, erigierten Phallus annehmen, symbolisieren sie Lebenskraft, Schöpfung und Wiedergeburt. Wie angezogen berühren meine Hände die Steine und ich hoffe, dass alle drei Dinge mein Körper aufsaugen kann. Xenia lacht mich aus, berührt aber kurze Zeit später ebenfalls die Steine. „Man kann ja nicht wissen…“ und lacht. Als wir die Umgebung der Chullpas verlassen, sehen wir bewässerte Felder und Wiesen, unterbrochen von kleinen Seen. Immer wieder begeistert uns das Blau des Wassers. Eine Stunde später sind wir nach einer Fahrt durch intensiv genutzte und teilweise künstlich bewässerte Felder für Kartoffeln und Quinua wieder in Puno. Ein letzter Spaziergang durch die historische Stadt zum Huajsapata Park, der eine Viertelstunde von der Plaza de Armas entfernt ist, soll unsere Tage in Puno beenden. Im Park erinnert eine überlebensgroße Statue des ersten legendären Inka Manco Capac an seinen Geburtsort. Im Sonnenschein verabschieden wir uns mit einem wunderbaren Blick vom Titicacasee und von Puno. In der Ferne sehen wir die Straße nach Juliaca, wo wir am nächsten Tag zum Flughafen fahren werden.

Den Abend verbringen wir ganz entspannt auf der Terrasse unseres Hotels und stöbern in unserem Reiseführer. Unser nächstes Ziel soll Ica sein. Endlich Ica, endlich einen Flug über die Nasca- Linien, endlich die Suche nach weiteren gravierten Steinen. Irgendwie zieht es mich nach Ica, nur ich weiß nicht genau warum. Sind es die gravierten Steine oder was wird uns in Ica erwarten? Wir haben schon so viel erlebt und gesehen. Trotzdem sagt mir mein Gefühl, Ica wird anders sein. In Ica wollen wir uns mit unserer jungen Studentin Suyana treffen. „Ich muss ihr heute noch eine Mail schreiben, dass wir die nächsten Tage in Ica und Umgebung verbringen" sage ich zu Xenia. „Ja, mach das. Es wäre schön, wenn wir sie wiedersehen könnten. Suyana ist so ein kluges Mädchen und kann uns bestimmt viel über ihre Heimatstadt und die Umgebung von Ica erzählen". Ich nahm mein kleines Notebook, öffnete das Mail-

Programm und schrieb an Suyana folgende Mail: „Hallo Suyana, hier sind die beiden deutschen Touristen, Xenia und Peter, die du in Lima kennengelernt hast. Morgen werden wir für vier Tage in Ica sein. Hast du Zeit und können wir uns treffen?“ Mit einem Klick sendete ich die Mail ab. Kurze Zeit später kam schon die Antwort von Suyana. „Hallo, ich nehme mir die Zeit Euch zu treffen. Meldet euch, wenn ihr in Ica seid. Ich freue mich. Suyana“. „Sie muss wohl am Computer gesessen haben, dass sie so schnell antworten konnte“ sage ich zu Xenia. Sie lächelt mich an und sagt „Dummerchen“, die heutige Jugend sitzt mit ihrem Smartphone in einem Café oder wo auch immer und ist ständig online“. „Mmhh, ich glaube ich werde alt. Wie konnte ich das nur vergessen“. Ich nahm mein Smartphone und schickte ein lachendes Smilie an Xenia. Als ihr Smartphone summte, schaute Xenia mich fragend an und sagte: “wer will mich den jetzt erreichen?“ Sie nahm ihr Smartphone und öffnete WhatsApp. „Du…, den Rest konnte sie nicht aussprechen, denn ich hatte mit einem Kuss ihr den Mund verschlossen. “Danke für die Hilfe“ sagte ich und gab ihr einen kleinen zweiten Kuss. „Was ist los...“ fragte sie. „Nichts“ antwortete ich, ich freue mich auf Ica. „So, so...“ entgegnete sie und ich bemerkte, dass sie über meine Bemerkung nachdachte. Nach einem sehr schmackhaften Abendessen und einem guten Glas Rotwein gingen wir in unser Hotelzimmer, um wieder einmal die Koffer zu packen. Als wir mit dem Packen fertig waren steckte ich noch schnell unsere Akku-Ladegeräte über einen Adapter an die Steckdose und legte mich zu Xenia ins Bett. Sie war schon leicht eingeschlafen, kuschelte sich aber noch an mich und murmelte etwas wie „schlaf gut“. Ich gab ihr noch einen kleinen Kuss auf die Wange und schlief nach kurzer Zeit auch ein. Es war eine ruhige Nacht ohne Träume.

Flug nach Ica

Nach einem kurzen Frühstück fahren wir mit dem Taxi von Puno nach Juliaca zum Flughafen. Juliaca liegt nicht direkt am Titicacasee und besitzt wenige Sehenswürdigkeiten.240000 fast ausschließlich indigene Einwohner leben in dieser Stadt. Der Flughafen liegt auf 3825 m Höhe. Meistens sind es kleine zweimotorige Propellermaschinen die von Juliaca nach Lima, Arequipa, Ica oder nach Cusco fliegen. Wir steigen nach kurzer Wartezeit auf dem Flughafen in so eine kleine Maschine ein und warten auf den Piloten. Unsere Koffer haben wir selbst zum Flugzeug getragen oder gerollt und davorgestellt. „Hoffentlich werden diese nicht vergessen, denn es wäre schade um deine Steine“ neckt mich Xenia. „Wahrscheinlich werden sie nur deinen Koffer vergessen, weil er zu schwer und zu groß ist“ antworte ich. Xenia ist in dieser Beziehung fast wie alle Frauen. Kleine Koffer sind ihnen unbekannt oder sie ignorieren sie einfach. Schon habe ich den Ellenbogen in der Seite. Weiter nach außen rücken geht aber in dem kleinen Flugzeug nicht, so dass ich die sanften und damit liebgemeinten Stöße ertragen muss. Plötzlich rumpelt es im Heck des Flugzeuges. Wir vermuten, dass man nun doch unsere Koffer eingeladen hat und der Flug bald beginnt. Kurze Zeit später schaut der Flugkapitän in die Kabine und begrüßt uns. „Was hat er gesagt" frage ich Xenia. „Wahrscheinlich fehlt noch ein Passagier" antwortet Xenia. Und tatsächlich steigt nach wenigen Minuten noch eine peruanische Bäuerin in das Flugzeug. In den Händen trägt sie eine große Rolle mit geknüpften Tüchern und Punchos, die in allen Farben leuchten. Ein leichter aber nicht unangenehmer Geruch nach frischer Wolle verbreitet sich in der Maschine. Glücklicherweise ist neben der Frau noch der Platz frei, so dass sie die Rolle auf den Sitz legen kann. „In Ica wird Markt sein, wo die Bäuerin die Wollkleidung besonders an Touristen verkaufen will. Wollen wir da mal hingehen?“ Ich nicke. Xenia will sich bestimmt noch ein Tuch kaufen, da wir am Titicacasee keine Gelegenheit dazu bekamen. Ich aber denke dabei eigentlich nur eins: an die Steine von Ica!

Der Pilot startet die Motoren, die das ganze Flugzeug zum Vibrieren bringen. „Hoffentlich hatte der nicht den gleichen Fluglehrer und fliegt nicht auch so wie die anderen Piloten“ murmelt Xenia und suchte meine Hand. Eigentlich ist Xenia eine mutige Frau, aber wenn es ums Fliegen mit kleinen Flugzeugen geht, bekommt sie einfach Angst. Umso mehr wundert es mich bis heute, dass sie mit mir in ein Segelflugzeug ohne Angst gestiegen ist. Aber wahrscheinlich dachte sie:“ Ach, das ist so niedlich, leise und klein, da passiert ja nichts“. Langsam rollt die Maschine auf die Startpiste und beschleunigt mit einem lauten, tiefen Brummen. Xenia zerdrückt mir fast die Hand als plötzlich die lauten Rollgeräusche aufhören und das Flugzeug langsam und ruhig in Richtung der wenigen Wolken fliegt. „Sind wir schon oben“ fragt sie und öffnet langsam die Augen. „Ein wenig wird es noch dauern, denn die Maschine ist voll beladen und die Luft ist in dieser Höhe sehr dünn“. „Dicht heißt es, weniger dicht“. Ein Lächeln huscht über ihr Gesicht und ich weiß, es geht ihr wieder gut. Der Pilot scheint aus Puno zu kommen, denn er fliegt die Maschine in Richtung Titicacasee. Ganz leicht neigt er das Flugzeug in eine Rechtskurve, so dass wir eine wunderbare Sicht auf den See und die dahinter liegenden Berge haben. „Diese Berge liegen aber schon in Bolivien“ sage ich zu Xenia. Sie nickt, zückt ihre Kamera und macht die schönsten Luftbilder, die wir je aus Peru mit nach Deutschland nahmen. Dass es noch andere Aufnahmen auf dieser Reise geben wird, die nicht nur schön, sondern auch noch geheimnisvoll sind, wussten wir damals noch nicht. Lange schauen wir auf den blauleuchtenden Titicacasee und die Berge mit den weißen schneebedeckten Bergspitzen.

„Eigentlich müssen wir uns auch noch Bolivien ansehen“ sage ich zu Xenia. „Warum nicht“ antwortet sie und lacht. „Aber nicht mehr in diesem Jahr“. Unter uns liegen die Anden. Eine bizarre Bergwelt, die man so nur aus der Höhe sehen kann. Tiefe Schluchten und dunkle Täler wechseln sich ab mit hellen Bergspitzen. Ab und zu sieht man mal kleine Sandoasen, die sich in einem hellen Gelb von dem Grau der Berge absetzen. „Sieh mal nach links, das müsste doch Arequipa sein“ ruft Xenia. Ich schaue aus dem Fenster des Flugzeuges und erkenne im Nordosten der Stadt einen Berg. „Das könnte der Vulkan „El Misti“ mit seiner Höhe von 5822 m sein. Links daneben der „Chachani“ sage ich zu Xenia. Links unter uns liegt im Sonnenschein Arequipa, die weiße Stadt wie sie auch genannt wird, die wir auch auf unserer Reiseroute haben. Die drei Vulkane schleuderten über Jahrtausende weißen Tuffstein in das Tal. Daraus bauten später die Menschen grandiose Paläste, ehrwürdige Klöster und einfache Häuser. Dass wir

Arequipa nie besuchen werden, wissen wir beide in diesem Moment noch nicht. Wir fliegen weiter in Richtung Nordwesten. „Gut, dass wir das Flugzeug genommen haben. Es ist so schön und so spannend“ flüstert mir Xenia ins Ohr. In diesem Moment fällt die kleine Maschine in ein Luftloch und damit nach unten in Richtung der Berge. Xenia klammert sich an meinen Arm fest und leise Schreie der anderen Passagiere dringen an mein Ohr. Die zwei Motoren heulen auf, weil sie keinen Luftwiderstand mehr haben und verursachen auch bei mir leichte Schweißperlen auf meiner Stirn. Plötzlich kommt es mir so vor als ob wir an einem Gummiband hängen, dass uns gerade auffängt. Die Motoren vermindern ihre Drehzahl und brummen wie vorher. „Es ist vorbei“ sage ich zu Xenia. Sie lockert leicht ihren Griff und schaut mich fragend an. In diesen Moment meldet sich der Pilot und sagt: “alles o.k. „Es ist eine kleine Maschine, die natürlich unruhiger fliegt als die großen Jets und damit auch heftiger reagiert“ kläre ich

Xenia auf. In meiner Ausbildung zum Segelflieger haben wir die Luftlöcher öfters behandelt und es existieren viele Witze darüber.

Der Pilot nahm Kurs auf Ica und die Aufregung hatte sich auch bei den anderen Passagieren gelegt. Vor Ica mussten wir aber noch Nasca sehen. Die Stadt mit ihrer Nähe zu den berühmten Nasca- Linien liegt 447 km von Lima entfernt. Langsam kam die Stadt näher. Die Berge der Anden wichen einer großen Sandwüste, in deren Mitte die Stadt Nasca lag. Hier unten also, im Wüstensand von Nasca lagen die materiellen Hinterlassenschaften der Nasca- Kultur. „Erst der deutsche Archäologe Max Uhle fand so gegen 1901 mit seinen Ausgrabungen erste Spuren und Gegenstände dieser Kultur, die sich wesentlich von der Kultur anderer Küstenvölker in Peru unterschied. Leider zogen die Funde des Archäologen auch diverse Grabräuber an, die die sehr alten Gräber nach wertvollen Grabbeigaben durchsuchten, diese stahlen und dabei große Schäden an den Gräbern anrichteten“ las mir Xenia aus unserem Reiseführer vor. Wir beugten uns beide noch näher an das Fenster des Flugzeuges, nur um nichts zu verpassen. Eigentlich müsste man auch aus unserer Flughöhe das große, teils unterirdische Kanalsystem sehen, mit dem die Bewohner Nascas, die Nasquenos, ihre Stadt und die Felder mit Wasser versorgten. Aber leider blieb uns dieser Anblick verwehrt. Unser Flieger brummte weiter in Richtung Ica. „Aber die Nasca- Linien müssten wir doch sehen“ fragte etwas verstimmt Xenia. „Wenn wir Glück haben und die Sicht gut ist, d.h. wenige Luftschlieren, bedingt durch die heiße Luft, können wir bestimmt was sehen“. „Ja, was denn“ fragte sie ungeduldig. „Na zum Beispiel eine 188 m lange Eidechse, deren Schwanz man beim Bau der Panamericana- Straße zerschnitt, einen Kondor mit einer Flügelspannweite von ca. 180 Metern, einen Hund, einen Kolibri und zahlreiche Dreiecke und Trapezoide“ die wie

Landebahnen eines Flugplatzes aussehen". Ich klappte den Reiseführer zu und sah Xenia an. Irgendwie hatte sie Feuer gefangen und wollte nun alles über Peru und die Inkas erfahren. „Wenn wir in Ica sind, nehmen wir uns ein kleines Flugzeug und fliegen in einer optimalen Höhe die Hochebene ab. Dann wirst du bestimmt noch mehr von den Geoglyphen sehen. „Lass uns das so machen" sagte sie und schaute aus dem Fenster, in der Hoffnung doch noch einige der geheimnisvollen Nasca- Linien zu sehen. Seitlich unserer Fluglinie lag zwar die Hochebene, aber wir konnten durch die Luftbewegungen und den Blickwinkel nichts erkennen. Unter uns lagen wieder bizarre Berge und im Flachland sah man grüne Flächen. Wir näherten uns dem Flugplatz von Ica, denn der Pilot neigte leicht die Maschine der Erde zu. Die Motore brummten etwas leiser. Wir waren im Landeanflug. Immer tiefer flog das Flugzeug und links und rechts sah man schon die grünen Plantagen. Wir näherten uns der Landebahn und setzten butterweich auf.

Xenia schmunzelte mich an und sagte: "Er hatte einen anderen Fluglehrer". Die Maschine rollte aus und stoppte direkt vor dem kleinen Flughafengebäude. Wir lösten unsere Gurte und warteten, bis sich die Tür öffnet. Eine Minute später standen wir schon neben dem Flugzeug, das uns sicher von Juliaca nach Ica geflogen hatte. Die Motoren waren heiß und man spürte die Wärmestrahlung, die von ihnen ausging. Ein Mitarbeiter des Airports öffnete den Frachtraum und gab uns und den anderen Passagieren das Gepäck. Wir bedankten uns beim Piloten und gingen Richtung Ausgang. Vor dem Gebäude standen mehrere Taxis. Wir suchten uns einen sympathischen Fahrer aus, der uns sofort unsere Koffer aus der Hand nahm und diese im Kofferraum seines Taxis verstaute. Xenia hatte uns schon in Puno ein Hotel in Ica gebucht. Als sie ihm den Namen sagte, nickte er nur kurz und öffnete die hintere Tür seines Taxis. Wir stiegen ein und versuchten ein Gespräch zu eröffnen. „Sorry" sagte er, „nix verstehen in Englisch oder

German“. Schade dachten wir und sahen aus dem Fenster. In schneller Fahrt ging es in die Stadt Ica.

Ica, die Stadt am Rande der Wüste

Das Taxi bog von der Hauptstraße ab und langsam fuhr der Wagen durch ein hohes altes Eisentor zum Hoteleingang. Wir sahen eine große alte Villa, die man zum Hotel gemacht hatte. „Na, gefällt es Dir?" fragte mich Xenia. „Ich glaube ja, aber lass uns reingehen. Ich habe großen Durst". Der Fahrer trug unsere Koffer bis zum Eingang, verbeugte sich höflich und ging zu seinem Taxi. „Eigentlich wollte ich ihm noch Trinkgeld geben, aber es war zu spät". Ein Hotel- Boy nahm unsere Koffer und stellt diese seitlich der Rezeption ab. Wieder einmal hatte Xenia ein wunderschönes altes Hotel im spanischen Stil ausgesucht. Nachdem wir den Zimmerschlüssel in der Hand hielten, setzten wir uns in große bequeme Sessel und bestellten einen Cappuccino. Kurze Zeit später kam die hübsche peruanische Kellnerin mit je einem Glas Wasser und einem duftenden Cappuccino zurück und servierte uns diese Getränke. Als sie aufsah und uns anlächelte, sagte Xenia „Na, gefällt sie dir?“. „Ich wüsste gern, aus welcher Region des Landes sie kommt“ antwortete ich ihr. „Du kannst sie ja noch in den nächsten Tagen fragen“ grinste Xenia mich an. Manchmal kann sie ein richtiges Biest sein, dachte ich. Ruhig tranken wir unser Wasser und den Cappuccino aus und beobachteten dabei die anderen Hotelgäste. Nach den Sprachen zu urteilen kamen sie fast aus der ganzen Welt. Was zog sie alle in diese Stadt? Waren es die Nasca- Linien, war es die Oase Huacachina oder waren es die Steine von Ica? „Lass uns auf unser Zimmer gehen, vielleicht können wir noch Suyana erreichen und heute zusammen den Abend verbringen“. Xenia trank den Rest vom Wasser aus dem Glas und wir gingen in Richtung Hotelzimmer. Das Zimmer lag im ersten Stock und als wir ankamen, lagen unsere Koffer schon auf der Ablage. „Ahh“, sagte ich, „das ist ja richtig groß“ und ging auf den leicht geöffneten Balkon. „Das ist ja unglaublich“ rief ich Xenia zu, die ins Bad gegangen war. Wir hatten einen Balkon, der über die ganze Seite des Zimmers ging und bestückt war mit bequemen Korbsesseln. Im Zimmer stand zur Begrüßung zwei Pisco Sour. Xenia kam aus dem Bad und ich reichte ihr ein Glas des berühmten Getränkes. „Auf mein wunderbares Reisebüro“ sagte ich und meinte damit Xenia. Sie hatte es richtig verstanden und wir setzten uns auf den Balkon. „Hier kann man wohl länger als 4 Tage bleiben“ War Xenia eine Wahrsagerin? Es wurden wirklich mehr als 4 Tage. Ruhig sahen wir dem Treiben vor dem Hotel zu. Auf der rechten Seite entdeckten wir noch einen kleinen Park mit einem Springbrunnen und vielen grünen Pflanzen. Ich trank mein Glas aus und ging zu meinem Koffer, holte mein kleines Notebook heraus, startete es und gab den Key für das WiFi-Netzwerk ein. Eine Minute später schrieb ich an Suyana eine Mail, ob wir uns heute Abend 19.00 Uhr in unserem Hotel treffen können. Nebenbei legte ich meine Socken, Hemden und Hosen in den Schrank als es plötzlich „kling“ machte und das Notebook den Eingang einer

Mail anzeigte. Suyana hatte wie das letzte Mal sofort geantwortet und ein großes „JA“ stand auf dem Bildschirm. „Wir freuen uns“ schrieb ich zurück und klappte das Notebook zu. In der Zwischenzeit war auch Xenia dabei, ihren Koffer auszupacken. „Ich geh nochmal kurz unter die Dusche“ und verschwand im Badezimmer. „Nicht schlecht wie die alten Spanier gelebt haben“ dachte ich und bewunderte die Ausstattung des Bades. Langsam drehte ich den Wasserhahn der Dusche auf und ließ das lauwarme Wasser über meinen Körper laufen. Erfrischt kam ich aus dem Bad und sah Xenia auf ihrem Bett liegen. „Nicht jetzt schlafen“ rief ich. „Geh doch kurz mal unter die Dusche und du bist danach wieder munter“ Xenia murmelte etwas von „ich bin aber müde“ und drehte sich auf die Seite. Ich wusste, dass sie an den Fußsohlen sehr empfindlich war und grabbelte diese mit meinen Fingern an. „Du Schuft…“ rief sie, stand aber auf und ging mit der Andeutung von Katzengrallen und entsprechenden Lauten ins

Bad. „Xenia, du kleine Katze, ich mag dich einfach“ dachte ich. Da wir noch einige Stunden bis zum Treffen mit Suyana Zeit hatten, gingen wir auf die Terrrasse des Hotels und bestellten uns einen Mate de Coca – Tee. „Soll ich dir mal etwas über den Coca- Tee vorlesen?“ fragte mich Xenia. Sie nahm ihren kleinen Reiseführer und klappte das Inhaltsverzeichnis auf. Schnell hatte sie die Seite gefunden und begann laut zu lesen: “Der Mate de Coca ist ein Tee, der aus frischen Kokablättern zubereitet wird. Diese Blätter werden vom Coca- Strauch, der in den Andenregionen von Bolivien, Peru, Kolumbien und im Norden Chiles und Argentiniens wächst, gepflückt. Das Klima in diesen Ländern begünstigt den Anbau der Coca- Pflanze. Die Tradition des Konsums der Kokapflanze reicht weit in die Geschichte der Andenvölker zurück und ist wichtiger Bestandteil des sozialen und kulturellen Lebens. Auch zu Zeiten der Inka spielte die Pflanze eine wichtige Rolle, was Grabbeigaben beweisen. Die Inhaltsstoffe erhöhen die Sauerstoffaufnahme des Blutes, wodurch der Tee eine anregende Wirkung hat und sich hervorragend zum Lindern und vor allem Vermeiden der Höhenkrankheit eignet. Deshalb wird sie auch heute noch als „Göttliche Pflanze der Inka“ bezeichnet“. In diesem Moment kam die peruanische Kellnerin und stellte uns einen „Mate de Coca“ auf den Tisch. Leider war es nicht die hübsche Peruanerin, die uns den Cappuccino serviert hatte. Vor uns standen zwei verzierte Steinzeug- Tassen mit einem Sauger aus Metall. Sie fühlten sich heiß an. Der Tee hatte eine grüngelbe Farbe und überdeckte die Coca- Blätter. Nach ein paar Minuten nahmen wir die Tassen in die Hand und schlürften vorsichtig den Tee. Er schmeckte bitter und ähnelte sehr dem grünen Tee. Wir lachten beide und Xenia sagte: “, wenn es hilft…“

„Was wollen wir heute noch erkunden?“ fragte ich Xenia. „Lass uns doch in das kleine Museum, ins „Museo Regional de Ica“ gehen, meinte sie. Dort gibt es Sammlungen von verschiedensten Artefakten, die von präkolumbischen Ausstellungsstücken bis hin zu Exponaten aus der Kolonialzeit reichen. Außerdem soll es eine große Anzahl an menschlichen Mumien und anderen menschlichen Überresten geben. Denn schon lange bevor der spanische Eroberer Geronimo Luis de Cabrera hier am 17. Juni 1563 unter dem Namen Villa de Valverde eine Stadt gründete, fanden man hier menschliche Siedlungen. Und zwar nicht nur von den Inka, sondern auch von Vor-Inka-Völkern wie den Paracas. „Du bist aber schlau!“ neckte ich Xenia, die gerade aus ihrem kleinen Reiseführer zitiert hatte. „Ja, und das alles ohne Google“. Wir hatten den bitteren „Mate de Coca“ ausgetrunken und gingen langsam in Richtung des archäologischen Museums. Die Temperaturen in Ica sind sehr angenehm warm und ausgeglichen, obwohl das Meer ca. 100 km weit weg ist. Nach einem kurzen Weg standen wir vor dem „Museo Regional de Ica“. Es war ein relativ kleines, gelbes, rechteckiges

Gebäude. Vor dem Gebäude standen mehrere Touristen und eine kleine Gruppe von Mädchen. „Suyana“ rief plötzlich Xenia und eins der Mädchen drehte sich um und kam auf uns zu. „Wellcome in Ica“ rief sie und umarmte Xenia. Dann kam sie auf mich zu und umarmte auch mich, als ob wir uns schon Jahre kannten. Xenia hatte Suyana wiedererkannt, obwohl sie anders gekleidet war und ihre Haare anders trug. Es begann zwischen uns ein reges Gespräch und am Ende ging Suyana mit uns in das Museum. Eine bessere Museumsführerin konnte man sich nicht wünschen. Im Museum sahen wir die äußerst grotesk verlängerten Köpfe der Paracas. Diese Köpfe werden von vielen Wissenschaftlern als eine gewollte Deformation dargestellt, durch die sich die Elite der Paracas vom Rest des Stammes abhob. Seltsam nur dachte ich, dass diese Schädelform auch in anderen Ländern, weit weg von Peru, gefunden wurden. Ich wollt Suyana aber erst am Abend fragen, denn ihre Führung war so interessant, dass ich nichts verpassen wollte. Sie zeigte uns Artefakte wie Krüge, Schalen, Teller und auch einen lustigen Krug, der beim Ausgießen einen Pfeifton erzeugte. Alle waren wunderschön geformt und hatten interessante bis geheimnisvolle Motive in einer hohen Qualität. Auch der ausgestellte Schmuck begeisterte Xenia und mich. Manchmal sehen wir uns noch heute die Fotos an und können uns nicht erklären, wie dieser Nachlass der Paracas 2000 Jahre vor Chr. entstanden ist. Suyana erklärte alles mit so viel Fachkenntnis, dass wir aufatmeten, als wir in den Raum mit den Mumien kamen. Sie ließ die Mumien zunächst auf uns einwirken, bevor sie mit ihren Erklärungen begann. Wir sahen Kinder- und Erwachsene- Mumien, alle in Hockstellungen, die Arme verschränkt oder die Hände gefaltet, den Kopf gesenkt oder zur Seite geneigt. Wir sahen nur Köpfe mit langem Haar oder einer Kopfbedeckung, die einem Turban ähnelte und wir sahen Kopfbänder auf den Köpfen der Mumien, deren Farben auch nach tausenden Jahren im Wüstensand noch leuchteten. Ich fragte Suyana wo die berühmten Steine von Ica sind. „Das Museum hat auch einige Steine, die aber zurzeit nicht ausgestellt werden. Wenn du eine Vielzahl von Steinen mit den Gravierungen sehen willst, dann geht ihr die nächsten Tage in das Museum von Dr. Cabrera. Wann wollt ihr über die Hochebene von Nasca fliegen?“ fragte Suyana. „Eigentlich hatten wir das für morgen geplant“ und schaute dabei Xenia an. „Habt ihr den Flug schon gebucht?“ „Nein, noch nicht. Wir wollen es nach dem Museumsbesuch tun“. „Na dann beeilt euch, damit ihr noch einen Flug bekommt. Ich muss euch jetzt leider allein lassen. Bleibt es bei 19.00 Uhr heute Abend? „Ja, auf jeden Fall“ sagten wir gleichzeitig zu Suyana und verabschiedeten uns. Etwas schneller gingen wir in unser Hotel zurück, um noch einen Flug über die Nasca- Linien zu bekommen. „Sie haben Glück, ein Gast hat gerade abgesagt und damit gehört das Flugticket ihnen“ sagte die freundliche Mitarbeiterin des Hotels. Ich lass ihnen die Tickets auf das Zimmer legen. Wir bedankten uns für den schnellen und unkomplizierten Service und gingen in Richtung unseres Zimmers. „Lass uns was essen gehen, ich habe Hunger“ flehte Xenia. Ich hatte nichts dagegen, denn auch bei mir machte sich nach dem „Mate de Coca“ ein kleiner Hunger bemerkbar. Wir erfrischten uns kurz und gingen dann in ein wunderschönes Restaurant in unserem Hotel.

Suyana war pünktlich 19.00 Uhr vor dem Hotel. Wir liefen uns entgegen und umarmten uns noch einmal. Irgendwie mochten wir uns, schon in Lima. „Wohin willst du uns heute entführen?“ fragte Xenia sie. „Rund um die Plaza de Armas finden wir einige gute Restaurants, in denen wir gut aber auch günstig essen und trinken können. Habt ihr schon zu Abend gegessen?“ „Ja, wir hatten beide sooo einen Hunger und mussten schon etwas essen. Aber gegen eine kleine spezielle Speise aus der peruanischen Küche habe ich nichts einzuwenden“. Suyana lachte, nahm uns beide am Arm und wir spazierten an einem wunderschönen warmen Abend in Richtung Plaza de Armas. Am Platz angekommen suchten wir uns ein gemütliches Restaurant mit bequemen Korbstühlen aus und bestellten als erstes einen Pisco Sour. Als die Gläser auf dem Tisch standen tranken wir auf Suyana, ihre Heimat und auf unsere Freundschaft. Suyana hatte es so eingerichtet, dass sie einige Studien in Ica durchführen konnte, ohne Probleme an der Uni zu bekommen. Sie erzählte, wie sie in Ica in die Schule ging und wie und wo sie Archäologie studiert. Wir erzählten ihr von unseren Erlebnissen im Dschungel des Amazonas, von Cusco und Machu Picchu und von unseren Erlebnissen am Titicacasee. Irgendwie wollte ich aber wissen, warum Suyana unbedingt Archäologie studiert. „Was oder wer hat dich dazu verführt dieses Studium aufzunehmen? Eigentlich studieren Frauen doch andere Studienrichtungen“ fragte ich Suyana. Sie schaute mich ernst an und sagte: “Es waren die Steine, die Steine von Ica“. „Was!“ rief ich,

„erzähle bitte alles". Xenia schaute mich an und ich ahnte was sie dachte: „Nun hat er endlich eine Partnerin, die auch Steine mag, gefunden". „Als ich noch klein und manchmal krank war", begann Suyana, „ging ich mit meiner Mutter oder meinem Vater zu Dr. Cabrera. Kennt ihr die Geschichte um diesen Arzt? Immer wenn ich in seiner Praxis war, sah ich Steine auf seinem Schreibtisch. Wenn Dr. Cabrera mich untersuchte, durfte ich einen mir aussuchen, in der Hand halten und ihn mir anschauen. Auf dem Stein waren Tiere und Menschen eingraviert. Erst später, als ich schon lesen konnte, erfuhr ich, dass diese Tiere Dinosaurier waren. Bei einem nächsten Besuch fragte ich Dr. Cabrera, wo diese Tiere denn leben. In meiner Heimat habe ich sie noch nie gesehen. Sie sind leider schon seit Jahrmillionen ausgestorben, erzählte er mir. Und die Menschen? fragte ich. Die kamen erst viel später auf die Erde. Aber auf deinem Stein spielen doch die Menschen mit den Tieren. Ja, das ist richtig. Das ist ja auch das große

Geheimnis des Steines. Möchtest du noch andere Steine sehen fragte er mich. Er führte mich mit meinem Vater in einen Nebenraum, wo hunderte Steine lagen. Wo hast du die alle her? fragte ich. Ich habe sie über mehrere Jahre gesammelt und geschenkt bekommen. Möchtest du einen kleinen Stein haben? Ja, sehr gern. Na, dann such dir einen aus. Es war gar nicht so einfach aus der Menge der Steine den richtigen zu finden. Meine kleinen Hände suchten und fanden ihn. Es war ein kleiner schwarzgrauer Stein mit einem kleinen Dinosaurier und einem Kind, welches auf dem Tier ritt. Ich steckte diesen schnell in meine Tasche, um ihn für immer zu behalten. Wie oft ich ihn in meinem kleinen Zimmer in die Hand nahm und ihn ansah, weiß ich nicht mehr. Mein Vater war mit Dr. Cabrera befreundet. Irgendwann erzählte er mir, dass es zwei Fundorte gibt, wo man diese Steine gefunden hat. Einmal soll ein peruanischer Bauer, so Dr. Cabrera zu meinem Vater, in seine Praxis gekommen sein. Nach der Untersuchung konnte er nicht bezahlen und schenkte dafür Dr. Cabrera diesen Stein, der immer auf seinem Schreibtisch lag. Er hatte diesen kaum beachtet bis er in einer ruhigen Minute den Stein in die Hand nahm und genauer betrachtete. Damit war sein Forscherdrang aktiviert. Als der Bauer das nächste Mal in seine Praxis kam, brachte dieser wieder einen Stein mit. Dieser war allerdings größer und mit noch interessanteren Motiven graviert. Als Dr. Cabrera den Bauern fragte, woher er diese Steine hat, gab er ihm keine Antwort. Erst am Totenbett flüsterte er ihm etwas ins Ohr, was Dr. Cabrera aber nicht verstand. So nahm er sein Geheimnis mit in den Tod. Er vermutete, so erzählte er meinem Vater, dass die Fundstelle der Steine sich auf dem Land des Bauern befindet, er diese aber nie gefunden hat. Suyana holte tief Luft und sagte: „Ich muss erst einmal etwas trinken; mögt ihr Cachina? Chachina ist ein leicht süßer Drink, dem Wein ähnlich. Aber Vorsicht, wenn man zu viel davon trinkt, bekommt man eine Katze!" „Einen Kater..." korrigierte ich Suyana und wir lachten so laut über den Versprecher, dass wir die Aufmerksamkeit der anderen Gäste auf uns zogen. Wir bestellten drei Cachina und waren gespannt, wie die Geschichte weitergeht.

„Das Besondere ist der Rio Ica, der aus den Anden kommt“, erzählte Suyana weiter. „Normalerweise führt der Fluss kein oder kaum Wasser. Wenn jedoch im Sommer „El Nino“ eine Starkregenphase verursacht, wird der Rio Ica wie oft andere Flüsse auch zum reißenden Wüstenfluss. Dabei erweitert sich das Flussbettes und legt oft Steine frei, die sonst nicht zu sehen sind. 1961 überflutete der Ica-Fluss einen kleinen Teil der Wüste von Ocuaca, ungefähr 40 km südlich von Ica“ erzählte Suyana weiter. „Als sich das Wasser wieder zurückzog, fanden die Anwohner gravierte Steine wie Dr. Cabrera sie sammelte. Diese Steine verkauften sie an Touristen oder verschenkten sie. Auch Dr. Cabrera erhielt 1966 zu seinem sechsunddreißigsten

Geburtstag von seinen Patienten mehrere Steine geschenkt. Noch zu seinen Lebzeiten besaß er mehr als 15.000 gravierte Steine unterschiedlicher Größe und mit unterschiedlichen Motiven. Die Steine bezeugten mit ihren Abbildungen eine jahrtausendelange menschliche Aktivität, die Zeremonien, Flora, Fauna und die das friedliche Leben von Menschen und Dinosaurier darstellten.

Dr. Cabrera behauptete in seiner Doktorarbeit, dass Ica der Sitz der ersten peruanischen Kultur sei und die Steinfunde prähistorische Kreationen sind. Heute behaupten einige Kritiker, dass die Steingravuren neuere Arbeiten der Dorfbewohner sind. Wie das aber mit den Untersuchungsergebnissen des Bergbauinstitutes der TU Peru harmonieren soll, die behaupten, dass die Oberflächenschicht 12 000 Jahre und älter sein muss, konnte bisher kein Kritiker begründen". Suyana sah unsere ratlosen Gesichter, hob das Glas mit Cachina und sagte „Prost", so als ob wir in Deutschland wären. Wir stießen mit den Gläsern an und tranken ein wenig von dem leicht süßen Getränk. „Und, schmeckt euch Cachina?“ fragte sie. „Eigentlich ganz gut, meinten aber, ein schöner kalter Weißwein wäre uns lieber“. „Suyana, es gibt also gravierte Steine, die gefälscht sind und es gibt echte Steine die tausende von Jahre alt sind. Wie kann man diese unterscheiden?“ „Das ist sehr schwer und wir entwickeln gerade eine Prüfmethode, die das wirkliche Alter der Steine von Ica ermittelt“. Ich dachte an meine zwei Steine, die unterschiedlich aussahen und wovon einer durchaus ein jahrtausendealter Stein sein konnte. „Genug von den Steinen“ rief Suyana. „Morgen werdet ihr die Nasca- Linien überfliegen. Nehmt unbedingt eure Kamera mit, denn es gibt wirklich schöne und interessante Motive zu fotografieren. Und am nächsten Tag empfehle ich euch einen Ausflug zur Oase Huacachina. Diese liegt nur zehn Kilometer außerhalb von Ica. Huacachina ist die einzige Oase auf den beiden amerikanischen

Kontinenten. Es wird euch dort gefallen. Ein wenig Wüste, ein kleiner See und wenn ihr wollt könnt ihr am Ufer des Sees einen Drink genießen. Das Wasser des Sees soll heilende Kräfte haben“. Suyana machte eine Pause und überlegte. Wir griffen zu unseren Gläsern und tranken Cachina, der, obwohl es warm war immer noch eine angenehme Kühle hatte. Je mehr wir davon tranken, umso besser schmeckte er uns. Suyana sah uns an und sagte: “Möchtet ihr, dass ich mit zur Oase komme?“ Xenia sah mich an und sagte zu Suyana: „Wir würden uns sehr freuen, wenn du uns begleiten würdest!“ „Ja, ich finde deine Idee richtig gut. Eine kompetentere Reiseleiterin kann man in Peru nicht haben“ meinte ich. Xenia und ich fanden Suyana wirklich großartig. Angefangen von ihrem Wissen bis hin zu ihrer freundlichen Art war sie eine wunderbare junge Frau. Suyana freute sich über unsere Zuneigung und sagte: „Leider kann ich aber nicht die ganze Zeit in der Oase bei euch sein, da ich es mit meinen Recherchen für mein

Studium verbinden muss. Aber dafür erzähle ich euch jetzt noch eine schöne Geschichte über Huacachina. Einverstanden?" „Ja!" riefen wir begeistert und bestellten noch einmal drei Cachina. Suyana sah uns lächelnd an und begann:

„Es war einmal eine wunderschöne Prinzessin, die sich in einen jungen Krieger verliebte. Eines Tages verstarb ihr Geliebter jedoch in einer blutigen Schlacht. Das hinreißende Mädchen war am Boden zerstört und verbrachte Tag und Nacht weinend an der Stelle, wo sie sich kennengelernt hatten. Eines Tages entdeckte sie plötzlich in ihrem Handspiegel einen Jäger, der sie beobachtete. Sie wurde von Angst gepackt, ließ den Spiegel fallen und lief davon. Ihr Spiegel zerbrach in tausend Einzelteile. Durch das zerbrochene Glas und die Tränen der hübschen Prinzessin entstand der Legende nach dann die Lagune von Huacachina".

„War das schön" rief Xenia. Für emotionale Geschichten gleich welcher Art war sie immer empfänglich. Und tatsächlich hatte Xenia ganz feuchte Augen bekommen. Aber auch Suyana war von der Geschichte berührt. „Ja, ja, diese Mädels…“ dachte ich. „Um die kleine Oase ranken sich wirklich zahlreiche spannende Geschichten. Vielleicht kann ich euch in zwei Tagen noch einige erzählen“. Je mehr wir Cachina tranken, umso lustiger wurde der Abend. Kurz vor Mitternacht trennten wir uns von Suyana, umarmten sie wie nie zuvor und gingen etwas beschwipst vom Cachina in unser Hotel. Da wir in wenigen Stunden am Flughafen von Ica sein mussten, stellten wir den Wecker in beiden Smartphones. Wir wollten um keinen Fall den Flug über die Nasca- Linien verpassen. Ich gab Xenia einen „Gute Nacht- Kuss“ und wenige Minuten später schliefen wir tief und fest.

Der Flug über die Nasca- Linien

„Klingeling bzw. Piep - Piep meldeten sich unsere Smartphones pünktlich um 7.30 Uhr. Xenia drehte sich zu mir und sagte leise „Guten Morgen“. „Guten Morgen“ entgegnete ich ihr und gab ihr einen symbolischen Kuss. „Lass uns gleich aufstehen, dann können wir noch in Ruhe frühstücken“ sagte ich zu Xenia. „Ich bin aber noch müde und außerdem habe ich Kopfschmerzen“ seufzte sie und drehte sich wieder auf ihre Schlafseite. „Na gut, dann geh ich zuerst unter die Dusche“. Als ich aufstand bemerkte auch ich einen leichten Kopfschmerz und schwankte leicht in das Bad. Das warme Wasser der Dusche vertrieb aber sehr schnell meinen kleinen Cachino- Kater und gut gelaunt ging ich zu Xenia und krabbelte sie an den Füßen. „Du Schuft…“ brummte sie und quälte sich aus dem Bett. „Geh erst einmal unter die Dusche, dann sieht die Welt schon ganz anders aus!“ rief ich Xenia hinterher, die in Richtung Bad taumelnd schlürfte. „So richtig gut sieht das aber nicht aus“ dachte ich mir und zog meine leichte Outdoor- Kleidung an. Plötzlich hörte ich ein leises Summen, das aus dem Bad kam und kurze Zeit später trat Xenia vollkommen nackt in das Zimmer. Ich schaute sie an und war sehr angetan von ihrer Schönheit. „Wollen wir wirklich über die Nasca- Linien fliegen oder möchtest du wieder ins Bett?“ fragte ich. „Untersteh dich…“ fauchte Xenia mich an, ging auf mich zu und schmiegte sich an. Ich spürte ihren warmen Körper und hatte plötzlich wirklich keine Lust mehr über die Nasca- Linien zu fliegen. „Lass mich los“ bat sie, „wir wollen doch in Ruhe frühstücken“. „Ungern“ antwortete ich und ließ meine Frau gehen. Obwohl wir schon viele Jahre verheiratet waren, war sie immer noch begehrenswert für mich.

Ein paar Minuten später liefen wir in unser Hotelrestaurant zum Frühstück. Wie immer wurden wir freundlich begrüßt und ließen uns ein mediterranes Frühstück bringen. In der Zwischenzeit sahen wir uns die wundervolle alte spanische Architektur an und waren beide begeistert. „Warum nur bauen unsere jungen Architekten nur einfache Glas- und Stahlkisten?“ fragte ich Xenia. „Vielleicht können sie das auch, nur dürfen es nicht?“ nivellierte sie meinen Angriff auf die moderne Architektur. In diesem Moment kam unser Frühstück und wir stillten unseren kleinen Hunger. Cachina scheint auch noch den Appetit zu anzuregen. Nach dem Frühstück gingen wir noch einmal auf unser Hotelzimmer, holten aus dem Safe unsere Kameras und liefen die wunderschöne Treppe zur Hotelhalle herunter. An der Rezeption bestellten wir uns ein Taxi, dass uns zum Flughafen in Ica bringen sollte. Minuten später stand es vor der Tür und ein freundlicher älterer Peruaner mit dunklen Augen und schwarzem Haar öffnete uns die Tür des Taxis. Wir stiegen ein und fuhren in Richtung Flughafen. „Möchten sie über die Nasca- Linien fliegen?“ fragte er in einem kaum verständlichen Englisch. „Ist es interessant?“ fragte Xenia zurück. „Ich weiß es nicht“ sagte unser Fahrer, „ich bin noch niemals geflogen, weder in einem kleinen noch in einem großen Flugzeug und schon gar nicht über die Nasca-Linien. Ich fahre lieber Auto oder sehe mir die Steine im Museum von Dr. Cabrera an. Kennen sie die gravierten Steine?“ Ich schluckte kurz und antwortete ihm: „Nein, wir kennen sie noch nicht. Aber wir wollen uns die Ausstellung im Museum noch ansehen“. „Machen sie das, denn sie werden staunen wie unsere Vorfahren schon die Welt kannten und diese auf die Steine malten“. „Haben sie auch Steine?“ fragte ich unseren Taxifahrer. „Ja, ich habe auch welche. Ich habe diese aber nicht gekauft, sondern selbst gesucht und gefunden“. „Was?“ fragte ich und sah Xenia an, „sie haben diese Steine nicht gekauft?“ „Nein, ich habe sie irgendwo an einem Feldrain gefunden. Sie waren etwas verschmutzt und deswegen hat sie keiner gesehen. Sie lagen einfach da. Man kann auch gravierte Steine kaufe, aber dafür habe ich kein Geld“. Der Mann wusste wohl nicht, dass seine gravierten Steine eventuell tausende Jahre alt sein können. „Was ist denn auf den Steinen zu sehen?“ fragte ich ihn. „Na, wie auf allen anderen Steinen auch: Menschen, Tiere, große Tiere und Maschinen“. „Was für Maschinen?“ „Na eben Maschinen“. Ich merkte wie ihn die Unterhaltung in Englisch anstrengte und fragte nicht weiter. Nach einer kurzen Pause fragte er uns: „Möchten sie zu dem Feldrain und auch Steine suchen? Ich fahre sie dahin, wenn sie wollen“. Ich sah die Zustimmung von Xenia und sagte: „Ja, wir nehmen ihr Angebot an. Wann wollen wir denn fahren? Heute fliegen wir über die Nasca-Linien. Morgen fahren wir mit Suyana zur Oase Huacachina und übermorgen wollten wir uns das Museum von Dr. Cabrera ansehen. „Sie kennen Suyana?“ fragte er. „Ich kenne sie auch. Sie ist ein sehr kluges Mädchen. Da sind sie gut aufgehoben. Na, dann fahren wir doch übermorgen. Früh sehen sie sich die Steine im Museum an und gegen Mittag fahre ich sie zu diesem Feldrain und hole sie nach ein oder zwei Stunden wieder ab. Ziehen sie stabile

Schuhe an und nehmen sie ein kleines Seil mit. Manchmal muss man sich einfach gegenseitig festhalten. Ach, das Seil kann ich ja mitbringen und es ihnen geben“. „Einverstanden“, antwortete ich. „Wann wollen wir uns treffen?“ „Na so gegen Mittag. Ich hole sie direkt vor dem Haus von Dr. Cabrera ab“. In der Zwischenzeit waren wir am Flugplatz von Ica angekommen. Wir verabschiedeten uns mit einem festen Händedruck und sagten: „Dann bis übermorgen“. Er nickte und wünschte uns einen guten Flug. „Xenia, haben wir heute unseren Glückstag?“ Ich nahm meine Frau in die Arme und drückte sie vor Freude ab“. „Wenn unser Flug jetzt auch noch so gut wie unser Gespräch mit dem Taxifahrer verläuft, dann ist alles gut“.

Irgendwie konnte sie meine Begeisterung für die Steine von Ica nicht so richtig verstehen. Das aber änderte sich mit einem Schlag bei Xenia nach unserem Besuch im Museum von Dr. Cabrera. Wir liefen in die kleine Vorhalle des Fluglatzes, meldeten uns am Schalter und zeigten unsere Tickets. „Gehen sie bitte auf das Rollfeld, die Maschine ist bereit“ hörten wir. Etwas aufgeregt suchten wir den Ausgang zum Rollfeld und fanden ihn auf der linken Seite. Überall hingen Fotos von Flugzeugen und natürlich von den Nasca- Linien. Dabei waren wirklich beeindruckende Fotos mit interessanten Motiven. Einige Motive ähnelten den Bildern, die wir auf den Osterinseln gesehen hatten. „Na, da bin ich aber gespannt was uns erwartet“ sage ich zu Xenia. „Na, erst ich!“ und schlüpfte vor mir durch die Tür.

Auf dem Rollfeld stand eine kleine einmotorige Cessna. „Kennst du das Flugzeug?“ fragt mich Xenia. „Ja, es ist der gleiche Flugzeugtyp mit dem wir in der Dominikanischen Republik an unserem Hochzeitstag auf die Insel „Samana“ geflogen sind. Es ist eine Cessna“. Ich merke wie aufgeregt Xenia war. Als wir an der Maschine ankommen, werden wir von zwei Piloten begrüßt. Der erste Pilot, er hat die meisten Streifen auf seinem Hemd, ist ein großer schwarzer Amerikaner, der in seinem Leben auch schon größere Flugzeuge geflogen haben muss. Vielleicht hat ihn die Liebe zu einer hübschen Peruanerin nach Ica gezogen. Oder zu einem Peruaner? Heute weiß man es nicht mehr so genau. Der andere Pilot ist wesentlich kleiner und passt besser zu dem kleinen Flugzeug. Sonst war kein weiterer Passagier mehr zu sehen. „Prima“, sage ich zu Xenia, „wir fliegen allein!“ „Wie allein?“ „Na mit den Piloten meine ich“. „Ach so, ich dachte schon du wolltest fliegen. Dann wäre ich aber nicht mitgekommen, denn du kannst ja nur ohne Motor fliegen“. „Dieses kleine Biest“ dachte ich bei mir. Mal sehen ob sie nach dem Flug auch noch so kess ist. Wir stiegen in die enge Cessna und schnallten uns an. Unsere Vermutung war richtig: der große Pilot saß links und der Kleine rechts. Nach einem kurzen Gespräch per Funk mit dem Tower, startet einer der Piloten den Motor. Dieser macht zunächst blub, blub und schreit danach förmlich auf, während er dabei schwarze Wolken von

Abgasen aus dem Auspuff pustet. Die Maschine vibriert stark und beruhigt sich erst wieder, nachdem der Pilot den Motor langsamer laufen lässt. Xenia tastet nach meiner Hand und schaut mich fragend an. „Alles i. O.“ sage ich und betrachte mir die Kontrollinstrumente der Maschine, denn wir sitzen direkt hinter den Piloten. Auch der rechte Pilot schaut auf die Drehzahlmesser-, Öldruck- und die Temperaturanzeige und beschleunigt wieder den Motor. Mit einem Aufheulen des Motors rollt die Cessna langsam auf die Startpiste, wird immer schneller und der Motor immer lauter. Der Propeller zieht die Maschine nach vorn. Das Flugzeug rüttelt sich, springt über die unebene Startpiste und hebt plötzlich nach einigen hundert Metern ab. Sie gleitet durch die Luft und ich verstehe, warum bei vielen Menschen das Fliegen ihr Hobby ist. Das Schreien des Motors geht in ein gemütliches Brummen über und Xenia lässt meine gepresste Hand los und sagt: “Entschuldige bitte“. Ich lächle sie an und zeige auf das

Fenster. Schließlich war der Flug teuer genug, also muss sie auch einmal aus dem Fenster des Flugzeuges schauen. Rechts und links, unter und neben uns sieht man grüne Felder. In der Ferne die Felsen des Hochgebirges. Langsam verschwindet das Grün und weicht zunächst der Wüste. Aus der fruchtbaren Flussoase fliegen wir in die trockene Hochebene, der Pampa. Kleine Berge schließen sich an und zeigen uns unterschiedliche Farben, vom tiefen Schwarzgrau bis zum hellen silbrigen Grau findet man alles. Die Sonne scheint mit ihrem hellgelben Strahlen auf die Berge und erhöht damit nochmals den Kontrast der Farben. Die Natur ist einfach in ihrer Vielfalt unübertroffen. Mein Blick wendet sich vom Fenster ab, weil der Motor ab und zu mal stottert und etwas unruhig läuft. Ich sehe auf das Armaturenbrett und eine kleine Unruhe kommt bei mir auf. Drei Instrumente scheinen noch zu funktionieren: der Höhenmesser, der Drehzahlmesser und die Anzeige für den Öldruck. Weder der künstliche

Horizont noch der Temperaturmesser, der beim Start noch in Ordnung war, zeigen eine Funktion. So ganz nebenbei bemerke ich, dass sich der ältere große Pilot mit dem anderen Piloten über den Ausfall der Instrumente unterhalten. Da beide aber relativ ruhig sind, bleibe ich auch ruhig und solange sich noch der Propeller dreht, ist doch alles in Ordnung. Nur nichts Xenia sagen. Plötzlich deutet ein Pilot auf das linke Fenster. Ich sehe erst einmal nur eine helle Oberfläche, die sich aber langsam strukturiert. Bevor ich meine Kamera starte, muss ich wenigstens einmal selbst die Linien oder Figuren erkannt haben. Und tatsächlich, unter uns zeigen sich Linien, Dreiecke und Trapezoide in ganz unterschiedlicher Form und Größe. Ich richte meine Kamera auf diese geometrischen Figuren und nehme sie per Video und Foto auf. Xenia tippt mir mit einem Finger gegen meinen Rücken, was so viel bedeuten soll wie: ich möchte auch etwas sehen. In diesem Moment zeigt die Hand des rechten Piloten auf das Fenster von Xenia und ich sehe, dass der Pilot eine Kurve oder einen Kreis fliegt. Sie nimmt ihre Kamera und fotografiert die rätselhaften Linien von Nasca. Mit der rechten Hand hält sie die Kamera und mit der linken Hand zeigt sie mir den gestreckten Daumen, was so viel heißt wie: großartig! 1939 wurden die ersten Linien und Figuren von einem amerikanischen Militärflieger entdeckt. Als die Welt von den Linien erfuhr, zog die deutsche Forscherin Maria Reiche, eine in Dresden geborene Mathematikerin und Geografin, nach Nasca und studierte bis zu ihrem Tod 1998 die Geoglyphen, die von oftmals nur 20cm breiten Furchen im Wüstensand gebildet wurden. Dass viele der spektakulären Bodendenkmäler nicht durch Baumaßnahmen zerstört wurden, ist vor allem ihr Werk. Zu einem anerkennenswerten Ergebnis kam sie aber nicht, genauso wenig wie hundert oder tausend andere Forscher. Eine Vielzahl von Theorien belegen die Ohnmacht der Menschen, das Rätsel der Nasca- Linien zu lösen. Der Pilot gab der

Maschine eine neue Richtung und wir flogen in Berge. Wieder legte er die Cessna auf die Seite und deutete nach unten. Zunächst sahen wir einen „Affen“, später einen „Fisch“ und noch später die Geoglyphe des „Kolibri“. Die Luft war klar und wir konnten alle Linien und Figuren, die auf dem Hochplateau zu sehen waren gut fotografieren. Die Cessna ging etwas tiefer und flog auf einen kleinen Berg zu. Mehrere Kilometer vor dem Berg drehte der Pilot die Maschine nach rechts und legte sie auf die linke Seite. Relativ nah und deutlich sahen wir einen Menschen mit großen runden Augen, der den rechten Arm hob als wollte er uns grüßen. Seine Kleidung glich aber eher einem Taucher- oder einem Weltraumanzug. Genannt wird er wegen der großen Augen auch „Eulenmann“. Wie besessen fotografierten oder filmten wir beide was wir sahen. Wir sprachen kaum, so interessant waren die Bilder. Heute glaubt man, dass diese Geoglyphen in einem Zeitraum von etwa 800 bis 200 v. Chr. entstanden sind und schreibt sie der Paracas- Kultur zu. Also nicht den Inkas, wie wir später von Suyana erfahren. Über eine Stunde fliegt unsere Cessna hin und her. Immer wieder sehen wir neue Scharrbilder, wie die Geoglyphen auch genannt werden. In einer großen Kurve fliegen wir zurück nach Ica, vorbei an den zuerst gesehenen Dreiecken, Linien und Trapezoiden die der bekannte Forscher von Däniken als Landebahnen für Außerirdische bezeichnet. Wie eine Landebahn sehen sie schon aus. Ob er damit Recht hat, werden erst Forscher in der Zukunft herausfinden. Xenia und ich lehnen uns in unsere Sitze zurück. Ab und zu sehe ich nochmal aus dem Fenster des Flugzeuges und sehe die Berge unter uns. Schön und romantisch zugleich, aber sehr gefährlich für ein Flugzeug. Xenia sieht mich an und sagt mein Lieblingswort: „Unglaublich oder?“ Sie nimmt meine Hand und wir gehen beide unseren Gedanken nach. Wenn schon vor tausenden von Jahren in Südamerika eine Hochkultur existierte, die über enormes Wissen und moderne Technologie verfügte, wo hatte dann Gott seinen Platz. Es gab die Götter, die man verehrte. Sie stiegen nach Hesekiel mit Feuer vom Himmel herab und brachten den Menschen einen Teil ihres Wissens bei. Wie schneidet man riesige Steine wie Butter, transportiert sie über hunderte von Kilometer durch Wüsten und Sumpfgebiete und wie markiert man mit Geoglyphen eine Hochebene, damit die „Götter“ besser sehen, wo sie landen müssen. Hatte von Däniken in einigen Überlegungen recht?

In Indien werden Papyrus- Rollen vor der Wissenschaft in Tresoren aufbewahrt. In Ägypten ebenso wie in Rom erhalten Wissenschaftler keinen Zugang zu alten Schriften. Versteckt man etwa vor der Menschheit die Wahrheit? Ich wollte darüber nicht weiter nachdenken. Irgendwie freue ich mich jetzt schon auf den Tag, an dem wir in das Museum von Dr. Cabrera gehen. Was wird uns im Museum von Dr. Cabrera erwarten und welche Fragen werden wir danach haben. Die ersten Bilder einiger Steine von Ica und die Motive auf meinen gekauften Steinen, ob echt oder unecht, werfen jetzt schon diverse Fragen auf. Der Pilot gibt uns ein Zeichen, dass wir zum Landeanflug ansetzen. Die Cessna drückt ihre Nase in Richtung Erdboden, vorbei an grünen Feldern und Gärten. Der Boden kam schnell näher und wir sehen die Landebahn. „Geschafft“ ruft mir Xenia zu. „Noch nicht“ rufe ich zurück. Kurz vor der Landebahn zieht der Pilot das Flugzeug wieder leicht nach oben und das relativ harte Aufsetzen der Räder signalisiert: wir sind gelandet. Die Maschine rollt aus und wird immer langsamer, bis sie vor der Flugplatzhalle stehenbleibt. Ganz spontan klatscht Xenia in die Hände und ich schließe mich leicht an. Ich mag es überhaupt nicht, wenn Passagiere nach einer Landung klatschen. Aber hier mache ich eine Ausnahme. An diesen Flug werden wir uns noch Jahre erinnern und all unseren Freunden begeistert davon erzählen. Bevor wir aus dem Flugzeug aussteigen, drücken wir uns noch einmal ganz fest. Dann geht die Tür auf und der große schwarze Pilot hilft uns aus der Cessna. Wir strahlen über das ganze Gesicht und bedanken uns herzlich bei beiden Piloten. Auf dem Weg zur Halle denke ich, es ist schon erstaunlich, mit wie wenig Instrumenten man eine Cessna fliegen kann. Xenia habe ich erst im Hotel meine Beobachtungen erzählt. Sie reagierte erstaunlich ruhig darauf. Warum sollte sie sich auch darüber aufregen, der Flug war doch vorbei.

Vor dem Flugplatz standen mehrere Taxis. Unser Taxifahrer, der uns zum Flughafen gefahren hatte, war leider nicht dabei. Wir nahmen das erste Taxi und sagten dem Fahrer den Namen unseres Hotels. Er startete den Motor und los ging die Fahrt. „Wie ruhig und bequem doch so ein Auto sein kann“ sagte ich zu Xenia. Sie lächelte mich an und vertiefte sich in die Fotos in ihrer Kamera. Ich tat es ebenso. Der Fahrer war daran gewöhnt, dass sich Touristen nach einem Flug über die Nasca-

Linien sich lieber ihre Fotos ansehen, als sich mit dem Fahrer zu unterhalten. An seinem Lächeln erkannte ich aber seine Zustimmung. Wir zeigten uns gegenseitig unsere Fotos und Videos. Eigentlich hatte Xenia für Fotos die bessere Kamera, ich für Videoaufnahmen. So ergänzten wir uns hervorragend. Als ich auf ihrem Display den Eulenmann sah, bat ich sie die Aufnahme mal zu zoomen. „Er sieht schon irgendwie seltsam aus. Warum trägt er bei diesen Temperaturen einen Anzug wie ein Astronaut oder ein Tiefseetauche. Auf anderen Darstellungen sieht man die Inkas oder Paracas doch auch nur mit kurzer Kleidung, was meinst Du?“ fragte ich Xenia. „Ich weiß es doch auch nicht. Frage doch morgen Suyana, vielleicht weiß sie eine Antwort“. Wir sahen uns weitere Fotos an. Fast alle zeigten scharfe Aufnahmen von den Geoglyphen. Die Aufnahmen die unscharf waren, löschten wir sofort. Als wir noch vertieft in unsere Fotos waren, hielt das Taxi schon vor unserem Hotel. Wir bedankten uns beim Fahrer und gingen, noch ganz in Gedanken bei den Nasca-Geoglyphen, ins Hotel. „Lass uns etwas ausruhen“ bat Xenia. Ich war der Meinung, sie möchte eventuell duschen oder ein wenig schlafen. Sie aber nahm ihre Kamera und betrachtete die Aufnahmen. Xenias Interesse an den Geheimnissen Perus wurde von Tag zu Tag größer. Mir konnte es nur recht sein. Den Rest des Tages bummelten wir durch Ica, sahen uns die alten Gebäude und schon von außen das Museum Cabreras an. Am Abend tranken wir Cachina und freuten uns auf den morgigen Tag mit Suyana und auf die Oase Huacachina.

Die Oase Huacachina

Nach einer ruhigen Nacht ohne Träume, wahrscheinlich hervorgerufen durch mehrere Gläser Cachina, freuten wir uns auf ein gutes und schmackhaftes Frühstück. Danach liefen wir langsam zur Terrasse des Hotels, um auf Suyana zu warten. Bevor wir uns setzen konnten, war sie schon da. Wir begrüßten uns herzlich und liefen zum Taxi. Dabei erzählten wir Suyana von unserem Flug. „Wir haben noch viele Fragen an dich". „Steigt erst mal ins Taxi, dann können wir uns besser unterhalten" sagte sie. Irgendwie war Suyana trotz ihrer Jugend sehr ernsthaft, aber sie konnte auch herrlich lachen. Wir überschütteten sie mit unseren Erzählungen und Fragen und Suyana konnte fast alle beantworten. Fast! „Was für ein Glück, dass wir dich getroffen haben" sagte ich und drückte sie an mich. Die Oase Huacachina liegt westlich von Ica in der Wüste und in wenigen Autominuten kann man sie erreichen. Der Fahrer verminderte das Tempo und wie eine

Fata Morgana inmitten einer endlosen Sandweite tauchte plötzlich die Oase in der Wüstenlandschaft auf. Wir stiegen aus dem Taxi, bezahlten den Fahrer und gingen langsam in die Oase. Um die Oase herum stehen hohe Palmen. Auf dem in der Mitte der Oase liegendem See glitzert das olivgrüne Wasser in der Sonne. Darauf schwimmen Tretboote und am Ufer wachsen farbenfrohe Blumen. Peruaner und Touristen schlendern gemütlich über die Uferpromenade. Die Terrassen der Restaurants laden geradezu ein, sich zu setzen, ein Glas Pisco Sour zu trinken und das bunte Treiben in der Oase zu beobachten. Irgendwoher hört man Musik. Als wir weitergehen sehen wir junge Künstler, die ihre Werke anbieten. Sie verkaufen vor allem selbstgefertigten Schmuck mit den Symbolen der Inka oder der Nazca-Kultur. Einige Souvenirs bestehen aus Tierknochen, die die Kunsthandwerker im Wüstensand in der Nähe der Oase gefunden haben, erzählt uns Suyana. Nach den neusten Forschungen war die Wüste vor tausenden von Jahre mit Wasser bedeckt und immer wieder finden Peruaner oder Forscher Beweise dafür. „Die Ausgrabung hier in der Nähe ist auch der Grund, weshalb ich hier bin. Leider darf ich euch nicht mit zu der Ausgrabung nehmen, bitte habt Verständnis dafür. Ich werde ungefähr in einer Stunde zurück sein. Dann können wir uns noch etwas unterhalten und dann gemeinsam nach Ica zurückfahren“. Bevor Suyana ging, sagte sie uns: „Geht bitte unbedingt einmal außerhalb der Oase auf die Wüstenberge. Der Weg dahin ist ungefährlich und ihr habt einen phantastischen Ausblick auf die Wüste und auf die Oase. Also dann, bis gleich“. Wir sahen Suyana hinterher, die nicht zum Taxistand ging, sondern zu einem Wüstenbuggy, der am Rande der Oase stand. „Manchmal hat so ein Studium auch Vorteile“ sagte ich zu Xenia und wir beide lachten. Suyana stieg in den Buggy ein und brauste mit Fontänen von Sand hinter den Rädern davon. „Weißt du“, sagte ich zu Xenia, „ich habe Durst und bevor wir die Wüste uns ansehen, gehen wir etwas trinken". „Eine gute Idee" murmelte sie, nahm mich an der Hand und zog mich in Richtung eines Terrassen- Cafés, dass sie schon bei unserem Rundgang erspäht hatte. In der Nähe spielten Musiker auf der für Peru typischen Panflöte. Der etwas rauchige Klang der Flöte und die oft sentimentalen Melodien ließen uns sofort zuhören. Wir beide liebten diese Musik, die uns immer an ferne Reisen, an Sehnsucht und Liebe erinnerte. Als die kleine peruanische Kellnerin kam, bestellte ich für uns zwei kalte Cachi. Xenia hatte am letzten Abend das Getränk einfach von Cachina in „Cachi" umbenannt. Sie war der Meinung, dass lässt sich besser aussprechen. Wir sahen uns um und konnten feststellen, dass wir wirklich in einer Oase sind. Durch die Palmen sahen wir den hellen feinen Sand, der sich zu Bergen und Tälern formte. Der Wind hatte kleine Wellen in den Sand geprägt, die die Füße der Fußgänger zerstörten. „Mmh" brummte Xenia, „er schmeckt immer besser". Damit meinte sie natürlich das Glas mit kaltem „Cachi". „Finde ich auch, aber trotzdem gehen wir erst einmal in die Wüste“ entgegnete ich. Wir verließen den gastlichen Ort und liefen halb um den See, um einen sanften Aufgang zu den Bergen der Wüste zu erreichen. Der Sand unter unseren Füßen war erstaunlich fest, so dass wir problemlos laufen konnten. Was aber langsam zunahm war der Anstieg. Etwas schräg liefen wir gegen den leichten Wind, der eine Kante mit dem Sand gebildet hatte. Seltsamerweise war der Sand, wenn ich den Fuß auf die Sandkante setzte, ganz weich, so dass ich den Abdruck meiner Schuhe sah. Ein leichtes X- Muster hatte sich durch das Gewicht meines Körpers in den Sand gedrückt und ich musste dabei an das Lied “Meine Spuren im Sand…“ denken und summte es leicht vor mich hin. Xenia sagte: „bei der Anstrengung kannst du noch singen…?“ Leicht gebeugt und immer langsamer liefen wir der Bergspitze entgegen. Oben angekommen bot sich unseren Augen ein fantastisches Bild. Vor uns lagen Täler und Berge von Sand, die nur durch den Wind ständig ihre Form änderten.

Wir setzten uns in den Sand und betrachteten die sanft- geschwungenen Hügel, die durch die seitlich scheinende Sonne in dunkle Schatten und helle Sandflächen sich teilten. Es waren keine bunten Blumen, keine Wälder und Flüsse, sondern es war einfach nur Sand, der durch den Wind und das Licht seine kunstvolle Form erhielt. Xenia nahm meine Hand und wir saßen mindestens 10 Minuten auf dem Berggipfel und sahen in die Wüste. Ohne ein Wort zu sagen, nur unseren Gedanken nachgehend. Plötzlich hörten wir das Knattern eines Motors und Suyana mit ihrem Wüstenbuggy tauchte in der Ferne auf, verschwand aber gleich wieder hinter der nächsten Düne. Als sie uns sah, winkte sie mit der Hand und rief fragend: „Kommt ihr zum See?“. „Ja“ antwortete Xenia und meinte gleichzeitig: “schade, es war so beruhigend…“. Langsam rutschten oder stippten wir mit unseren Schuhen den Sandabhang in Richtung See herunter. Der Weg, den wir zurück gingen war doch etwas länger, so dass Suyana schon auf uns wartete.

„Können wir noch einmal zu einem Stand mit Keramiken gehen?“ fragte ich meine beiden Begleiterinnen. „Ich wollte doch noch nach einem gravierten Stein sehen. Vielleicht kann mich Suyana beim Kauf beraten“. „Gern“ sagte sie und ging mit uns zu dem Stand, der peruanische Keramik und Schmuck verkaufte. Sofort fielen mir zwei Steine auf. Der eine Stein war ziemlich schwarz und mit weißen gravierten Linien und zeigte einen jungen Dinosaurier, der einem Menschen in den Oberschenkel biss. Der zweite Stein war hellgrau und man musste schon genau hinsehen, um das eingravierte Motiv zu erkennen. Es war eine Frau mit einem Baby im Bauch, die von einem Mann, wahrscheinlich einem Arzt, abgehört wurde. Ein anderer Mann streichelte mit einem kleinen Ast den Rücken der Frau. Suyana tippte mit dem Zeigefinger auf den hellgrauen Stein und sagte: „Nimm diesen Stein“. „Meinst du?“ fragte ich und zögerte noch. Der andere war viel kontrastreicher. Aber es musste einen Grund haben, warum mir Suyana gerade zu diesem

Stein geraten hatte. Xenia schwenkte eine kleine Silberkette hin und her, an der als Anhänger der „Affe“, nach der Nasca- Linie geformt, hing. Wir bezahlten und waren beide happy, dass wir eine schöne Erinnerung uns gekauft hatten. „Zu dem Stein sage ich euch im Taxi noch etwas“ meinte Syuana. Ruhig und entspannt liefen wir aus der Oase zum Taxi. Ich setzte mich neben Suyana und packte den Stein aus dem Zeitungspapier. Sie nahm den Stein und drehte ihn hin und her. „Ich habe dir zu diesem Stein geraten, weil er eventuell echt sein könnte. D.h., der Stein könnte 12.000 Jahre oder älter sein. Die Gravierung auf dem Stein könnte aber auch nur 1-5 Jahre alt sein. Oder auch 12.000 Jahre alt. Xenia und ich schüttelten den Kopf und sahen Suyana an. „Was denn nun, ist der Stein 1 oder 12.000 Jahre alt?“, fragten wir beide fast gleichzeitig. „Ich erzähle euch, warum ich so unterschiedliche Zeit- Angaben mache, sagte Suyana. Diese Steine, die kunstvoll mit Gravierungen verziert sind, wurden rund um Ica in Höhlen und Flussläufen gefunden und zeigen u.a. Zeichnungen von Dinosauriern gemeinsam mit Menschen und wissenschaftlichen Geräten wie z.B. Teleskopen. Neben anderen Sammlern sammelte der peruanische Arzt Javier Cabrera seit 1961 mehr als 15.000 Steine, die von Hühnereigröße bis zu einem Durchmesser von ca. 80 cm reichen. Viele der Steine wurden auch an Touristen gegen gutes Geld verkauft. Der Indio Basilio Uschuya sah in den Steinen ein großes Geschäft und produzierte selbst gravierte Steine. Als Vorlage nahm er alte Steine oder kopierte Fotos und Bilder aus Zeitungen und Zeitschriften. Er ritzte diese Motive mit einer Säge oder einem Bohrer in die Steine. Statt der gefundenen Steine verkaufte er jetzt auf dem Markt gravierte Steine, die er und seine Frau selbst hergestellt hatten. Diese, ich sage mal „Kopien“, vermischten sich mit den gravierten Steinen, die in Flussläufen oder bei Bauarbeiten gefunden wurden. Man konnte also kaum noch unterscheiden, ob es echte oder „kopierte“ Steine sind, zumal die

Wissenschaft sich über das Alter uneinig ist. Während die einen Wissenschaftler behaupten, dass die Steine zehntausende von Jahren alt seien und vielleicht sogar von einer früheren Menschheit oder auch von Außerirdischen stammen könnten, sind sich andere Experten und Archäologen ziemlich sicher. Bei den meisten Steinen handelt es sich um eine sehr gut gemachte Kopie. Der Indio Basilio Uschuya, der vor Gericht wegen des Verkaufes archäologischer Güter angeklagt war, sagte allerdings aus, dass er alle Steine mit Hilfe seiner Familie hergestellt hat. Damit lag kein Betrug oder Diebstahl vor. Wie er die Menge von mehr als 20.000 Steinen in dieser Zeit sammeln, aufbereiten und herstellen konnte, nahm er 2002 mit ins Grab. In einem Interview hatte er einmal behauptet, alle gravierten Steine gefälscht zu haben. Die Vorlage für deren motivische Gestaltung habe er aus Magazinen entnommen. Diese Aussage nahm er später wieder zurück“. „Wenn er alle Steine selbst hergestellt hat, dann muss man aber fragen, wie er diese Menge von Steinen die in Flussläufen, bei Bauarbeiten in 2m Tiefe oder in Höhlen gefunden wurden, dorthin transportiert und vergraben hat“ fragte Xenia. „Richtig“, antwortete Suyana, „er hatte noch nicht einmal einen kleinen Bagger oder ähnliche Maschinen. Wie sollte er also die Steine transportieren und vergraben. Auch heute werden immer noch Steine bei Ausgrabungen oder Bauarbeiten gefunden, die Basilio Uschuya niemals hergestellt geschweige denn „vergraben“ konnte. Deswegen bauen wir in unserem Institut gerade an einem Messgerät, das nun endlich die genaue Altersbestimmung der gravierten Steine ermöglichen soll“. Das Taxi war vor unserem Hotel angekommen und wir stiegen aus. „Ich werde morgen nach Lima zurückfahren und weiter am Institut arbeiten. Wenn ihr noch Fragen habt oder wieder in Lima seid, dann meldet euch“. „Suyana, ich möchte dich nur kurz etwas fragen: wir werden morgen am Vormittag in das Museum von Dr. Cabrera gehen und uns seine Sammlung der gravierten

Steine ansehen". „Oh, das ist o.k., schaut euch gründlich alle Exponate an, sie sind alle interessant". „Nach dem Museumsbesuch werden wir mit einem Taxi nach Ocucaje, was ca. 50km südlich von Ica liegt, fahren und dort nach Steinen suchen. Der Taxifahrer kennt dich übrigens sehr gut. Wir haben ihn auf der Fahrt zum Flugplatz kennengelernt". „Ist er älter, etwas rundlich, trägt einen Bart und hat große dunkle Augen" fragte uns Suyana. „Ja", sagte ich, „das muss er sein". „Dann ist es Pedro. Pedro ist ein Freund meiner Familie" antwortete sie. „Dann seid ihr gut aufgehoben. Ja dann, viel Spaß morgen beim Steine- Suchen und erzählt mir davon". „Eine letzte Frage noch", sagte ich zu ihr. „Wie muss der Stein aussehen, der möglicherweise sehr alt und damit ein Original ist?" „Er muss hell, nicht schwarz sein und er muss eine raue Oberfläche haben, nicht glänzend. Schwarze echte Steine findet man selten, da die Oberfläche, die Oxydschicht eines echten Steines durch bestimmte Pflanzenreste und Mineralien beeinflusst wurde. Nun muss ich aber gehen und noch ein paar Stunden mit meinen Eltern verbringen". Wir drückten Suyana wie eine langjährige Freundin ab und wünschten ihr eine gute Reise. „Vergiß uns nicht" riefen wir lachend hinterher. Suyana winkte im Gehen mit der rechten Hand und verschwand im Strom der Passanten. „Was machen wir jetzt?" fragte ich Xenia. „Na, du weißt doch..." antwortete sie. „Was, bummeln, shoppen, essen und dann Cachina?" Wir sahen uns lachend an. Es wurde ein schöner Abend!

Museo de Piedras Grabadas de Ica

Das Museum liegt an der Plaza und ist ein großes, gelbes Gebäude. Über der braunen Eingangstür ist ein Schild angebracht mit der Aufschrift: "Museo de Piedras Grabadas de Ica". Darunter die Übersetzung in Englisch und dann der Name des Mannes, dem wir dieses Museum zu verdanken haben: Javier Cabrera Darquea.

Wir gehen durch eine braune Tür und sehen ein Museum der etwas anderen Art. „Hier sollen nun die legendären Steine von Ica liegen?" fragt mich Xenia etwas ironisch. Wir werden von der Tochter Javier Cabreras begrüßt, die das Erbe ihres Vaters fortsetzt. Sie begleitet uns in den ersten Raum und spricht: „Sie werden viele Steine sehen. Einige sind Kopien von echten Steinen. Die meisten der Steine sind aber echt. Bei Untersuchungen wurde auf diesen gravierten Steinen eine Oxidschicht gefunden, die auf ein Alter von mindestens 12.000 Jahren hinweist. Diese Oxidschicht kann kein Fälscher nachmachen, da in ihr noch weitere Echtheitsmerkmale vorhanden sind".

„Dieses Museum ist wirklich anders" sage ich zu Xenia. Überall an den Wänden und auf den Fußböden stehen große und kleine Holzregale mit Steinen, die mit kunstvollen Gravierungen verziert sind. Angeblich wurden diese Steine rund um Ica in Höhlen und Flussläufen gefunden. Wir nehmen unsere Kameras und fotografieren die Zeichnungen auf den Steinen. Wir sehen Dinosaurier die gemeinsam mit Menschen spielen, wissenschaftliche Geräte wie Teleskope oder medizinische Instrumente, Steine mit der Abbildung von Herzoperationen, große und kleine Dinosaurier, die von Menschen getötet oder operiert werden und tausend andere Motive. Wir sehen Steine von der Größe eines Eies bis zu einem Durchmesser von mehr als 80 cm, in der Farbe dunkelgrau, braun bis hellgrau. Allein in dieser Ausstellung soll Javier Cabrera seit 1966 mehr als 15.000 dieser Steine gesammelt haben.

Ich sehe zu Xenia und glaube, dass sie wohl alle Steine fotografieren möchte, so beindruckend ist für sie die Ausstellung.

Zu seinem sechsunddreißigsten Geburtstag, es war im Jahr 1966, erhielt der Chirurg Dr. Cabrera von einem Patienten, der als Bauer unweit von Ica lebte, einen kleinen Stein als Briefbeschwerer. Irgendwann sah er, dass auf dem Stein in hellen Linien die Ansicht eines Dinosaurier- ähnlichen Wesens eingraviert war. Cabrera untersuchte das Motiv näher und glaubte, eine verblüffende Ähnlichkeit zu einem Pterosaurus zu erkennen - eine Dinosaurierart, die bereits seit Jahrmillionen ausgestorben war. Von diesen Bauern und anderen Sammlern kaufte er weitere gravierte Steine. Als Cabrera von dem Bauern die Fundstelle wissen wollte, denn dieser hatte ihm erzählt, dass er zufällig die Steine in einer kleinen Höhle entdeckt hatte, verstummte der Bauer. Sein Geheimnis, wo er die Steine gefunden hatte, nahm er mit ins Grab.

Diese Steine waren aber nicht die Einzigen ihrer Art. In der Gegend um Ica, fanden sich noch zahlreiche weitere gravierte Steine. Bereits 1961 waren diese Steine nach einem starken Hochwasser des Rio Ica im Flussbett angespült worden. Obwohl sie in Größe und Gewicht unterschiedlich waren, wiesen die Steine zwei grundsätzliche Gemeinsamkeiten auf: sie bestanden aus Andesit, ein vulkanisches Gestein, und besaßen sehr unterschiedliche eingravierte Bilder. Viele der Gravierungen zeigen medizinische Operationen, Organtransplantationen oder Herzoperationen, prähistorische ausgestorbene Tiere, besonders Dinosaurier mit Menschen, Landkarten, die unbekannte Kontinente zeigen. Auf einem Stein blickt ein Mann mit einem Teleskop in den Himmel. Auf anderen Steinen sind sexuelle Praktiken, auch zwischen Männern zu sehen. Xenia zog mich heran und zeigte mir einen Stein auf dem zwei Männer mit Penissen abgebildet waren, die bis zum Kinn reichten. Alle diese Szenen und Gegenstände widersprechen in vielen Details allen archäologischen und historischen derzeitigen Kenntnissen.

Wir gingen in den nächsten Raum, um uns weitere Steine anzusehen. Eine Erklärung brauchten wir nicht. Die Gravuren erklärten sich zum großen Teil selbst. Als Xenia neben mir stand sagte sie: „Das ist ja unglaublich“. Ich konnte ihr nur zustimmen. Wir fühlten beide wie uns die Ohnmacht einer gewissen Unwissenheit überkam. „Wenn auch nur ein kleiner Teil dieser Steine echt sind und von wem auch immer produziert wurde, dann muss die Geschichte der Menschheit neu geschrieben werden“ sagte ich zu Xenia. Auf Schrifttafeln konnten wir lesen, dass Dr. Cabrera verschiedene Steine im Bergbauinstitut der TU Peru untersuchen ließ. Die Untersuchungen und Prüfungen ergaben, dass die Oberflächenschicht der Steine über 12.000 Jahre alt sein musste. Eine genaue Altersbestimmung ist aber aufgrund des

Materials nicht möglich. Im gleichen Prüfbericht stand aber auch, dass es denkbar ist, dass die Oxidschicht gefälscht ist. Damit begann das große Rätselraten um die Echtheit der Steine von Ica.

„Wie kann man aber die unüberschaubare Zahl an gravierten Steinen begründen? Allein im Museum von Dr. Cabrera und anderen Sammlern sollen sich über 25.000 Steine befinden. Wie ist es möglich, eine solche gewaltige Menge von gravierten Steinen mit unterschiedlichen Motiven von Menschen produzieren zu lassen? Ist von allen Steinen, die in den letzten Jahren noch entdeckt wurden, keiner echt?“ fragte ich. „Ist die Existenz der Steine neben anderen ungeklärten Fragen der Menschheit der Beweis dafür, dass es neben der akzeptierten Geschichtsschreibung und den Aussagen der Religion noch andere Wahrheiten gibt? Gab es ein Zeitalter, in dem die Menschen gemeinsam mit den Dinosauriern die Erde bevölkerten oder gab es eine prähistorische Zivilisation, die von Außerirdischen, den wahren Vorfahren des Homo Sapiens, begründet wurde?“ Javier Cabrera war davon überzeugt. Er starb im Jahr 2001 und hinterließ ein Museum, das Fragen über Fragen aufwarf.

Fahrt nach Ocucaje

Xenia und ich verließen das Museum erst, als ich auf die Uhr deutete und sagte:“ wir haben heute noch viel vor“. Sie nickte und ging auf mich zu. „Ich möchte dir wenigstens einen Stein schenken, den ich selbst gefunden habe“ sprach sie und zog mich aus dem Museum. Vor dem Haus stand Pedro, wie er es versprochen hatte. Wir gingen auf ihn zu und gaben uns herzlich die Hand. Von Suyana richteten wir ebenfalls Grüße aus. „Steigt bitte ein“ sagte Pedro zu uns und setzte sich ebenfalls in das Auto. Wir fuhren in Richtung Süden, in die Stadt Ocucaje, die von Ica nur rund 50km entfernt liegt. „Was habt ihr im Museum alles gesehen?“ fragte er uns. „Steine, nichts als Steine“ antwortete ich und wir mussten alle drei lachen. „Diese Steine sind aber etwas Besonderes. Es gibt viele Gerüchte und Meinungen darüber. Mein Freund, Dr. Cabrera, sammelte über Jahre diese Steine und beschäftigte sich intensiv mit den Motiven, die sich auf den

Steinen befanden. Diese sind aber nicht nur von Dr. Cabreras entdeckt worden. Vor ihm haben das Militär und danach peruanische Archäologen diese Steine gefunden. Jahrhunderte vor diesen sammelten die „Atacamenjos“ diese Steine und gaben die gefundenen Steine als Glücksbringer mit in ihre Gräber“. Sein Wissen um diese alten Steine schrieb Cabrera in Büchern nieder. Oft saßen wir zusammen, tranken Coca- Tee und diskutierten über die Motive auf diesen Steinen und deren Echtheit. Cabrera kannte auch den Bauern Basilio Uschuya, von dem er Kopien gekauft hatte. Die Originale, die Uschuya gefunden hatte und die ihm und seiner Frau als Vorlage für ihre Kopien dienten, konnte Cabrera allerdings nicht von ihm kaufen. Cabrera ärgerte sich immer über die sogenannten Pseudo- Wissenschaftler, die alle gravierten Steine als Fälschung ansahen. Da es aber keine genaue Messmethode gab, wurde Cabrera oft als Lügner und Scharlatan bezeichnet. Er war es nicht, sondern suchte ständig nur nach der Wahrheit". Pedro holte tief Luft und wir sahen, wie sehr er unter der Falschdarstellung seines ehemaligen Freundes litt. „Wie ihr wisst, ist es verboten gefundene Steine als Souvenir mit nach Deutschland zu nehmen. Wenn ihr welche heute findet, dann solltet ihr es doch versuchen. Gebt diese Steine an objektive und kluge Wissenschaftler, Dummköpfe gibt es genug, die das wirkliche Alter der Steine und der Gravuren feststellen und damit das Ansehen meines Freundes wiederherstellen". Beide sagten wir spontan „Ja" und versprachen, wenn wir Steine finden, diese von deutschen Wissenschaftlern untersuchen zu lassen. Die Fahrt nach Ocucaje dauerte etwa eine Stunde. Pedro erzählte von seiner Jugend und von seinem Freund. „Er war von uns beiden immer der Klügere. Immer hatte er Fragen und wollte alles wissen. Besonders interessierte ihn der menschliche Körper und was darin passierte. Er las in alten Medizinbüchern und sah sich die Abbildungen an. Deshalb studierte er auch später Medizin.

Für die Steine hat er sich erst viel später interessiert. Er war fast besessen von den gravierten Steinen. Was dieses Interesse bei ihm ausgelöst hatte, weiß weder ich noch seine Tochter. Er nahm es mit ins Grab“.

Oftmals denken wir noch an die Fahrt mit Pedro. Als wir in Ocucaje ankamen schlug er erst eine kleine Pause vor. „Was haltet ihr von einem Coca- Tee?“ fragte er uns. „Dieser erfrischt und gibt euch genug Power für die Suche“ sagte er und lachte. „Eine gute Idee“ sagte ich und dachte: Cachina wäre bei der Sonne und den Temperaturen auch nicht angebracht. Wir fuhren zu einem kleinen Haus, vor dem im Schatten eines großen Baumes mehrere Tische und Stühle standen. Pedro begrüßte alle Gäste, es waren nur drei und ging in die kleine Eingangstür. Kurze Zeit später kam er mit einer jungen hübschen Peruanerin aus dem Haus, die bereits drei Teegläser auf dem Tablett hatte. Er flirtete mit ihr und stellt uns als seine deutschen Freunde vor, die auch einmal eine kleine Stadt wie Ocucaje kennenlernen wollten. Damit hatte er nicht ganz unrecht, aber der eigentliche Grund war ein ganz anderer. Wir tranken den kühlen Coca- Tee und fühlten uns nach kurzer Zeit wirklich erfrischt. „Kann uns die Kellnerin noch etwas Tee in unsere Trinkflasche füllen?“ fragte ich. „Kein Problem“ sagte er und ging mit der Trinkflasche zu der Kellnerin. Wir hörten beide lachen und Xenia sagte lächelnd: „so, so, dieser Pedro…“

„Wollen wir jetzt losfahren?“ fragte uns Pedro als er mit der gefüllten Trinkflasche zurückkam. Wir standen auf und gingen zum Taxi. Pedro winkte der hübschen Kellnerin noch einmal zu und wir fuhren davon. Wohin wussten wir nicht. „Wir müssen etwas außerhalb der Stadt in Richtung der Berge fahren. Dort gibt es Felder und kleine Wiesen, die von den Bauern genutzt werden. Ich setze euch an so einem Feld ab und ihr lauft in Richtung der Berge. Achtet dabei, dass ihr euch an die Richtung haltet. Am besten ihr seht euch nach einen km um und sucht euch zwei Punkte, z.B. die Turmspitze der Kirche und den großen Telefonmast. Achtet auf die Zeit, denn nach zwei Stunden hole ich euch an der gleichen Stelle ab. In diese Gegend kommen kaum Touristen oder Steine-Sammler, so dass ihr durchaus Erfolg haben könntet. Ich habe einen Teil meiner Steine auch hier gefunden. Sucht die Steine am besten an den Rändern der Felder, denn die Bauern pflügen die Felder um und werfen oft die Steine an die Ränder der Felder. An den Steinen selbst haben sie kein Interesse, da wirklich selten ein Stein ein eingraviertes Bild zeigt und von dem Fund kann man nicht leben. Oftmals sind diese Steine auch so verschmutzt, dass man die Gravur nicht erkennen kann. Im Kofferraum habe ich noch ein Seil, dass ihr mitnehmen solltet. Manchmal gibt es auf den Feldern offene kleine Steinbrüche, in die man hineinklettern und nach den Steinen suchen kann. Damit ihr sicher wieder herauskommt, manche sind sehr steil, benutzt das Seil. Könnt ihr damit umgehen?" „Ja natürlich" antwortete ich. Xenia guckte mich an und dachte bestimmt: „Angeber“. „In meiner Jugend bin ich öfters mal mit einem Seil geklettert“ sagte ich zu Pedro. „Ja Xenia, alles weißt du eben doch nicht über mich“ dachte ich und schaute etwas verschmitzt meine Frau an. Das Auto fuhr über sandige kleine Straßen, die mit Schlaglöchern übersät waren. Wie muss diese Straße bei Regen aussehen, dachte ich mir. Wir erreichten die Felder und stiegen aus. Auf dem Kopf hatten wir unsere leichten Mützen, die besonders gegen Sonnenstrahlen schützen sollten und an den Füßen unsere Wanderschuhe. In einem kleinen Rucksack lagen zwei Äpfel, mehrere Früchteriegel zur sofortigen Stärkung des Körpers und Wasserflaschen inklusive der Trinkflasche mit Coca- Tee. Wir waren für eine Wanderung gut ausgerüstet, so glaubte ich. Aber leider kam es anders. Pedro gab uns das Seil, das ich über den Rucksack legte und zeigte uns den Daumen nach oben. „Viel Erfolg“ sagte er, zeigte uns die Richtung an in die wir laufen sollten und stieg in sein Auto. Ob er wieder zu der hübschen Kellnerin fuhr, haben wir ihn nicht gefragt.

Die Steine von Ocucaje

Ich sah Xenia an und sagte: „Na dann mal los!“ „Moment noch“ rief ich Xenia hinterher, „ich muss erst noch ein Foto von Dir und den Bergen machen“. „Beeil dich“ rief Xenia und stellte sich in Position. „Ein Glück, dass ich so eine Frau gefunden habe, die mit mir durch die ganze Welt reist und heute z.B. Steine sammeln geht“ dachte ich in diesem Moment. Ich suchte das schönste Motiv raus und fotografierte Xenia mit den Bergen und die Berge allein. Warum auch nicht. Wer weiß, wann wir wieder einmal in Peru sein werden. Diese Fotos waren aber für uns später als Nachweis sehr wichtig. Xenia war schon auf dem Weg in Richtung der Berge und ich versuchte aufzuholen. Welches Erlebnis hatte meine Frau so verändert, dass sie mit mir auf den Feldern und Wiesen von Ocucaje nach gravierten Steinen suchte? Ich glaube, nein ich weiß, es war der Besuch im Museum von Dr. Cabrera. Wenn dieser alte Herr noch lebte, würde er Xenia und mich bestimmt in seinen Freundeskreis aufnehmen. Wir liefen langsam den Feldrain entlang und unsere Augen suchten auf dem Erdboden nach gravierten Steinen. Wir sahen zwar viele Steine am Feldrand liegen, aber bei keinem konnten wir etwas erkennen, außer dass sie grau und von unterschiedlicher Größe waren. Kein Motiv blendete unsere Augen und so liefen wir immer weiter und weiter. Plötzlich rief Xenia „Wir müssen uns noch Fixpunkte suchen, um wieder zurück zu kommen!“ Wir drehten uns in Richtung der kleinen Stadt und erkannten in der Ferne den Turm der Kirche und kaum noch sichtbar den Telekommunikations- Mast. „Beim Rückweg müssen wir darauf achten, dass beide Punkte ähnlich wie jetzt die gleiche Ansicht haben“ sagte ich zu Xenia. Sie nickte und wir suchten weiter nach Steinen mit einem Motiv. „So haben wir keinen Erfolg“ sagte sie. Wir müssen uns hinhocken und die Steine in die Hand nehmen und säubern. Erst dann können wir uns sicher sein, dass der Stein kein eingraviertes Motiv besitzt“. „Mmh, da muss ich mich ja laufend bücken. Und wer bringt die Steine die weiter entfernt liegen zu mir?“ fragte ich. „Na ich!“ rief Xenia. „Dann lass uns das mal ausprobieren“. Ich hockte mich hin, nahm alle Steine, die in meiner Nähe lagen in die Hand und betrachtete sie gründlich, nachdem ich den Staub und weitere Verschmutzungen abgewischt hatte. Xenia war noch beim Sammeln, kam aber dann zu mir und legte mir mindestens 10 Steine auf den Boden. Auch sie hockte sich hin und wir untersuchten alle Steine sehr genau. „Wieder nichts“ sagte ich und wollte die Steine an den Rand des Feldes werfen. „Warte mal“ rief Xenia, „ich sehe etwas. Gib mir doch bitte einmal eine Wasserflasche, damit ich den Stein etwas abwaschen kann“. Ich reichte Xenia die Wasserflasche und sie spülte mit dem Wasser über den Stein. Als ich genau hinsah, kam eine Gravur zum Vorschein. Ganz schwach aber deutlich zeichnete sich das Bild eines Tieres ab. Es war ein Dinosaurier, der Pflanzen fraß. Xenia nahm ein

Softtaschentuch und wischte den Stein damit ab. „Nimm ihn“ sagte sie zu mir, „er gehört dir. Ich hatte versprochen, dir den ersten gravierten Stein zu schenken. Hier ist er!“ rief sie und umarmte mich. „Was für eine Frau und Partnerin“ dachte ich. „Sie findet den ersten gravierten Stein nach fast einer Stunde Suche und schenkt ihn mir“. Ich drückte Xenia an meinen Körper und küsste sie lang und innig. „Willst du diesen Stein mir wirklich schenken?“ fragte ich sie. „Ja, er gehört dir!“ „Gut, er gehört uns, einverstanden?“ Xenia und ich lachten über das ganze Gesicht und wir freuten uns wie Kinder, die ein Spielzeug gefunden hatten. „Lass uns weitersuchen, vielleicht finden wir noch mehr. In rund 100m sehe ich einen kleinen Steinbruch, den sollten wir uns mal näher ansehen. Aber erst einmal suchen wir diese Umgebung ab. Ich hockte mich wieder auf den Erdboden und Xenia brachte mir die Steine, die sie etwas weiter gefunden hatte. Als ich gerade einen Stein betrachtete, den ich vorher gesäubert hatte, hörte ich plötzlich einen

Schrei und ein Geräusch, das ich nicht zuordnen konnte. Ich schaute mich nach Xenia um, aber sie war nirgendwo zu sehen. Was war geschehen? Ich stand wie benommen auf und drehte mich mehrmals um. Xenia blieb verschwunden. „Das kann doch nicht sein, es ist doch nur ein Feld mit Grasbüscheln. Dahinter kann man sich doch nicht verstecken“ dachte ich. Langsam suchend ging ich in die Richtung, aus der ich den Schrei gehört hatte. Nirgendwo gab es ein Loch, in das Xenia hätte stürzen können. Ringsherum waren nur Grasbüschel, der Weg und die Felder. Langsam suchend ging ich weiter in die Richtung, in der ich sie zuletzt gesehen hatte. Als ich auf ein großes Grasbüschel zuging, hörte ich ein leises Rufen. „Hilfe, hilfe, Peter hilf mir bitte hier raus“. Ich bog die großen Grashalme zur Seite und sah ein Loch, in das Xenia gestürzt war. „Ich bin hier und hole dich hier raus. Bist du verletzt? Xenia sagte: „wahrscheinlich ein wenig. Wenn ich mich bewege habe ich Schmerzen im Bein und im

Rücken“. Am Arm blute und ich kann kaum etwas sehen“. „Kannst du mich sehen?“ „Ja“. „Ich werfe dir jetzt eine Wasserflasche zu, die du auffangen musst, geht das?“ fragte ich. „Ja, ich kann dich sehen. Kannst du mir die Wasserflasche am Seil festbinden und mir dann geben?“ „Warte einen Moment, ich hole das Seil“. Ich lief zu meinem Rucksack und holte das Seil und die Wasserflasche. Als ich zurück zu dem Loch kam, sah ich daneben einen großen Stein, der ideal zum Festbinden des Seiles war. Damit konnte ich nicht nur Xenia einfacher retten, sondern selbst in die Höhle mich abseilen und Xenia wieder an die Oberfläche holen. Ich band das Seil um den großen Stein, der nach oben breiter wurde und sorgte damit für eine sichere Rückkehr von uns beiden. Aus dem Rucksack hatte ich mir unsere starke LED- Taschenlampe mitbracht und rief Xenia zu: „Ich komme in die Höhle“. Langsam seilte ich mich in die Höhle ab und sah Xenia auf dem Boden liegen. Sie war etwas über zwei Meter in die Tiefe gestürzt. Glücklicherweise hatte sie sich nichts gebrochen. Ich gab ihr Wasser aus der Flasche und beruhigte sie, dass sie gleich wieder oben auf dem Feld sein wird. Vorsichtig versuchte ich Xenia aufzurichten, um zu sehen, wo sie Wunden hat und wie es mit ihrer Beweglichkeit bestellt ist. Als sie den ersten Schluck Wasser getrunken hatte, sagte sie: „Mir geht es schon wieder besser. Ich muss erst einmal den Schock vom Sturz überwinden. Hilfst du mir bitte, das ich aufstehen kann“. Xenia kniete sich auf ihre Knie und versuchte mit meiner Hilfe aufzustehen. Langsam streckte sich ihr Körper und unter „Aua und Aah“ stand sie vor mir. „Was tut dir weh?“ fragte ich. „Alles“ antwortete sie und schmunzelte schon wieder. Sie bewegte vorsichtig ihre Arme und Beine, beugte sich und bewegte den Kopf hin und her. „Ich glaube, ich habe Glück gehabt“ sagte sie. Es scheint nichts gebrochen zu sein. Das rechte Bein tut mir etwas weh, aber ich glaube, ich kann laufen. Wie kommen wir denn aus der Höhle wieder raus?“ „Erst einmal sehe ich mir deine Wunden an“. Aus dem Rucksack hatte ich neben der Taschenlampe auch noch vorsorglich eine Pflasterpackung eingesteckt, die wir vor Tagen schon wegen einer kleinen Blase am Fuß geöffnet hatten. „Mmh, am Unterarm hast du nur eine Schürfwunde, die zwar blutet, aber mit einem Pflaster werde ich diese vor Verunreinigung schützen. Die anderen leichten Schürfwunden werden sich an der Luft selbst regenerieren. Spürst du sonst noch einen Schmerz?“ fragte ich sie. „Nein“ sagte sie und gab mir einen Kuss. „Danke mein stolzer Ritter, dass du mich gerettet hast“. Na dann, wer so nach einem zwei Meter- Sturz reagiert ist doch schon wieder gesund. „Wie kommen wir jetzt aus dieser Höhle?“ fragte mich Xenia. „Vielleicht gibt es in der Höhle einen großen Stein, den wir hierher rollen können und auf den du dich dann stellen kannst. Ich nahm die Taschenlampe und suchte den Höhlenboden damit ab. Die Höhle war wie ein Diskus geformt und nicht sehr groß, aber ein großer Stein war nicht zu sehen. Nur in einer Ecke lagen ein paar kleine Steine. Ansonsten gab es nur Sand, Erde und die Reste des Grases, das Xenia mit ihrem Körper in die Höhle gedrückt hatte. „Sieh dir doch einmal die Steine an, wenn wir schon hier sind“ sagte Xenia. Ich beugte mich über die Steine, nahm einige davon in die Hand und gab sie Xenia, damit ich mit der Taschenlampe diese besser anleuchten konnte. „Nein, sieh doch mal“ rief sie, „da sind Gravuren auf den Steinen“. Sie gab mir einen weiteren Stein und ich rieb diesen an meiner Kleidung ab, um ihn vom Staub und Schmutz zu befreien. „Auch dieser hat eine Gravur“ rief ich. Xenia kam näher und schaute sich den Stein genauer an. „Ja, du hast recht, hier sind auch Dinos und Menschen zu sehen“. Ich nahm die Steine und steckte sie erst einmal in die Seitentaschen meiner Outdoor- Hose. „Kannst du mit mir die anderen Steine noch ansehen?“ fragte ich Xenia. „Ja“ sagte sie und humpelte mit mir zu der Stelle wo die anderen Steine lagen. Wir setzten uns gemütlich auf den Erdboden und betrachteten die restlichen Steine. In der Höhle war es angenehm kühl und Xenia hatte sich vom Sturz erholt. „Sieh mal hier diesen Stein! Es ist einfach unglaublich was wir hier gefunden haben“. Wir gaben uns gegenseitig die Steine in die Hand und betrachteten im Licht der LED- Lampe die Motive ganz genau. Einige der gravierten Steine hatten ähnliche Motive, wie wir sie im Museum von Dr. Cabrera gesehen hatten, andere Gravuren waren neu. Alle Motive zeigten Menschen, Tiere, Pflanzen, Geräte, Maschinen, die Erdkugel mit ganz anderen Kontinenten und deren Lage zueinander. Ein Stein aber war ganz besonders: er zeigte den Sternenhimmel und ein für uns unbekanntes Flugobjekt, dass wie eine Scheibe aussah, die gerade landete.“ Sieh mal Xenia, das ist das Sternbild des Orion. Da man diese drei Sterne mit bloßem Auge erkennen kann, weil sie sehr hell am Nachthimmel leuchten, wurden sie von dem Künstler, der diesen Stein bearbeitet hat, eingraviert. Wusste er, dass diese Flugscheibe vom Orion kam?“ Wir sahen uns auch die anderen Steine an und fanden überall andere interessante Motive. „Lass uns doch die Höhle etwas näher betrachten, bevor wir zurück gehen müssen“ sagte ich zu Xenia. Wir standen auf und suchten mit unserer Lampe die Wände der Höhle ab. Nichts, aber auch gar nichts war an den Wänden zu sehen. Keine Wandzeichnungen oder Reliefs bildeten sich ab. Wir sahen uns jeden Spalt an und drückten gegen kleine oder große Steinflächen.

Der „Mensch“

Als ich am seitlichen Ende mit der Faust gegen eine Steinfläche schlug, gab diese nach und rutschte in einen Raum, der neben unserer Höhle lag. Ich nahm meine Lampe und leuchtete durch die Öffnung. Was ich sah, nahm mir die Sprache. „Xenia“, rief ich heiser, „sieh einmal durch dieses Loch. Was siehst du da?“. Sie nahm mir die LED- Lampe aus der Hand und richtete den Lichtstrahl in den Raum neben unsere Höhle. „Das ist ja…“ „unglaublich“ vollendete ich ihren Ausruf. In der anderen Höhle, eigentlich war es eine gleiche Höhle wie die, in die Xenia gefallen war, saß ein Mensch, besser eine menschliche Gestalt. Der Stuhl auf dem dieser „Mensch“ saß, war kunstvoll verziert und erinnerte eher an einen Sessel. Die Kleidung war metallisch glatt und besaß verschiedene Symbole. In den Händen hielt er einen Gegenstand, den wir nicht deuten konnten. Das Besondere an ihm aber war sein Kopf. Er war lang, für einen Menschen zu lang.

Auf dem Schädel saß ein metallisch- verzierter Helm. Er erinnerte mich an die Lang- Schädel, die wir im Museum von Lima und in Museum in Mexiko gesehen hatten.

„Bitte hole die Kamera“ flehte mich Xenia an. „Gut, betrachte du weiter unsere Entdeckung und versuche alle Details dir zu merken“. Ich fasste das Seil an und zog mich nach oben. Es war kein Mensch zu sehen, die Grasbüschel waren noch da und die Felder und Wiesen. Es war also alles Wirklichkeit, was wir gerade erlebten. Aus dem Rucksack nahm ich unsere zwei Kameras und ging zurück zum Höhlenloch. Um sicher zu gehen, dass wir auch wieder die Oberfläche erreichen, prüfte ich das um den großen Stein geschlungene Seil. Alles war in Ordnung und ich ließ mich an dem Seil in die Höhle. Xenia stand unter mir und nahm mir beide Kameras ab. „Wir müssen uns beeilen, sonst kommen wir zu spät zum Treffpunkt“ sagte Xenia zu mir und lief schnell mit den Kameras und der Taschenlampe zu dem

Durchbruch. „Halte doch bitte einmal die Lampe“ sagte sie. „Versuche doch den Kamerablitz. Wenn es nicht geht, nehmen wir die Lampe“ sagte ich. Xenia machte die ersten Fotos und schaute sie sich an. „Ja, so können wir aufnehmen“. Später, als wir wieder in Deutschland waren, zählten wir die Aufnahmen, die Xenia in der kurzen Zeit aufgenommen hatte. Es waren über 100. Sie hatte einen Blick für Details. Sogar die im Hintergrund stehenden Artefakte hatte sie aufgenommen und damit später den peruanischen Wissenschaftlern erste wichtige Informationen geliefert. Als sie vom Durchbruch zurückging, nahm ich meine Kamera und nahm ebenfalls zur Sicherheit Fotos auf. Glücklicherweise hatte ich im Hotel eine große Speicherkarte in die Kamera gesteckt, so dass ich auch noch diverse Videoclips in höchster Auflösung aufnehmen konnte. Manchmal hat man wirklich Glück, denn der Durchbruch lies es zu, dass mit der Kamera ein leichter Schwenk über die Höhle und damit über den „Menschen“ möglich war. Xenia zog mich am Arm und sagte: “Komm bitte, wir müssen gehen“. Ungern zog ich mich von unserer wissenschaftlichen Sensation zurück. Wir packten die Steine in unsere Taschen und ich unterstützte Xenia am Seil. Ich zeigte ihr kurz wie man das Seil zwischen die Schuhe klemmt und sich dann nach oben zieht. Körperlich hatte sich Xenia von dem Sturz erholt, denn kurze Zeit später stand sie oben neben dem Loch und rief: „Gib mir die Kameras und die Lampe hoch“. Ich zog mich nach oben und nahm meine Kamera in die Hand. „Was willst du denn jetzt noch aufnehmen“ fragte mich Xenia. „Wir brauchen die genauen Koordinaten der Höhle, um sie später wiederzufinden oder um die Daten weiterzugeben“. Ich schaltete in meinem Kamera- Menü GPS ein und fotografierte vier Bilder, jeweils nach Norden, Süden, Osten und Westen. „Das müsste reichen“ sagte ich und ging zum Rucksack. Wir suchten uns zwei kleine gravierte Steine aus. Die anderen Steine steckten wir in den Rucksack und liefen etwas schneller als auf dem Hinweg in Richtung unseres Treffpunktes. Irgendwann bückte sich Xenia noch einmal nach einem Stein und hob ihn auf. „Es reicht, wenn wir Pedro einen gravierten Stein zeigen“. Wir vereinbarten, dass wir ihm nichts von der Höhle und von dem „Menschen“ in der Nebenhöhle sagen. Als erstes sollte es Suyana erfahren. Bei ihr war unser Geheimnis in den richtigen Händen. Als wir ankamen war Pedro schon da. „Sorry für die Verspätung, aber wir haben bei der Suche die Zeit vergessen“ sagte ich zu ihm. „Und habt ihr Steine gefunden?“ fragte er uns. Xenia zeigte ihm den soeben aufgehobenen Stein, der jedoch keine Gravierungen aufwies. „Da ist ja gar nichts zu sehen“ rief Pedro. „Sieh mal hier“ sagte ich zu Pedro und hielt den Stein hin, den wir zuerst am Feldrain gefunden hatten. „Na da habt ihr aber Glück gehabt, so oft findet man diese Steine nicht. Wo wollt ihr jetzt hin?“ fragte er. „Erst einmal in unser Hotel, denn wir sind voller Staub und wollen etwas essen“ antwortete Xenia. Wir stiegen in sein Taxi. Um ihn vom Thema Steine abzulenken, fragte ich ihn nach der hübschen Kellnerin, die uns den Coca-Tee gebracht hatte. Pedro erzählte, dass seine Frau schon vor zwei Jahren verstorben ist und er ab und zu mit der hübschen Kellnerin flirtet. Allerdings ist er nicht allzu oft in Ocucaje, denn die Touristen kennen diesen Ort nicht und keiner will sich der Mühe unterziehen und auf den staubigen Felder selbst nach Steinen suchen. „Es gibt sie doch zu kaufen“ sagte er und erzählte uns weiter von seiner Vergangenheit, seiner Familie und seiner Freundschaft zu Dr. Cabrera.

Am Hotel angekommen verabschiedeten wir uns herzlich von Pedro. Wenn wir ihn nicht kennengelernt hätten, gäbe es kein Geheimnis, dass uns noch Jahre nach Peru fliegen ließ. „Danke für Deine Hilfe und Dank für Deine Information. Wir werden oft von dir sprechen“. „Kommt ihr mal wieder nach Peru?“ fragte er. „Wir wissen es noch nicht, aber möglich ist alles“. „Dann ruft mich an, wenn ihr ein Taxi braucht“ und gab uns seine Visitenkarte, auf der sein Name, Adresse und Telefonnummer stand. Leider hatte er keinen Mail-Account. „Machen wir sehr gern und fahre vorsichtig, du weißt doch der Verkehr…“ sagte ich zu ihm. Ob er diesen kleinen Geck verstanden hatte, glaube ich nicht. Am Schluss umarmten wir Pedro und bedauerten sehr, ihn nicht über unser Geheimnis erzählen zu können. Er brauste mit seinem Taxi davon und wir gingen in unser Hotel.

Unser Geheimnis

Im Zimmer legten wir uns erschöpft auf unser Bett. „Was machen wir jetzt?“ fragte ich Xenia. „Erst einmal ausruhen und nachdenken“ sagte sie. Es war ruhig. Leise hörten wir die Straßengeräusche, ein paar Stimmen aber auch ab und zu einen Vogel zwitschern. Das Hotel hatte nebenan einen kleinen Park, indem Vögel saßen und sich mit ihren Artgenossen unterhielten. Besonders am Abend, bevor die Sonne unterging, gab es ein Vogelkonzert, das man auf der Terrasse des Hotels gut hören konnte. Ich drehte mich Xenia zu und sagte: „Eigentlich wollten wir auf unserer Reise noch auf die Ballestas- Inseln. Du weißt doch, es sind die Inseln, die der Halbinsel Paracas vorgelagert sind und auf denen sich ganz viele Kormorane, Pelikane, Seelöwen, sogar Pinguine und viele Vogelarten sich heimisch fühlen“. „Du textest mich zu und ich will mich nur ausruhen. Aber ist es nicht wichtiger nach Lima zu fliegen und sich mit Suyana zu treffen?“ fragte Xenia. Ich überlegte, wann wir wieder in Lima sein werden und fand es bedauerlich, auf den Besuch der Inseln zu verzichten. Die Höhle und die Mumie laufen doch nicht weg. „Du magst doch aber auch die putzigen Pinguine und die Seelöwen“ meinte ich zu Xenia. Keine Antwort. Ich glaube, ihr Schweigen bedeutete, dass ich mal überlegen sollte. Wir hatten beide eine sensationelle Entdeckung gemacht, die unbedingt und schnell gesichert werden und der Öffentlichkeit bekannt gegeben werden musste. „Du hast recht, ich gehe jetzt erst einmal duschen, damit ich wieder richtig denken kann und bestelle dann einen Flug nach Lima für uns. „Mach das…“ sagte leise Xenia und drehte sich auf die Seite. Ich glaube der Sturz in die Höhle und die Ereignisse danach hatten sie einfach ermüdet. Als ich in das Bad ging atmete Xenia tief und ruhig. Sie war eingeschlafen.

Ich nahm ein kühles Duschbad und ging danach zur Rezeption, um die Flüge nach Lima und gleichzeitig ein Zimmer im Grand- Hotel, indem wir bei unserer Ankunft in Lima schon gewohnt hatten, zu reservieren. Das würde Xenia bestimmt freuen. Als ich zurück ins Hotelzimmer kam, schlief Xenia noch. Ich nahm mein kleines Reise- Notebook und ich schrieb eine Mail an Suyana.

„Liebe Suyana, ich habe soeben einen Flug nach Lima gebucht. Xenia und ich werden morgen so gegen 14.00 Uhr im „Grand- Hotel Bolivar“ sein. Wir müssen dich dringend sehen und haben dir etwas Wichtiges mitzuteilen. Können wir uns morgen treffen? Bitte antworte möglichst heute noch. Herzliche Grüße – Xenia und Peter“

Ich klappte das Notebook zu und ging zum Kühlschrank, um für Xenia und mich ein kühles Wasser zu holen. Sie war soeben aufgewacht und fragte mich:“ Habe ich geschlafen…?“ „Ja, du hast ganz tief geschlafen. Ich war in der Zwischenzeit an der Rezeption und habe den Flug und das Hotel in Lima bestellt. „Keine

Ballestas- Inseln…?“ schmollte Xenia. „Nein, keine Pinguine und Seelöwen, du musst dich schon mit mir und Suyana befassen. Rate mal, in welchen Hotel wir wohnen werden“ fragte ich. „Im Grand- Hotel?“ „Mmh“ brummte ich und sah in ein lachendes Gesicht. „Na gut, dann werde ich mich mal frisch machen“. Xenia stand auf, gab mir einen Kuss und ging ins Bad. Eine Sekunde später hörte ich das Wasser rauschen und ein leichtes Summen einer Melodie war zu vernehmen. „Ich mag sie einfach“ dachte ich so bei mir. In diesem Moment machte es „pling“ und auf dem Notebook war eine Mail angekommen. Ich klappte das Display auf und las:

„Liebe Xenia, lieber Peter, ich freue mich euch morgen zu sehen und bin schon gespannt auf eure Erzählung. Ich kann aber erst so gegen 17.00 Uhr im Hotel sein, da ich noch Vorlesungen habe. Ich hoffe, es ist so o.k.- Suyana“

Ich schrieb kurz zurück: „es ist o.k., wir freuen uns auf dich!!!“

Hinter mir stand Xenia, die nur kurz geduscht hatte und meine Antwort an Suyana las. Sie war nackt und auf ihrem Körper waren vereinzelt noch Wasserperlen zu sehen. Das Duschhandtuch hing nur leicht über einer Schulter, so dass ich ihren leicht gebräunten Körper fast vollständig sehen konnte. Wir hatten uns lange nicht mehr berührt. Ich fasste sie an den Schultern und drückte sie leicht in Richtung des großen Bettes. „Nein“ sagte sie mit einem Lächeln, „Doch“ sagte ich und wir legten uns auf das kühle Bettlaken…

Den Rest des Tages verbrachten wir mit Cappuccino- Trinken, Essen, Bummeln und leider Kofferpacken. Immer wieder kamen wir im Gespräch auf unsere Entdeckung zurück und konnten es eigentlich noch nicht so richtig fassen, wie bedeutungsvoll unser Fund werden würde. Am Abend auf der Terrasse des Hotels flüsterten wir uns unsere Gedanken zu. Es sollte zunächst niemand wissen, was wir und wo wir etwas gefunden haben. Die Steine waren wichtig, wenn ihr Alter garantiert feststellbar war. Der „Mensch“, den wir gefunden hatten, war aber mehr als eine Sensation. Ich vermutete, dass bei den wissenschaftlichen Untersuchungen Ergebnisse erzielt werden konnten, die aus dem Puzzle der bereits vorhandenen Artefakte über die Paracas- Kultur und über frühere Zivilisationen endlich ein, allen Skeptikern den Mund verschließendes Wissen herauskam. „Allein schon die vollständige Erhaltung des Fundes, der hohe, lange Schädel und der Stoff des Anzuges gaben auch uns schon Hinweise, dass dieses Lebewesen nicht aus der primitiven Vorzeit der Inkas oder der Paracas kam, sondern einer viel älteren, hochentwickelten Menschenrasse angehörte“ sagte ich zu Xenia. Dabei dachten wir beide an die Motive auf den Steinen mit den unbekannten Erdteilen, wo bisher keiner eine Antwort kannte, an das versunkene Atlantis und natürlich auch an

Lebewesen aus einer anderen Galaxie. „Vielleicht hat Däniken in bestimmten Dingen doch recht? Warum sollten wir die Einzigen im unendlichen Universum sein? Es gibt Milliarden von Planeten, die ähnliche Lebensbedingungen bieten, wie unsere Erde. Die Religionen geben auf diese Fragen keine Antwort. Sie fördern nicht das freie Denken des Menschen, sondern behindern oder verbieten es durch ihre Regeln sogar. Glücklicherweise streben immer mehr Menschen nach Wissen und Unabhängigkeit".

Xenia stimmte meinen Überlegungen zu und wir bestellten uns zwei Gläser Cachina. Am Nachbartisch saßen mehrere Personen, die deutsch sprachen. Es waren Touristen aus Deutschland. Sie wollten wie wir endlich einmal Peru und die Sehenswürdigkeiten in diesem Land kennenlernen. Als sie uns fragten, was wir alles gesehen haben, erzählten wir unsere Erlebnisse, aber nicht alles. Unser Geheimnis behielten wir für uns. Als ich ihnen von den Steinen von Ica und dem Museum von Dr.

Cabrera erzählte, zeigten sie wenig Interesse. „Steine in einem Museum ansehen…?“ fragte mein Nachbar. „Ich glaube, das ist nichts für mich“ und bestellte noch einen Pisco Sour. Es war der Fünfte. Es war trotzdem ein lustiger Abend. Wir gaben ihnen noch ein paar Tipps und wünschten ihnen noch eine schöne Reise. Eng umschlungen liefen wir in unser Hotelzimmer. Auf dem Tisch lagen unsere Flugtickets und die Reservierung vom Grand-Hotel in Lima. Etwas trunken legten wir uns nach der Abendtoilette in unser Bett und schliefen tief und fest. Schade, gern hätte Xenia und ich von unserem Geheimnis geträumt. Vielleicht wäre der „Mensch“ in der Höhle aus seinem Tiefschlaf erwacht und wir hätten mit ihm sprechen können und fragen, wie alt er ist und von wo er kommt, wo sein Volk lebt und was er für ein Instrument in der Hand hält. Was es mit den Nasca- Linien auf sich hat und was die Gravuren auf den Steinen bedeuten. Wir hätten hunderte Fragen gehabt, die er bestimmt beantworten konnte. Aber leider gab es keinen

Traum, weder bei Xenia noch bei mir. Wir schliefen tief und fest, bis uns unsere Smartphones weckten.

Der nächste Morgen war erfüllt von Vogelzwitschern. Wie wir beim Frühstück von der Kellnerin erfuhren, zwitschern die Vögel immer, wenn man etwas früher aufsteht. „So, so, also sind wir die letzten Tage immer zu spät aufgestanden“ flüsterte ich Xenia ins Ohr. Es musste doch nicht jeder wissen, dass wir beide Langschläfer sind und nicht unbedingt zu den „Lerchen“ gehören.

Die Fahrt zum Flugplatz war unterhaltsam, weil uns der Taxifahrer, der übrigens ein gutes Englisch sprach, das er vor ein paar Jahren bei einem Job in London gelernt hatte, ausführlich über die Ballestas- Insel erzählen konnte. Er hatte nach seiner Zeit in London nicht sofort einen Job gefunden und ging deshalb für ein halbes Jahr als Betreuer für Touristen zu einem Schnellbootverleih für die Ballestas-Inseln. Dort fuhr er jeden Tag mit den Touristen zu den

Inseln. Er kannte fast alle Vögel, Pinguine und Seelöwen. Er erzählte uns, dass der kalte Humboldtstrom für einen reichen Fischbestand im Pazifik und gerade um die Ballestas- Inseln herum sorgt. Deshalb siedelten sich auch viele Tiere dort an. Vor allem Kormorane, Pelikane, Pinguine und Seelöwen. Was viele Touristen in der Wüste nicht erwarten würden, sind die auf den Inseln lebenden Pinguine. Die Ballestas- Inseln werden deshalb auch als kleine Galapagos- Inseln bezeichnet, sagte er. Auch wirtschaftlich sind die Ballestas Inseln für die Menschen in Peru von Vorteil, weil große Mengen an Vogelkot zu dem berühmten Guano- Dünger umgeformt werden. Von dem Kandelaber, den man auf der Fahrt nach den Inseln sieht, wusste er nicht viel. Diese Geoglyphe soll einmal Piraten zur Verständigung gedient haben, aber es gibt weitere Erklärungen für dieses geheimnisvolle Scharrbild in Form eines Kerzenleuchters.

Wir waren am Flugplatz angekommen und gingen in das Flughafengebäude. Unseren Rucksack, indem sich die Steine befanden, hatten wir als Handgepäck bei uns. In einen der Koffer wollten wir den Rucksack nicht legen, falls er beim Transport auf dem Flughafen verloren geht. Nicht unbedingt in Ica, aber vielleicht in Lima. Da schon einmal ein Koffer bei unserer Australien- Reise verloren ging, wollten wir das Risiko mit unseren wertvollen Steinen nicht eingehen. Nach dem Check In hatten wir noch etwas Zeit und tranken einen Coca-Tee, der uns den bestimmt etwas wackeligen Flug in dem kleinen Flugzeug erleichterte. Besonders über 3000m soll Coca-Tee gegen Schwindel und eine leichte Höhenkrankheit helfen. Leider konnten wir die Blätter des Coca- Strauches, die man ausreichend kaufen konnte, nicht mit nach Deutschland nehmen, da die Peruaner aus diesen Blättern nicht nur Tee machen, sondern auch Kokain. Wir schlürften unseren Tee aus und fühlten uns gut, um in das Flugzeug zu steigen.

Um es kurz zu machen: es war ein kurzer aber interessanter Flug. Als ersten Ort überflogen wir Pisco. Pisco ist nicht nur wegen des Weinbrandes „Pisco Sour“ bekannt sondern war auch die Heimat der Paracas- Kultur, die von ca. 1300 v. Chr. bis 200 n. Chr. dauerte. Bei einem Erdbeben der Stärke 8.0M wurden im August 2007 rund 85 % von Pisco zerstört. Aus der Luft konnten wir die Schäden nicht sehen. Der Pilot erzählte uns aber, dass die Stadt weitgehend wiederaufgebaut ist. Danach erreichten wir die Stadt mit dem klangvollen Namen “San Vicente de Canete“. Es ist eine kleine Stadt und hat maximal 34.000 Einwohner. Sie ist umgeben von Baumwollfeldern und wurde im November 2013 von einem Erdbeben heimgesucht, das aber keine größeren Schäden verursachte. Als wir die nächste kleine Stadt Mala überflogen, waren wir schon fast in Lima, denn Lima liegt nur ca. 100 km entfernt. Die Landung in Lima war ruhiger als sonst. Wahrscheinlich hatte unser Pilot einen anderen Fluglehrer, als der uns nach Puerto Maldonado geflogen hatte.

Zurück in Lima

Mit dem Taxi waren wir schnell in unserem Grand- Hotel, wo wir herzlich von der Praktikantin aus München begrüßt wurden, die wir für ein echtes Inka - Mädchen gehalten hatten. Die Mitarbeiterin an der Rezeption konnte uns leider nicht unser altes Zimmer geben, da es besetzt war. Außerdem wussten wir noch nicht, wie lange wir noch in Lima bleiben werden. Im Zimmer angekommen tranken wir aus der Minibar gemeinsam ein kleines kühles Bier. Nicht weil wir sparen, sondern weil wir fit für unser Gespräch mit Suyana sein wollten. Da wir bis zum Treffpunkt noch Zeit hatten, schlug ich vor, aussagekräftige Fotos und ein paar Video-Clips auf mein Smartphone zu kopieren. Somit konnten wir die Kameras in den Safe einschließen und nur das Smartphone mitnehmen. Es hatte ein großes und kontrastreiches OLED- Display, das besser war als das Display der großen Kameras. Für eine erste Übersicht beim Treffen mit Suyana müsste es reichen. Xenia packte unsere Kleidung aus dem Koffer und ich kopierte von den beiden Kameras die aussagekräftigsten Bilder und ein paar Video- Clips über mein Notebook auf mein Smartphone. Irgendwann trat Xenia hinter meinen Stuhl und legte ihre Arme auf meine Schultern. Aufmerksam beobachtete sie die Fotos. Sie drückte plötzlich ihren Kopf an meinen Kopf, gab mir einen kleinen Schmatz und sagte: "was für ein Glück, dass wir diesen Ausflug gemacht haben und ich in das Loch gefallen bin!" „Ich habe große Hoffnung, dass aus unserem kleinen Ausflug eine große Sensation wird. Nicht weil ich will das wir bekannt und berühmt werden, sondern weil ich einfach möchte, dass endlich die Menschheitsgeschichte neu geschrieben wird und sich die Menschen von der religiösen Vergangenheitsdarstellung lösen und in die Zukunft sehen". „Bravo, mein großer Wissenschaftler" neckte mich Xenia. „Aber du hast recht, wenn wir das erreichen, kann sich die Menschheit von den Fesseln des Glaubens lösen und ist endlich frei!“ „Bravo, Frau Professorin, an welcher Universität unterrichten sie eigentlich?“ Xenia spielte wieder die Katze und krallte sich in meine Schultern. „Fertig“ sagte ich und meinte damit das Kopieren auf das Smartphone. „Wir haben noch Zeit. Wollen wir noch etwas kuscheln?“ fragte ich Xenia. „Aber nur kuscheln!“ sagte sie und lächelte geheimnisvoll. Es blieb beim Kuscheln, denn unsere Gedanken waren bei unserem Geheimnis, dass wir bald mit Suyana teilen wollten. Nur sie konnte die Tragweite des Fundes erkennen und uns unterstützen. Außerdem vertrauten wir ihr wie einer Tochter.

„Aufstehen“ rief Xenia. Ich muss wohl doch noch eingeschlafen sein, denn Xenia hatte sich schon schick gemacht. Langsam quälte ich mich vom Bett und ging ins Bad. Kaltes Wasser kann so erquickend wie ein schönes kaltes Bier sein. Nach ein paar Minuten war auch ich wieder fit und wir gingen in die Eingangshalle des Hotels. Die freundliche Praktikantin, deren Namen wir immer noch nicht kannten, kam lächelnd auf uns zu und fragte nach unseren Wünschen. „Kann ich etwas für sie tun?“ „Nein danke“ antwortete Xenia, „wir warten auf eine junge Dame“. „Ist es diese junge Frau?“ „Ja, vielen Dank“ antwortete ich und wir gingen in Richtung Suyana, die auf einer der blauen Couches saß. Als sie uns erblickte stand sie auf und ging schnell auf uns zu. Wir umarmten uns als hätten wir uns Jahre nicht gesehen. „Was ist denn euer Geheimnis, dass ihr mich unbedingt sprechen wollt?“ fragte Suyana, nachdem wir uns auch auf die blaue Couch gesetzt hatten. „Wir wollen dir etwas zeigen und glauben, dass es auch für dich eine Überraschung, wenn nicht eine Sensation sein wird“ sagte Xenia zu ihr. „Huuh, was ist das denn, was habt ihr denn da gefunden“? „Wollen wir uns einen ruhigen Raum suchen, wo wir etwas trinken und dir dann alles erzählen können?“ fragte ich sie. Ich rief die Praktikantin und sagte ihr unseren Wunsch. „Kein Problem, wir haben viele kleine

Ecken und Räume, wo sie ungestört reden können. Kommen sie bitte mit“. Wir gingen mit ihr in einen ruhigen, abgeschiedenen Bereich des Hotels. „Ist die Ruhe hier ausreichend?“ fragte sie. Wir sagten ja und bestellten uns drei kühle Gläser Cachina.

Nachdem wir in den bequemen Sesseln Platz genommen hatten, sagte Suyana: “Nun sagt schon, was habt ihr gefunden?“ „Steine“ antwortete ich, Steine mit einer Gravur“. „Ach so, Steine und sonst weiter nichts?“ Suyana schien enttäuscht zu sein und lehnte sich im Sessel zurück. „Wir haben noch etwas gefunden“ sagte Xenia zu ihr. „Du bist unsere erste Vertrauensperson, der wir von unserem Fund erzählen. Dieser Fund könnte unser Leben, dein Leben und die ganze Welt verändern!“ So jung Suyana auch war, ihre ernste und vertrauensvolle Art war es, die wir immer an ihr bewundert hatten. Suyana wurde ganz ruhig und gefasst. „Zeigt es mir bitte“. Ich nahm mein Smartphone, rief die Bilder auf und gab das Smartphone ihr in die Hand. Sie sah sich jedes Bild genau an, wischte vor und zurück und lehnte sich nach einigen Minuten in den Sessel. Ihr Gesicht war leicht gerötet, sie griff zum Glas und trank einen kleinen Schluck Cachina, um besser sprechen zu können. „Ihr seid verrückt…!“ Sie schaute uns ernst an. „Wisst ihr eigentlich, was ihr da gefunden habt?“ „Sieh dir bitte die Videos auch noch an“, bat ich Suyana. Wieder war sie hochkonzentriert, als würde sie eine Klausur an der Universität schreiben. Als der letzte Video-Clip zu Ende war, trank sie erst einmal einen großen Schluck aus ihrem Glas. „Bitte erzählt mir alles, wo ihr diese Mumie und die Steine gefunden habt“. Ich hob mein Glas und sagte: „Auf uns!“. „Auf uns!“ riefen auch Suyana und Xenia. Damit war unser Bund besiegelt. Wir stießen die Gläser so heftig gegeneinander, dass wir uns heute noch wundern, dass sie gehalten haben. „Zunächst sollen wir dich von Pedro grüßen“ sagte ich zu Suyana. „Er war derjenige, der uns zum Steine- Suchen animierte. „Wir fuhren einem Tag, nachdem du abgereist warst, in den Ort Ocucaje, um dort Steine zu suchen. Pedro hatte auf einem Feld einmal zufällig zwei oder drei Steine gefunden und meinte, auch wir könnten da mal suchen. Heut meine ich fast, es waren nicht die Steine, sondern nur die hübsche Kellnerin, die ihn dahinzog“. Suyana schmunzelte, doch man merkte ihr die Spannung an. Sie wollte mehr wissen, viel mehr. Xenia erzählte weiter und ich ergänzte ihre Erzählung ab und zu. Als Xenia von ihrem Sturz in die Höhle sprach, wurde Suyana etwas unruhig. „Wo war genau die Höhle?“ fragte sie. „Wir haben über die GPS-Fotos den genauen Standort“ sagte ich zu ihr. Ich bemerkte, wie erleichtert sie war. Sie atmete tief ein und hörte weiter aufmerksam zu. Xenia beschrieb weiter, wie wir dann die zweite Höhle fanden. „Ihr habt also aus der ersten Höhle in die zweite Höhle fotografiert?“ „Ja“ antwortete ich ihr, „es ist alles unversehrt, auch in der zweiten Höhle, bis auf das kleine Loch in der Wand“. „Sehr gut“. Sie nahm das

Smartphone wieder in die Hand und sah sich noch einmal drei oder vier Fotos an. „Wir müssen diesen Ort solange geheim halten, bis wir alles zur wissenschaftlichen Untersuchung und Bergung der Mumie vorbereitet haben. Es wird mehr als eine Sensation, es wird die Geschichtsschreibung der Welt verändern. Wir müssen verhindern, dass diese Fundstätte, von wem auch immer, geplündert oder zerstört wird“. Suyana war hochkonzentriert wie eine gute Wissenschaftlerin nur sein kann. „Hast du eine Vertrauensperson in deiner Universität?“ fragte ich. „Oder besser: kennst du einen Verantwortlichen im Ministerium, den du vertrauen kannst?“ Die Professoren wollen doch immer nur selbst nach außen brillieren. Ich kenne wenige, die nicht die wissenschaftlichen Ergebnisse ihrer Studenten als die Eigenen ausgeben. Also lieber einen Beamten, der in seiner Karriereleiter nicht mehr höher steigen kann“. Suyana lächelte und dachte nach. „Vielleicht kenne ich jemanden, dem wir vertrauen können. Gebt mir bitte bis morgen Zeit, ich melde mich dann bei Euch“. "Suyana, wir haben wegen der Fundstätte unseren Urlaub auf den Ballestas- Inseln ausfallen lassen" sagte ich zu ihr. Was meinst du, wie lange müssen wir noch in Peru bleiben? Unser Flug zurück nach Deutschland würde in 4 Tagen gehen. Meinst du, wir schaffen bis dahin die Übergabe?" "Wieviel Tage könntet ihr noch in Peru bleiben?" fragte uns Suyana. "Wenn wir den Flug nach Deutschland umbuchen können, dann noch eine Woche" antwortete Xenia. "O.k., ich werde sehen, was ich für euch tun kann. Aber jetzt laßt uns nochmal auf eure Entdeckung trinken. Ich glaube, wir drei wissen noch gar nicht, was da auf uns zukommt. Nach den Fotos und den Videoclips zu urteilen, ist diese Mumie aus einer ganz anderen Epoche der Erde. Es gibt immer mehr Artefakte, die bestätigen, dass es schon lange vor der Zeit des Homo Sapiens eine Hochkultur auf der Erde gab. Ob diese Hochkultur, die auch eine Hochtechnologie mit einbezieht, die Pyramiden in Ägypten, Mexiko oder die in Bosnien und anderen Orten der Welt gebaut haben oder ob sie für weitere Rätsel die Lösung ist, werden wir bald erfahren. Ich glaube, ihr werdet in die Geschichte der Menschheit eingehen" sagte Suyana und lachte. "Wieso nur wir, ich hoffe und wünsche, dass du uns auf diesen Weg begleitest und bald eine weltbekannte Professorin bist" sagte Xenia. Wir griffen zu den Gläsern und tranken uns zu. "Ich würde so gern noch bei euch bleiben, aber ich muss noch ein paar Telefonate führen. Es ist wichtig, dass wir jetzt schnell handeln. Bitte seid morgen bis 12.00 Uhr erreichbar. Ich werde Euch bestimmt anrufen oder eine SMS senden. Bereitet bitte alles Material zu einer Übergabe vor". Suyana war wieder ganz Wissenschaftlerin und obwohl sie noch Studentin war, war sie eigentlich schon eine reife Persönlichkeit. Wir umarmten uns und Suyana verließ das Hotel.

"Lass uns noch etwas im Hotelrestaurant essen und dann für morgen alles vorbereiten". Wir gingen in unser Restaurant und sahen, wie schön es ist. Die Tische waren bedeckt mit cremefarbigen Tischdecken auf denen Blumen oder Kerzenleuchter standen. Edles Porzellan glänzte im Licht der Kerzen und an den Wänden hingen alte Ölgemälde in schweren goldenen Rahmen. Die Kellnerinnen und Kellner in ihrer weiß- schwarzen Kleidung liefen in ruhigen Schritten durch das Restaurant. Von Hektik wie in anderen Restaurants keine Spur. Ich legte meine Hand auf Xenias Hand und sagte: "Danke mein Schatz, dass du dieses wunderschöne Hotel für uns ausgesucht hast". Xenia gab mir symbolisch einen kleinen Kuss und schon stand eine nette peruanische Kellnerin neben uns. Wir bestellten dieses Mal keinen Cachina, sondern einen kühlen, gutschmeckenden Weißwein. Immer wieder kamen wir auf unsere Entdeckung zu sprechen. Jeder hatte ein anderes Detail in Erinnerung und so ergänzten wir uns gegenseitig unser Bild von der Mumie und den Artefakten aus der Höhle. Die gravierten Steine hatte ich schon fast vergessen. Dabei wollten wir doch die Mehrzahl an Suyana übergeben. Als die Kellnerin sich unserem Tisch wieder näherte, schwiegen wir. Es sollte keiner auch nur ein Wort davon hören. Unser Nebentisch war glücklicherweise leer, nur an einem entfernteren Tisch saß ein älterer Herr, der uns freundlich gegrüßt hatte, als wir das Restaurant betraten. Xenia fragte mich: "Kannst du dich noch an den Stoff erinnern, den die Mumie am Körper trug? Er sah wie ein silbriges Metallgewebe aus, das zwar schon etwas verstaubt war, aber die Metallfäden, die den Blitz reflektierten, konnte man auf den Fotos gut erkennen. Ich zeige dir das Foto, wenn wir wieder auf dem Hotelzimmer sind". "Was mich am meisten beeindruckt hat, waren die Vielzahl der Artefakte, die um den "Menschen" herumstanden oder auf Stelen lagerten" sagte ich zu Xenia. "Ich muss mir unbedingt noch einmal den Gegenstand ansehen, den er in der rechten Hand hielt. Es sah aus wie ein iPad mit einem runden Haltegriff, auf dem viele Symbole eingraviert waren. Auf jeden Fall war es kein Indio oder Inka, er gehörte auch nicht der Paracas- Rasse an. Dieser " Mensch" war aus einer anderen Welt oder aus einer Vorepoche der Menschheit". "Er wird sich doch nicht mit einem primitiven iPad abgeben, wenn er aus der Zukunft der Vergangenheit kommt" sagte Xenia und schmunzelte. Wir unterbrachen unser Gespräch, denn wir hatten uns "Seebrasse in Lemmon- Oliven- Creme" bestellt, die wir schon einmal in Lima in diesem See- Restaurant gegessen hatten und die eine Köstlichkeit des Meeres war. Mehr als einmal nahmen wir unsere Gläser und ließen uns den kühlen wohlschmeckenden Weißwein munden. "Auf uns" riefen wir beide zur gleichen Zeit und ließen unsere Gläser klingen, so dass der ältere seriöse Herr zu uns herübersah. "Lass uns schnell den Wein austrinken und auf unser Zimmer gehen..."sagte ich zu Xenia. Wir leerten die Gläser, verabschiedeten uns von dem älteren Herrn, von dem ich zu gern gewusst hätte woher er kam und welchen Beruf er einmal ausübte und verließen das Restaurant. Auf dem Weg ins Hotelzimmer drehten wir uns mehrmals um, als würde uns jemand folgen und unser Geheimnis versuchen zu stehlen. Seltsam wie man sich benimmt, wenn man sein Wissen vor anderen Menschen schützen will. Die Aufzüge waren zwar nicht so alt wie das Hotel, ächzten aber trotzdem unter unserem Gewicht. "Ich glaube wir müssen beide abnehmen... oder die große Treppe nehmen" fiel mir Xenia ins Wort. Im Hotelzimmer holte ich unsere Kameras aus dem Koffer, den ich mit dem Kofferschloss abgesichert hatte. Der Hotelsafe war mir nicht sicher genug. Wer weiß, wer zu diesem Safe alles einen Schlüssel hat, dachte ich mir. Wir hockten uns beide auf unser Hotelbett und sahen uns noch einmal die Fotos und Videos aus der Höhle an. Für die Fotos aus der ersten Höhle hatten wir uns noch keine Zeit genommen und diese nicht näher angesehen. Wir dachten aber, sie zeigen uns, außer den gravierten Steinen, keine weiteren Besonderheiten. Da es in der ersten Höhle durch das Loch, durch das Xenia gefallen war, etwas heller als in der zweiten Höhle war, hatten wir beim schnellen Betrachten der Wände nichts Besonderes festgestellt. Erst der Blitz der Kameras brachte die fast unsichtbaren Wandzeichnungen zurück. Beim Zoomen in eines der Fotos bemerkten wir an einer Wand ähnliche Wandgravuren wie im alten Ägypten an den Wänden der Grabstätten der Pharaonen. Auch hier waren Menschen zu sehen, die den größeren Menschen mit den langen Köpfen, ähnlich unserer Mumie, Opfergaben wie Früchte und Tiere darboten. Nur dass die Tiere, bis auf die Dinos, uns unbekannt waren. Es waren ähnliche Abbildungen wie auf den Steinen, die wir in der Höhle gefunden und sie waren ähnlich den Gravuren auf dem Stein, den ich in Cusco gekauft hatte. "Wie kann es sein", fragte ich Xenia, "dass es hier gleiche Darstellungen von "Menschen" mit ungewöhnlich großen Köpfen wie in Ägypten gibt? Nach der heutigen Geschichtsschreibung war es Kolumbus oder etwas früher die Wikinger, die Amerika entdeckten. Sie fanden aber nur relativ primitive Indianer oder Indios vor, nicht aber eine Hochkultur geschweige denn Hochtechnologie. Auch die Inka- Kultur, die die Spanier auslöschten, war gegen die Artefakte die man bisher gefunden und der Öffentlichkeit präsentierte, primitiv". Ich nahm mein kleines Notebook und kopierte die wenigen Dateien, die sich auf unserem SSD- Speicher befanden, auf die Festplatte des Notebooks. Gleichzeitig bat ich Xenia die Speicherkarte aus der Kamera zu nehmen, damit ich diese auf die SSD kopieren konnte. Die Original- Fotos und - Videos sollten auf den SD- Karten der Kameras verbleiben. Nur den SSD - Speicher wollten wir Suyana bzw. unserer Vertrauensperson übergeben. Nachdem ich die SD- Karte aus Xenias Kamera kopiert hatte, schob sie diese wieder in ihre Kamera zurück und suchte nach den letzten Bildern. Mit den Kameras, die wir beide besaßen, fotografierten wir schon einige Zeit Fotos mit GPS- Daten. Damit war es uns sofort auf Google- Maps möglich, die Aufnahmen einem Ort zuzuordnen. Die Fotos mit den GPS- Daten vom Fundort des "Menschen" und ein paar Fotos vom "Menschen" selbst speicherte sich Xenia zusätzlich in ihr Smartphone in einem sicheren Ordner, von dem nur wir Beide den Schlüssel kannten. Ich hatte ebenfalls wie Xenia eine Auswahl von Fotos mit dem "Menschen" und die GPS- Fotos verschlüsselt und in einem sicheren Ordner in unsere Cloud geladen. "Man kann ja nie wissen..." dachte ich so bei mir.

Es war spät geworden und Xenia lag auf ihrem Bett. Sie hatte aber noch die Augen geöffnet, sah an die mit alten Stuckelementen versehene Zimmerdecke und dachte über die letzten Tage und Stunden nach. Unser Leben hatte sich so schnell geändert. Eigentlich wollten wir unsere letzten Urlaubstage in der Gegend um die Ballestas- Inseln verbringen und uns von Möwen, Kormoranen und Seelöwen bewundern lassen. Aber es kam anders. Der kleine Sturz von Xenia veränderte nicht nur unsere

Urlaubsplanung, sondern auch unser Sicherheitsempfinden. Wir achteten auf jedes Geräusch, das uns unbekannt vorkam und schreckten im Halbschlaf hoch. Wir achteten auf die Blicke der Menschen, denen wir begegneten und sahen ihnen hinterher, ob sie uns hinterher sahen. Wir achteten darauf, uns über unsere Entdeckung nur sehr leise oder in der Öffentlichkeit überhaupt nicht zu unterhalten. "Was wird auf uns zukommen?" fragte ich Xenia immer wieder. Wir waren beide Atheisten und sollten uns doch eigentlich freuen, der Wissenschaft wieder ein Stück im großen Puzzle der Menschheitsgeschichte zu schenken. Aber vielleicht war es mehr als ein Stück eines Puzzles. Vielleicht war der "Mensch" der endgültige Beweis für eine Zeit weit vor Christus und damit der Tod der Religionen? Vielleicht hatte die Erde vor vielen Jahrtausenden schon einmal eine Hochkultur, eine Hochtechnologie, die durch einen großen Asteroiden, der die Erde rammte, ausgelöscht wurde und von der wir nur noch ein paar

Artefakte finden. Dieser "Mensch", den wir gefunden hatten, war aber mehr als ein paar versteinerte Zahnräder, mehr als ein paar keramische Bruchstücke und weit mehr als ein paar Höhlenzeichnungen. Er war die körperlich unversehrte Vergangenheit der vormenschlichen Rasse oder war er von einem anderen Stern, ein Außerirdischer? Nach der Kleidung könnte er es sein!

Neben mir lag Xenia und atmete tief. Der Schlaf hatte sie überrascht. Ich streichelte sanft über ihre Wange und weckte sie dadurch. "Bin ich eingeschlafen...?“ fragte sie. "Ein klein wenig" antwortete ich. "Lass uns kurz Zähne putzen und dann schlafen gehen". "Mmh" hörte ich nur und sah meine schlaftrunkene Ehefrau ins Bad schlurfen. Das Wasser im Bad rauschte und ich zog mein Hemd und meine Hose aus, um ebenfalls ins Bad zu gehen. Es war relativ groß und besaß zwei Waschbecken, eine Duschecke und eine große Badewanne. Alles war in weiß-grauen Marmor gehalten, nur abgesetzt mit schwarz- glänzenden Marmor. Xenia hatte sich bereits umgezogen und stand in einem leichten Negliché vor dem Spiegel. Auf ihrer gebräunten Haut glänzte das Wasser, das sie sich ins Gesicht gespritzt hatte. Ihre Haare, die sie sonst kunstvoll hinter dem Kopf zu einem Haarwirbel band, waren offen und umspielten ihr Gesicht. Als ich das Bad betrat, reckte sie sich gerade und schaute mich lächelnd an. Ich trat hinter sie und umschloss mit meinen Armen ihren Körper. "Willst du wirklich schon schlafen?" fragte ich sie. "Beeil dich..." antwortete Xenia und wandte sich aus meinen Armen. Als ich das Zimmer betrat leuchtete nur noch eine kleine Lampe, die ein leicht gelbliches Lichtband an die Wand warf. Ich rutschte zu ihr ins Bett, umarmte sie und gab ihr einen Nachtkuss. Xenia löschte das Licht...

Das Treffen

In dieser Nacht schliefen Xenia und ich etwas unruhig. Träume hatten wir keine, aber beide dachten wir ständig an den "Menschen". Woher kam er und wie alt wird er wohl sein. Gehörte er zu den Annunaki, den sogenannten Schöpfungsgöttern? Kam er aus einem anderen Sternbild auf die Erde? Sowohl die Gänge in der ägyptischen Cheops- Pyramide als auch die Sternenforschungen der Mayas und der Inkas zeigen bzw. beschreiben oft die Sternbilder des Orion oder des Sirius. Viele Fragen werden erst nach einer monatelangen gründlichen Untersuchung beantwortet werden können. Beim Frühstück sagte ich zu Xenia: "Eigentlich würde ich gern bei den Ausgrabungen dabei sein. Wir konnten ihn ja nur von einer Seite sehen. Zugern wüsste ich, was er in der rechten Hand hält und was es sonst noch für Artefakte in der Höhle gibt". "Das wird wohl kaum möglich sein", antwortete sie. "Das Gebiet wird weiträumig abgesperrt und kein normaler Mensch darf es bis zur Sicherung des "Menschen" und aller Gegenstände betreten, auch wir nicht, obwohl wir ihn gefunden haben". "Man darf ja mal fragen, ob wir Beide dabei sein dürfen" sagte ich trotzig. Minuten später betraten zwei Polizisten das Restaurant und sahen sich die Gäste an. Sie gingen auf uns zu und ein Polizist fragte mich: "Sind sie Mr. Reacher, Eldridge Reacher?" "Nein, bin ich nicht" antwortete ich ihm. "Wir kommen aus Deutschland und sind Touristen". Sie bedankten sich und verließen das Restaurant. "Was war das denn?" fragte ich Xenia. "Es war eine Polizeikontrolle" sagte sie ganz ruhig und frühstückte weiter. Als ich den letzten Kaffee ausgetrunken hatte, klingelte leise mein Telefon. Es war Suyana. "Guten Morgen, ich hoffe, ich störe euch nicht beim Frühstück. In einer halben Stunde wird ein Taxi euch am Hotel abholen. Der Fahrer ist ein junger Peruaner, den ihr an seiner modernen Kleidung erkennt. Es ist ein Freund von mir. Bitte nehmt alles mit, so wie wir es besprochen haben. Ihr könnt ihm vertrauen. Er fährt Euch direkt zu mir und ich hole euch dann ab. Bis dann". Bevor ich noch etwas sagen konnte, hatte Suyana schon aufgelegt. Xenia sah mich fragend an und erwartete eine Antwort von mir. "Wie müssen gehen. In dreißig Minuten holt uns ein Taxi ab" sagte ich zu ihr und gab der Kellnerin ein Zeichen. Ich unterschrieb die Rechnung und wir verließen ruhig das Restaurant. Seltsam, dachte ich, der seriöse ältere Herr, der öfters wenige Tische neben uns saß und den wir eigentlich täglich sahen, muss wohl schon abgereist sein. Zu diesem Zeitpunkt wussten wir noch nicht, dass er der von der Polizei gesuchte Mr. Reacher war. Im Hotelzimmer legten wir unsere Kameras in Xenias Koffer, verschlossen diesen und legten ihn in meinen Koffer, der größer war und ohne Probleme den kleineren Koffer aufnehmen konnte. Ich änderte den Code meines Kofferschlosses und schob meinen Koffer unter unser Bett. Aus dem Safe nahm ich den kleinen SSD- Speicher und Xenias Smartphone. Irgendwie wollte ich wissen, ob jemand Zugang zu unserem Safe hat und klemmte einen kleinen, gefalteten Papierschnipsel fast unsichtbar zwischen die Safe- Tür und das -Gehäuse. Wir verließen unser Zimmer und sahen, wie eine ältere Peruanerin mit einem großen Staubsauger den Teppich im Korridor saugte. Sie trug nicht die typische bunte peruanische Kleidung und auf ihrem Kopf saß auch kein schwarzer Hut, sondern sie war mit der einheitlichen Hotelbekleidung in dunkel- und hellgrau bekleidet. Sie grüßte uns höflich und wir grüßten zurück. Xenia sah mich fragend an und ich schüttelte den Kopf und sagte: "Man kann nie wissen...?" Wir lachten beide und liefen die elegante Hoteltreppe in Richtung Hotelhalle hinunter. Immer wieder entdeckte ich mich, wie ich an meine rechte Seitentasche der Jacke fasste, in der sich der kleine SSD-Speicher befand. Xenia griff nach ihrem Smartphone und fotografierte von der Treppe aus die sehenswerte Architektur des Hotels. Als wir am Ende der Treppe standen, kam ein junger, sehr modisch gekleideter Peruaner auf uns zu und sagte zu uns: " Guten Tag, ich bin Eduardo. Suyana hat mich beauftragt, sie abzuholen und sie zum Ministerium für Archäologie zu fahren. Sie wird sie dort empfangen". " Ja, sie hat uns informiert. Sind sie Suyanas Freund?" fragte Xenia neugierig. "Nein und ja" sagte er, "ich bin ihr Freund, aber leider nur ihr Freund". Wir lachten und verließen das Hotel in Richtung Taxi. Bei der Fahrt durch die Stadt erzählte er uns, dass er wie Suyana auch noch Student ist. Aber weil er gut Autofahren kann, bessert er sein Taschengeld ab und zu mit Taxifahren auf. Sein Onkel hat ein Taxiunternehmen in Lima und weil er gut englisch spricht, fährt er oft ausländische Touristen. Mit Suyana ist er schon seit Jahren befreundet. Als sie von Ica an die Universität kam, fiel sie ihm sofort auf. Sie hatte glänzende dunkle Haare, große Augen und lief stolz und immer mit einem leichten Lächeln auf den Lippen durch die Universität. Einige Monate später sprach er Suyana an und wollte sich mit ihr verabreden. Leider war es zu spät.

Sie hatte sich schon in einen anderen Studenten verliebt, mit dem sie heute noch befreundet ist. Trotzdem mögen sie sich beide heute noch und sind richtige gute Freunde. Aber zur Liebe hat es eben nicht gereicht...". "Ooh, das ist aber schade" sagte Xenia zu Eduardo. Aber es gibt doch so viele hübsche Mädchen in Lima. Eine wird ihnen doch gefallen, oder?" "Ich habe schon eine gefunden und wir sind sehr glücklich" sagte er. Xenia hätte bestimmt noch lange mit ihm über die Liebe und seine Freundin gesprochen, aber das Taxi bog in eine ruhige Straße ein und hielt vor einem großen eisernen Tor.

Im Ministerium

Eduardo wartete ruhig, bis der Sicherheitsdienst uns kontrolliert hatte und fuhr dann langsam vor den Eingang des großen Gebäudes. Dort standen schon Suyana und ein junger Mann, der entsprechend seiner Aufgabe im Ministerium in einem leichten dunklen Sommeranzug gekleidet war und ein offenes weißes Hemd trug. Suyana begrüßte uns besonders herzlich. Sie trug ein hellgraues Kostüm und ihre Haare hatte sie hochgesteckt, so dass sie älter und seriöser wirkte. „Die Beiden könnten eigentlich ein Paar sein…" raunte mir Xenia zu. Wie wir später dann erfuhren, war der junge Mann an ihrer Seite ihr Freund, den sie an der Universität kennengelernt hatte. Wir gingen in die Vorhalle des Gebäudes des Ministeriums, in der Glas-Vitrinen mit alten Keramiken der Inkas standen. „Leider haben wir jetzt keine Zeit, uns die kleine Ausstellung anzusehen" sagte Suyana, „wir werden vom Minister für Kultur erwartet". Der Aufzug brachte uns in das oberste Stockwerk.

Nachdem wir erneut eine Sicherheitskontrolle passiert hatten, betraten wir einen halbrunden Raum, der mit schweren Ledersesseln bestückt war und an dessen Wänden Bilder der Geschichte Perus in schweren goldenen Bilderrahmen hingen. Kaum saßen wir in den Sesseln öffnete sich die Tür und eine ältere Peruanerin in eleganter Kleidung ging auf uns zu. Sie reichte uns die Hand und sagte." Sie müssen noch einen kleinen Moment warten, der Minister wird sie gleich empfangen". Sie ging zu einer Tür, öffnete diese und bat uns in den Raum zu gehen. Es war ein etwas größerer Besprechungsraum mit der üblichen Ausstattung. Er beinhaltete einen großen Tisch, der mit Leder- Sesseln umstellt war. An der Frontseite des Tisches stand der Sessel des Ministers, der gegenüber den anderen Sesseln eine etwas höhere Lehne hatte. Auf dem Tisch standen einige Karaffen mit Wasser und Gläser, die im Licht der dezenten Beleuchtung funkelten. Wir setzten uns in die Sessel und betrachteten den Raum. Xenia sah sich die

Bilder an der Wand an, die ähnliche Motive wie im vorhergehenden Raum aufwiesen. Ich bemerkte am Raum- Ende eine große LED-Wand, die für Präsentationen vorgesehen war. Damit konnten wir unsere Fotos und Videos entsprechend vorführen. Der Raum besaß zwei Türen. Durch die eine Tür hatten wir den Raum betreten, die andere Tür führte bestimmt in das Vorzimmer des Ministers. Beide Türen waren abgepolstert und mit dunkelrotem Leder überzogen. Uns gegenüber saßen Suyana und Ricardo. Der junge Mann also, indem sich „unsere" Suyana schon vor Jahren an der Universität verliebt hatte. Suyana lächelte uns an. Man sah ihr an, dass sie aufgeregt war. Bestimmt wird gleich die Tür aufgehen und ein älterer grauhaariger Minister wird den Raum betreten. In diesem Moment ging wirklich die Tür auf und ein Mann im besten Alter betrat den Raum. Nichts von grauen Haaren und gebeugten Rücken, sondern groß, dunkelhaarig und charismatisch war der erste Eindruck, den wir vom Minister bekamen. Hinter ihm betrat die seriöse ältere Dame den Raum, die uns im akzentfreien Deutsch offiziell begrüßte. Es war seine engste Mitarbeiterin, die jahrelang in diplomatischen Diensten des Landes Peru war, übrigens auch in Deutschland, und die erst seit zwei Jahren an der Seite des Ministers stand und ihn beriet. Wir begrüßten uns herzlich und setzten uns wieder in unsere Sessel. „Ich habe auf eine etwas ungewöhnliche Weise über Suyana von ihrer Entdeckung erfahren und bin mehr als gespannt, was sie in unserem Land gefunden haben. Wir wissen, es gibt in Peru noch viele Geheimnisse, die entdeckt und wissenschaftlich aufgeklärt werden müssen. Allein die wissenschaftliche Aufklärung der Steine von Ica, der Nasca- Linien, der früheren Paracas- Kultur und vieler anderer archäologischer Funde wird noch viele Jahre in Anspruch nehmen und ich hoffe, Deutschland wird uns dabei weiter unterstützen“. Er machte eine kurze Pause und trank einen kleinen Schluck Wasser aus dem vor ihm stehenden Glas. Irgendwie war der Mann sympathisch.

Xenia und ich sahen uns an und wir wussten, dass wir den richtigen Partner gefunden hatten. „Suyana hat mir bereits ein paar Kleinigkeiten ihrer Entdeckung verraten. Wenn es die Wahrheit ist und davon gehe ich aus, werden sie mit ihrer Entdeckung nicht nur Peru verändern, sondern die ganze Welt. Also spannen sie uns, wie sagt man in Deutschland, nicht länger auf die Folter, sondern erzählen sie uns alles, was sie gesehen haben“. „Herr Minister, haben sie wirklich soviel Zeit?“ fragte ich. „Ich nehme sie mir einfach“ sagte er und lachte. Ich nahm meinen SSD- Speicher aus der Tasche und sah fragend Suyana und Ricardo an. „Vor dir auf dem Tisch ist eine Klappe und dahinter liegt ein Anschluss, den du nutzen kannst“ sagte Suyana und reichte mir die Fernbedienung für den Player. Ein paar Sekunden später erschien das erste Bild auf der LED- Wand. Es zeigte Xenia am Grasbüschel, bevor sie in das Loch gefallen war. Ich ließ das Bild stehen und bat sie, die weiteren Bilder zu kommentieren. Sie erzählte der kleinen Runde kurz die Vorgeschichte bis zu der Stelle des Falles in die Grube. Die nächsten Bilder zeigten die erste Höhle und die gefundenen gravierten Steine. Der Minister hörte aufmerksam zu und drehte einen kleinen Schreibstift zwischen den Fingern. „Das nächste Foto wird sie mehr interessieren“ sagte ich zu ihm. Ich drückte die Fernbedienung und das erste Foto aus der zweiten Höhle erschien auf der Bildwand. Durch die Größe und die brillante Darstellung der LED- Wand erschien der „Mensch“ noch beeindruckender als auf dem kleinen Display des Smartphones. Man sah die Struktur des Stoffes mit dem silbernen Glanz, jede Falte an der Armbeuge des Anzuges, den er trug, jedes hellgraue Haar. Der große längliche Kopf mit dem Metallhut und den Gravierungen erschien noch klarer und schärfer, aber besonders die Haut beeindruckte mich. Ein tiefes Raunen ging durch den Raum und alle sahen auf die Bildwand, auf das Bild eines „Menschen“, den sie vorher in ihrem Leben noch nie gesehen hatten und der wahrscheinlich kein Mensch war. Ich ließ das Bild bewusst stehen, bis sich aus dem Raunen einzelne Fragen formulierten. Man hörte: „das ist ja unglaublich, wer ist das, ist das Foto echt oder es ist kein Inka“ Ich sah den Minister an und fragte: „Weiter?“ Er nickte und wir vertieften uns in die nächsten Fotos. Im Raum war gespannte Stille, die nur durch gelegentliche kurze Fragen oder kleine Bemerkungen gestört wurde. Als wir alle ausgesuchten Fotos gesehen hatten, bat ich noch um kurze Aufmerksamkeit für die Video- Clips. Im ersten Moment sah die Aufnahme den Fotos ähnlich. Als dann die Kamera durch das Zoomen die Einzelheiten des „Menschen noch stärker zeigte, waren alle ganz ruhig und verfolgten mit höchster Konzentration die Aufnahmen. Der letzte Video- Clip zeigte in Großaufnahme das Artefakt, das der „Mensch“ in der Hand hielt und schwenkte dann ganz ruhig zurück zum Gesicht. Ich ließ das letzte Bild stehen und sah in die Gesichter der Anwesenden.

Alle hatten sich zurückgelehnt und atmeten tief und ruhig. Die Gesichter waren angespannt, auch bei Suyana, obwohl sie die Fotos und Video- Clips schon gesehen hatte. Der Minister schaute Xenia und mich an und sagte mit etwas gebrochener Stimme: „Wissen sie eigentlich was sie da gefunden haben? Das ist eine Sensation für die Wissenschaft, Unsinn, für die ganze Welt! Wir werden die Geschichte der Menschheit neu schreiben müssen. Die Menschheit stammt nicht von Adam und Eva ab, sondern ist viel älter als jede Religion“. Er nahm unsere Hände und drückte sie so stark, dass Xenia sie leicht zurückzog und sagte: „Ihre Entdeckung ist nicht nur besonders wertvoll für Peru, sondern sie ist wahrscheinlich der größte Schatz, der je auf der Welt gefunden wurde!“ Xenia sah mich an und ich bemerkte, dass sie leicht errötete bei diesem Kompliment. Ich versuchte die Situation etwas zu entspannen indem ich sagte: „Sie meinen doch bestimmt meine Frau, denn wenn sie nicht in das Loch gefallen wäre, hätten wir den „Menschen“

garantiert nicht entdeckt. Trotzdem muss ich darauf bestehen, in Zusammenhang mit der Entdeckung des „Menschen“ auch genannt zu werden, denn ich habe schließlich das Loch in die zweite Höhle geschlagen und damit erst die Mumie sichtbar gemacht“. Alle lachten und die etwas angespannte Stimmung wich einer lockeren Unterhaltung. „Was müssen wir jetzt tun?“ fragte der Minister und sah zu Ricardo und Suyana. „Ich glaube Geheimhaltung der Entdeckung hat in nächster Zeit hat Priorität. Danach werden wir den Bereich der Höhlen absichern und aus unseren Wissenschaftlern ein Team zusammenstellen“ antwortete Ricardo. „Wir müssen auf jeden Fall verhindern, dass Artefakte und Mumie bis zur endgültigen Bergung berührt bzw. verändert werden. Erst wenn alles untersucht und registriert ist, kann man über eine örtliche Verlagerung des „Menschen“ nachdenken“ ergänzte Suyana. „Wollen wir ein internationales Team von Wissenschaftlern zusammenstellen oder sollen es zunächst nur unsere Wissenschaftler sein?“

fragte der Minister. „Unsere bisherigen Erkenntnisse beruhen lediglich auf unserer Sichtung des „Menschen“ und den Fotos und Videos. Die gesamte Mumie und die weiteren Artefakte in der Höhle konnten wir nicht oder nur teilweise sehen. Um die vermutete hohe wissenschaftliche Bedeutung des Fundes bestätigen zu können, benötigen wir eine kleine Gruppe von international hochrangigen Wissenschaftlern, die entsprechende Schlüsse aus den Untersuchungen generiert. Aber als erstes, glaube ich, benötigen wir eine militärische Absicherung der Fundstelle, um jede Beschädigung oder sogar Diebstahl ausschließen zu können“ sprach Xenia und schaute ernsthaft in die Runde. „Es wäre verheerend, wenn irgendwelche Grabräuber oder religiöse Sekten diesen für die Menschheit bedeutungsvollen Fund zerstören würden“ ergänzte ich die Ausführung von Xenia. „Wann müssen sie wieder nach Deutschland zurück?“ fragte uns der Minister. „Am Ende der Woche“ antwortete ich. „Unmöglich, das geht nicht! Sie werden die nächsten Wochen Gäste des Landes Peru sein und mit uns gemeinsam ihre Entdeckung der Welt präsentieren“ sagte der Minister und ein bestimmendes Lächeln lag auf seinem Gesicht. „Können sie es ermöglichen noch ein paar Wochen in Peru zu bleiben?“ fragte er. Ich sah Xenia an, die mich anlächelte und sagte: „Wir werden versuchen zu bleiben, müssen aber in den nächsten Tagen noch einiges in Deutschland regeln“. Der Minister sah seine beiden Mitarbeiter an und sagte: „Organisieren sie bitte alles, damit unsere Gäste sicher wohnen, sich mit der deutschen Botschaft und mit Deutschland wegen der Verlängerung ihres Aufenthaltes in Verbindung setzen können und binden sie beide in die Vorbereitungen der Untersuchung mit ein. Alles was wir heute in diesem Raum gesehen und gehört haben, unterliegt der Geheimhaltung, deswegen verpflichte ich hiermit alle Anwesende, das Protokoll am Ende unserer Besprechung zu unterschreiben. Für die ersten Schritte bilden wir ein Team, dass wir nach und nach durch kompetente Mitarbeiter und Wissenschaftler erweitern werden. Sind sie damit alle einverstanden?“ Xenia sah mich an und wir beide sagten fast gleichzeitig „Ja“. Nichts anderes hatten wir uns gewünscht. Aus unserer Touristenreise war eine wissenschaftliche Expedition geworden, deren Auswirkungen auf unsere Welt wir noch gar nicht einschätzen konnten. Wir waren Mitglieder eines Teams, das einen „Menschen“ der vor vielen tausend Jahren gelebt hatte und dessen Wurzeln vielleicht in einer anderen Galaxie lagen, der heutigen Menschheit präsentieren durfte. Auch die anderen Anwesenden bejahten die Frage des Ministers. „Um die ersten Schritte zu planen, treffen wir uns morgen 10.00 Uhr in meinem Büro“. Wir standen auf, umarmten uns oder gaben uns die Hand und ahnten in diesem Moment noch nicht, was auf uns zukam. Der Minister und seine Mitarbeiterin verabschiedeten sich und sagte im Gehen: “Denken sie an das Protokoll und ihre Unterschrift“. Wir hatten verstanden. Suyana und Ricardo setzten sich zu uns. Ein Lächeln lag auf ihren jungen Gesichtern und der Ausdruck: „Wir werden es schaffen!“ „Ich freue mich, dass ihr noch in Peru bleibt“ sagte Suyana und ergriff die Hand von Xenia. „Allerdings werden wir etwas weniger Cachina trinken, um alles zu organisieren und ihr könnt nicht so lange schlafen wie sonst“ sagte sie lächelnd. „Mmh, dann reise ich morgen ab“ brummte ich und schubste gegen Suyanas Schulter. „Wehe“, rief Xenia, „ich brauche doch meinen Retter! Wer holt mich denn aus der Höhle, wenn ich wieder reinfalle!“ So ging es eine ganze Weile zwischen uns hin und her, bis ich Suyana fragte: „Was meinte der Minister mit „sicher wohnen…? Das Hotel gefällt uns gut und ich glaube, es ist am unauffälligsten, wenn wir dort als gewöhnliche Touristen wohnen bleiben“. „Zunächst ist das bestimmt möglich, aber später werdet ihr in ein sicheres Hotel der Regierung von Peru umziehen müssen. Irgendwann werden die Journalisten die Absperrungen in der Umgebung von Ocucaje entdecken und recherchieren, welche Personen in letzter Zeit in Ocucaje und Umgebung waren. Dann werden sie die Taxifahrer befragen und da ich Pedro nicht informieren darf, wird er auf die Fragen auch antworten. Wir werden wohl alle unter besonderen Schutz gestellt werden" antwortete Suyana. Ricardo betonte:" Es ist für unsere Sicherheit auch besser!" Ricardo hatte wie Suyana an der Universität in Lima Archäologie studiert, allerdings immatrikulierte er drei Jahre früher. Seinen Master machte er mit Auszeichnungen und wurde dann von der Universität direkt in das Ministerium für Kultur delegiert. Der damalige Minister war ein ehemaliger Professor der Universität und wusste um die Intelligenz von Ricardo. Ein Jahr später, nachdem Ricardo im Ministerium seine Arbeit aufgenommen hatte, musste der schon etwas betagte ehemalige Professor aus gesundheitlichen Gründen das Ministeramt aufgeben. Der neue Minister kannte ebenfalls Ricardo. Er war sein Onkel.

Nach kurzer Zeit kam die Mitarbeiterin des Ministers mit dem Protokoll. Es gab zwei Ausführungen, eine in Spanisch und eine Ausführung in Deutsch. Wir lasen uns die Erklärung und das Protokoll durch, schauten uns an und unterschrieben. Damit waren wir Mitglieder einer Gemeinschaft, die ein großes Geheimnis kannten und es schützen mussten. Wir verabschiedeten uns von der Mitarbeiterin, von Ricardo und gingen mit Suyana zum Ausgang des Ministeriums. Eduardo stand mit seinem Taxi in der Einfahrt und wir fuhren nach der wie immer herzlichen Verabschiedung von Suyana zum Hotel. Während der Fahrt sprachen wir mit Eduardo allgemein über Peru und berührten die Themen wie Ausgrabungen oder Steine von Ica kaum. Im Hotel legten wir uns Beide auf unser Bett und dachten über die nächsten Tage nach. Obwohl wir keine größeren privaten Verpflichtungen in Deutschland hatten, mussten doch einige beruflichen Dinge geregelt werden. „Wie lange werden wir wohl noch in Peru bleiben?“ fragte mich Xenia. „Ich schätze bestimmt vier Wochen, also einen Monat. Wir warten die morgige Beratung ab und informieren dann unsere Arbeitgeber und Bekannten, die auf unser Haus aufpassen“ sagte ich zu ihr. Xenia drehte sich mir zu und flüsterte: „Was habe ich mit meinem Sturz nur angestellt? Wenn ich nicht in das…“. Ich verschloss ihr mit einem Kuss den Mund und vollendete danach den Satz: „dann hätten wir nicht noch vier Wochen Urlaub!“ „Ja“ sagte sie und gab mir den Kuss zurück. „Noch vier Wochen Urlaub…“ murmelte ich so vor mich hin. „Ich glaube, die nächsten Wochen werden wohl kein Urlaub sein“. In diesem Moment dachte ich an den SSD-Speicher, der noch immer in der Seitentasche meiner Jacke lag. Ich nahm diesen aus der Tasche und versteckte ihn in unserem Koffer. Als ich an den Safe trat, sah ich, dass der kleine Papierschnipsel auf dem Boden lag. War es Zufall? Xenia erzählte ich zunächst nichts davon.

Am Abend bummelten wir wie gewöhnliche Touristen auf der Avenida Arequipa zum Meer, spazierten zum „Parque del Amor“ und sahen in der Meeresbucht den Wellenreitern und an der Steilküste vor allem den Paraglidern zu, die mit ihren oftmals mutigen Manövern so nah an die Spaziergänger heranfliegen, dass man sie fast anfassen kann. Irgendwann an diesem Abend landeten wir im „Café de la Paz“, wo sich junge Musiker präsentierten, die mit ihrer Musik die Menschen wie mit einem Magneten anzogen. Wir bestellten uns ein Glas Cachina und einen Pisco Sour und betrachteten das Treiben im Café oder auf der Straße. Xenia hatte sich in Richtung der anderen Café- Gäste gesetzt, als ihr Gesicht plötzlich ernst wurde und sie sagte: „Ich glaube, an dem äußeren rechten Tisch sitzt der gesuchte Mr. Reacher. Kannst du dich noch an die Polizeikontrolle im Hotel beim Frühstück erinnern? Dreh dich nicht sofort um, sondern warte noch einen Moment“. Xenia sah mich an und sagte: „Jetzt“. Ich sah zu dem genannten Tisch auf dem Gläser standen, aber an dem kein Mr. Reacher saß. „An dem Tisch sitzt niemand“ sagte ich zu Xenia. Sie drehte ebenfalls den Kopf in die Richtung und sagte: „…er ist weg, er ist weg“. „Du trinkst mir keinen Pisco Sour mehr…“meinte ich und provozierte sie damit. „Es war der Typ, den sie damals im Hotel gesucht haben, wirklich, glaube es mir. Es war dieser seriös wirkende ältere Herr, der zum Frühstück immer ein paar Tische neben uns saß“. „Ich glaube dir ja“ sagte ich zu Xenia, die sich langsam beruhigte. Trotzdem sahen wir den restlichen Abend in die Runde, um den von der Polizei Gesuchten zu finden. Er aber blieb an diesem Abend wie durch ein Wunder verschwunden. „Was will dieser Typ von uns?“ fragte mich Xenia. Hat er im Hotel unsere Gespräche belauscht? Wir haben doch sehr leise gesprochen“. „Manchmal warst du im Hotel doch schon etwas lauter“ antwortete ich ihr. „Wie meinst du das…? fragte sie, um gleich darauf mir einen kleinen Stoß mit ihrem Ellbogen in die Seite zu geben, aber mich verschmitzt dabei anzulächeln. Wir vermieten es, uns über den Tag im Ministerium und über unsere Entdeckung in der Öffentlichkeit an diesem Abend zu unterhalten. Wir waren ganz normale Touristen, die das wunderschöne Land Peru besuchten und die den warmen Sommerabend genossen. Wir nahmen unsere Smartphones und fotografierten uns gegenseitig, tranken noch einen Pisco Sour und noch einen Cachina und waren froh, dass wir die Verantwortung der Entdeckung mit anderen teilen konnten. Beim Fotografieren hatten wir Grimassen geschnitten und machten uns darüber lustig. Erst später erfuhren wir, dass auf den Fotos meiner Kamera außer Xenia noch andere Personen zu sehen waren, die wir Beide nicht kannten. Die wir aber in den nächsten Wochen noch kennenlernen sollten. Spät am Abend bummelten wir durch die noch sehr belebte Stadt zu unserem Hotel. In unserem Hotelzimmer angekommen sah ich zunächst nach dem kleinen Papierschnipsel in der Spalte vom Safe. Es war alles in Ordnung. Wir duschten kurz und kuschelten uns in unser großes Bett. Das Hotelfenster hatten wir leicht geöffnet, um die frische Nachtluft beim Schlaf einatmen zu können. Xenia suchte meine Hand und kurze Zeit schliefen wir dank dem Cachina und Pisco Sour tief und fest.

Irgendwann in der späten Nacht öffnete ich die Augen und sah einen übergroßen Schatten an der Wand, der die Figur eines Mannes nachzeichnete. Dieser beugte sich über unsere Koffer, öffnete diese und entnahm die Kameras als auch den SSD- Speicher. All unsere Beweise über den Fundort des „Menschen“ hatte er in der Hand. Diese sollte er aber nicht bekommen. Ich richtete mich vorsichtig auf, drehte mich zum Lichtschalter, schaltete damit den großen Deckenleuchter ein und schrie laut „Halt!“ Das Licht flutete den Raum und ich sah nichts! Keinen Mann, der an den Koffern hantierte und unsere Kameras in der Hand hielt und keinen der uns bestehlen wollte. Ich hatte geträumt, aber so realistisch, wie man es wohl selten erlebt. Xenia hatte ich mit meinem Schrei aufgeweckt. Sie blinzelte mich an und fragte schlaftrunken: “ist irgendwas?“ „Nein, schlaf weiter, ich hatte nur einen Traum“ antwortete ich und löschte das Licht des Deckenleuchters. „Was hast du denn geträumt?“ fragte mich halbschlafend Xenia. „Ich erzähle es dir morgen“ beruhigte ich sie und eine Minute später hörte ich ihre tiefen Atemzüge. Zur Sicherheit sah ich noch auf mein Smartphone, welche Weckzeit zu sehen war. Ein paar Minuten später schlief auch ich wieder tief und fest.

Eine leise Musik mit einem unterschwelligen Plätschern von Wasser weckte uns. Ich drehte mich zu Xenia, um noch ein paar Minuten an ihrer Seite zu schlummern. Da das Smartphone die Weckmusik in einem gewissen Zeitabstand wiederholte, war ich mir sicher, nicht zu verschlafen. Auch sie mochte kein schnelles Aufstehen, sondern mehr ein sanftes Gleiten aus der Schlafphase in die Realität. Manchmal mussten wir uns Beide mehrmals auffordern, nun endlich aufzustehen. Ich hätte es schrecklich gefunden, wenn Xenia eine

Frühaufsteherin wäre, die mit dem Klingeln des Weckers aus dem Bett springt und noch im Sprung schon die ersten Sportübungen macht. So kuschelten wir uns noch eine Weile an uns, brummten und summten noch etwas, um dann ruhig in das Bad zu gehen. Meist ließ ich Xenia den Vortritt und konnte so noch einige Minuten im Bett bleiben. Heute war es etwas anders. Wir rollten uns Beide aus dem Bett und gingen getrennte Wege. Der Eine ging ins Bad, der Andere in eine vom Bad getrennte Toilette. Irgendwann trafen wir uns dann wieder.

Vor dem Frühstück entnahm ich noch unseren Kameras die beiden SD- Speicherkarten und legte diese mit dem SSD- Speicher in eine verschließbare Plastiktüte. Diese Tüte steckte ich in meine Jackentasche und verschloss den Safe. In die Lücke zwischen Gehäuse und Safe- Tür kam wieder ein kleines Stück Papier. Mal sehen ob es ein Zufall war, dass der kleine Papierschnipsel beim ersten Mal auf den Boden lag oder ob da wirklich jemand den Safe geöffnet hatte, allerdings ohne Erfolg.

Die Beratung

Als wir gerade frühstückten rief Suyana an. Sie wünschte uns einen guten Morgen und sagte: „Eduardo steht heute mit seinem Taxi nicht direkt vor dem Hotel. Geht bitte rechts in die kleine Seitenstraße und steigt erst dort in das Taxi. Sollte euch jemand folgen, so lauft ihr einfach am Taxi vorbei und sucht euch einen Hauseingang der offen ist. Dort wartet ihr, bis die Person vorbei ist und geht dann zum Taxi zurück. Alles Weitere erfahrt ihr später. Ach so, Peter, bringe bitte den SSD- Speicher mit. Ihr müsst den Vortrag noch einmal halten. Gute Fahrt und bis gleich“. Ich erzählte Xenia was uns Suyana geraten hatte und schaute mich dabei im Restaurant unauffällig um. Der seriöse freundliche ältere Herr, Mr. Reacher, war nicht da. An seinem Tisch saßen zwei Männer, die wahrscheinlich Geschäftsleute waren, denn sie gestikulierten ziemlich laut. So wie die zwei benimmt sich kein Spitzel, Beobachter oder Krimineller. Höchstens das Ehepaar schräg gegenüber könnte sich für uns interessieren, denn der Mann sieht ab und zu mal zu uns rüber. Aber vielleicht interessiert ihn auch nur Xenia, die sich heute besonders hübsch die Haare gemacht hatte. Irgendwie erinnerte mich ihre Frisur an unsere ersten Treffen. Für einen „Pferdeschwanz“ waren ihre Haare zu kurz, so dass sie diese zu einem kurzen Haarbüschel gebunden hatte, die frech in alle Richtungen standen und trotzdem eine Frisur ergaben. Xenia musste meinen Blick bemerkt haben und fragte lächelnd: „Ist was…?“ „Nein“ antwortete ich, „deine Frisur gefällt mir heute ganz besonders“. Sie liebte ab und zu so kleine Komplimente und ich gab mir alle Mühe, dieses nicht zu vergessen. Da wir zum Frühstück unsere Taschen und Jacken schon dabeihatten, verließen wir das Hotel, ohne noch einmal in das Hotelzimmer zu gehen. Beim Verlassen des Zimmers bemerkte ich wieder die Hotelangestellte, die mit dem Staubsauger die Teppiche reinigte. Seltsam, dachte ich, warum reinigt sie jeden Tag den gleichen Teppich und sieht uns nicht an. Auch mal grüßen könnte sie uns. „Warum soll sie jeden Gast grüßen“ entgegnete mir Xenia, nachdem ich sie darauf aufmerksam gemacht hatte. Wir verließen das Hotel und spazierten langsam in Richtung der Seitenstraße. Keiner folgte uns, so dass wir am Taxi angekommen einstiegen und uns Eduardo zum Ministerium fuhr. Ich hatte allerdings den Eindruck, dass er nicht die gleichen Straßen wie am Vortag fuhr. Als ich ihn fragte, sagte er nur: „Suyana wird euch alles erklären“. Als wir an einer roten Straßen- Ampel halten mussten, schob sich langsam auf der rechten Seite ein dunkler Ford an die Haltelinie. Seltsam, dachte ich, denn im Wagen fuhren die beiden Männer aus dem Hotel- Restaurant. Zufall oder Absicht? Xenia hatte es nicht bemerkt und ich sagte ihr es auch nicht. Die Ampel wurde grün und der Ford ließ sich langsam zurückfallen. Er blieb immer eine Autolänge neben uns. Erst als wir kurz vor dem Ministerium waren, bog er in eine Seitenstraße ab. Vielleicht waren es doch Geschäftsleute, die in den Bereichen des Ministeriums irgendwelche Besprechungen hatten. Nach der Eingangskontrolle fuhr uns Eduardo direkt vor den Eingang, wo uns Suyana schon erwartete und uns zuwinkte. Wir verabschiedeten uns von Eduardo und begrüßten unsere kluge Studentin. „Da wir noch etwas Zeit haben, können wir uns doch die Artefakte in den Vitrinen in der Eingangshalle ansehen“ sagte ich zu Suyana. „Leider geht das nicht“ sagte sie. „Wir müssen etwas mit euch besprechen, was sehr wichtig ist“. Als wir den Aufzug verließen erfolgte die übliche Sicherheitskontrolle. Danach gingen wir in einen anderen Besprechungsraum, wo uns Ricardo begrüßte. Der Raum wirkte seltsam nüchtern. Die Türen waren stark abgepolstert und um den großen Tisch standen keine Sessel, sondern moderne, aber bequeme Stühle. Wir setzten uns an den Anfang des Tisches, wobei der Frontstuhl wahrscheinlich für den Minister frei blieb. Wie wir später von Ricardo erfuhren war es ein abhörsicherer Raum. Suyana bat uns, unser Smartphone auszuschalten und in eine Metallschachtel zu legen. Xenia schaute mich fragend an und ich nickte ihr zu. „Ihr habt euch bestimmt beim Frühstück gewundert, dass ich euch schon am Morgen Hinweise gebe, wie ihr euch verhalten sollt. Nicht ohne Grund ist Eduardo heute auch einen anderen Weg als sonst gefahren. Der Wagen neben euch gehörte auch zu den Sicherheitsmaßnahmen, die der Minister kurzfristig noch gestern Abend anordnete". Also hatte mich mein Gefühl doch nicht betrogen. Vielleicht gehörte auch die Reinigungskraft im Hotel dazu? Ricardo klärte uns weiter auf: „Im Hotel saß neben euch im Restaurant ab und zu mal ein seriöser älterer Herr, der euch zulächelte und euch begrüßte. Eines Morgens gab es eine Polizeikontrolle, wo dieser Mr. Reacher gesucht wurde. Er aber war nicht anwesend. Gestern Abend saß er im gleichen Restaurant wie ihr, nämlich im „Café de la Paz". Wahrscheinlich habt ihr ihn nicht wahrgenommen, denn an diesen Abend wurde er von unseren Sicherheitskräften verhaftet.

„Doch, ich habe ihn nur kurz gesehen und als ich Peter auf ihn aufmerksam machte, war er weg“ antwortete etwas laut Xenia. „Mr. Reacher, wie er sich nennt, ist ein mexikanischer krimineller Händler für alte peruanische Artefakte, die er illegal aus dem Land schmuggelt und zu hohen Preisen an Sammler aus der ganzen Welt verkauft“ führte Ricardo fort. „Bisher konnten wir diesen Mr. Reacher noch nicht verhaften, da nicht genügend Beweise und Zeugen für einen Gerichts- Prozess zur Verfügung standen. Jetzt aber hat sich ein Zeuge bereit erklärt, gegen ihn auszusagen. Er hatte von diesem Mr. Reacher auf einer Aktion für sehr viel Geld zwei Artefakte gekauft, wobei sich ein Artefakt als Fälschung herausstellte. Wie er auf euch aufmerksam wurde, wissen wir noch nicht genau. Wahrscheinlich hat er den Taxifahrer Pedro in Ica kennengelernt und in ein Gespräch verwickelt. Dieser hat ihm dann bestimmt von den verrückten Touristen erzählt, die er auf ein Feld fahren musste, weil sie nach Steinen suchten". In diesem Moment fiel mir wieder die Reinigungskraft im Hotel ein. Ich erzählte Ricardo meine Beobachtungen und meine Bedenken betreffs der Sicherheit des Hotel-Safes. „Wo sind die Speicherkarten und der SSD- Speicher jetzt?" fragte er etwas nervös. „Diese habe ich bei mir" antwortete ich ihm und merkte, wie er ruhiger wurde. „Sehr gut" meinte er. „Wir können euch leider nicht mehr in diesem Hotel wohnen lassen. Nach der Besprechung mit dem Minister hat er angeordnet, dass ihr in ein sicheres Hotel der Regierung umzieht. Wir werden Euch begleiten und uns um alles Weitere kümmern. Die Reinigungskraft in eurem Hotel werden wir überprüfen lassen. Vielleicht ist sie von Mr. Reacher beauftragt wurden, euren Safe und eure Koffer zu durchsuchen, ob ihr irgendetwas Wertvolles gefunden habt. Ricardo sah Xenia und mich an und sagte: " Euer Leben wird sich in den nächsten Wochen solange ihr in Peru seid, verändern. Ihr müsst euch daran gewöhnen, dass immer jemand in eurer Nähe für eure Sicherheit sorgt. Wenn sich unsere gemeinsamen Vermutungen betreffs des „Menschen“ bestätigen, dann wird es auch in Deutschland nicht anders sein“. Ich schaute Xenia an und wir beide holten tief Luft. „Was so ein Fall in ein Loch so alles bewirken kann“ sagte lächelnd Xenia und wir antworteten Beide: „Wir haben verstanden“.

Die schwere gepolsterte Tür öffnete sich und der Minister sowie weitere Personen inklusive seiner persönlichen Mitarbeiterin betraten den Raum. Sie verteilten sich um den Tisch und nickten uns freundlich aber auch interessiert zu. Da der Minister direkt neben uns saß, gab er uns die Hand und sagte: “Ich freue mich sie zu sehen“. Er räusperte sich etwas und plötzlich war es ruhig im Raum. Alle Anwesenden sahen ihn an und warteten auf seine Worte. „Nachdem sie sich vorgestellt haben, möchte ich ihnen zunächst unsere deutschen Gäste vorstellen und dann zu den Punkten kommen, die wir in den nächsten Tagen unter größter Geheimhaltung abarbeiten müssen. Wir werden ihnen Dokumente zeigen, die sie noch nie gesehen haben. Sie werden Zeugen einer Entdeckung, die wahrscheinlich unsere Welt nachhaltig verändern wird“. Der Minister sah zu dem ersten verantwortlichen Mitarbeiter, der für Ausgrabungen in ganz Peru zuständig war. Er stellt kurz seinen Verantwortungsbereich vor und übergab an den nächsten Chef, der für Sicherheit zuständig war und der uns bat, nach der Besprechung auf ihn zu warten, um noch einige Dinge zu klären. Nachdem der letzte der anwesenden verantwortlichen Mitarbeiter seine Zuständigkeit uns erklärt hatte, bat uns der Minister, die Fotos und Videos von unserer Entdeckung noch einmal zu präsentieren. Ich sah Suyana und Ricardo an und bemerkte, dass Ricardo schon den Anschluss für den SSD- Speicher in der Hand hielt und auf den Knopf einer Fernbedienung drückte. Daraufhin teilte sich eine Wand und es kam eine große LED- Fläche zum Vorschein, die noch größer war, als die am Tag zuvor. Die Beleuchtung ging in der Helligkeit sanft zurück. Ich schloss die SSD an, suchte das letzte Bild von der ersten Höhle, die anderen Bilder der ersten Höhle ließen wir aus Zeitgründen weg, und schaute Xenia an, die mit einer kleinen Einführung über ihren Sturz in die Höhle begann. Als sie erklärte, dass wir später die Wände der ersten Höhle abtasteten bzw. abklopften und dadurch ein Loch erzeugten, dass uns in die zweite Höhle sehen ließ, präsentierte ich das erste Bild des „Menschen". Wir ließen dieses Foto stehen und wie bei der ersten Präsentation ging ein Raunen durch den Raum und Worte wie: „Unglaublich, phantastisch, wer ist das, sieh dir den Kopf an" und viele mehr. Langsam blendete ich das nächste Foto ein. Es zeigte den Kopf größer und den mit Gravuren verzierten Hut, der den langen Schädel umschloss. Wieder folgten erstaunte Ausrufe der Anwesenden. Nach und nach zeigten wir alle ausgewählten Fotos und Videos. Nach dem letzten Video- Clip zeigte ich noch einmal das erste Bild des „Menschen" und ließ es auf der LED- Fläche stehen. Alle schauten gespannt auf das Bild und versuchten diverse Details zu erkennen und zu deuten. Es vergingen mehrere Sekunden bis der Minister sich räusperte und lächelnd fragte: „Gibt es Fragen?“ Alle Augen wendeten sich uns zu und ein Sturm von Worten wehte uns entgegen. „Ja, ja, das Temperament der Südamerikaner…“ dachte ich in diesem Moment. Der Minister klopfte mit seinem silbernen Stift auf den Tisch und plötzlich verstummte der Orkan von Worten. Er zeigte auf den Chef für archäologische Ausgrabungen, der die erste Frage stellen durfte. Nach etwa dreißig Minuten hatten wir fast alle Fragen beantwortet. Der Minister bat um eine kurze Pause, da er zu einem Telefonat gerufen wurde. Wir verließen den Raum, um im Vorraum etwas zu trinken und uns zu entspannen. Besonders ein roter Tee zog mich an, den wir schon mehrmals getrunken hatten. Er wächst unter der Sonne Südamerikas und nennt sich „Rooibos- Tee“. Ich füllte zwei Gläser mit dem kühlen roten Tee und gab Xenia eines davon. Sie mochte den

Tee genauso wie ich, weil er leicht süßlich und sehr wohlschmeckend ist. Wir stellten uns zu Suyana und Ricardo, die gerade miteinander flirteten und fragten Suyana: „Wollen wir heute wieder einmal einen Cachina trinken wie in Ica?“ Sie lachte und antwortete: „Das wird wohl so unbeschwert nicht mehr möglich sein. Ihr seid jetzt V.I.P. (*very important person*), die einen besonderen Schutz unterliegen. So einfach durch die Stadt bummeln und hier und dort einen Cachina oder Pisco Sour trinken, wird wohl nicht mehr möglich sein“. Xenia sah mich traurig an und sagte: „warum bin ich bloß in dieses blöde…“. Ich legte meinen Arm um sie gab ihr einen kleinen Kuss auf die Wange. „Ich danke dir, dass du die Höhle entdeckt hast und dass ich jetzt mit einer berühmten Frau verheiratet bin“. Xenia schmollte noch etwas und hoffte aber, dass uns die Sicherheitsverantwortlichen nicht ganz unsere Freiheit nehmen. Ihre Befürchtungen wurden glücklicherweise nicht bestätigt, so dass wir an den Abenden doch noch unseren Cachina und

Pisco Sour trinken konnten, allerdings unter dem Schutz von fast unsichtbaren Sicherheitsmitarbeitern.

Als wir wieder in den Raum gingen, kam gleichzeitig der Minister von seinem Telefongespräch zurück. In der Zwischenzeit hatten seine Mitarbeiter in einer groben Planung die Aktivitäten für die kommenden Tage niedergeschrieben. Bereits am nächsten Tag sollte der Fundort auf der Grundlage unserer GPS- Daten gesichert werden. An den zwei weiteren Tagen wollte man Fahrzeuge und wissenschaftliche Geräte in dieses Gebiet bringen, um am vierten Tag mit der Untersuchung zu beginnen. Der Mitarbeiterstab sollte so klein wie möglich gehalten werden, um die Sicherheit der Fundstätte als auch der Mitarbeiter garantieren zu können. Als Eingang zu den beiden Höhlen wollte man zunächst die Öffnung benutzen, in die Xenia gefallen war. Mit moderner Drohnen- Technik, die man schon bei der Suche nach neuen Nasca- Linien eingesetzt hatte, sollten weitere Höhlen in der

Umgebung gesucht werden. Durch das Loch, was wir versehentlich verursacht hatten und dass uns Sichtzugang zur Höhle zwei ermöglichte, sollten zunächst ferngesteuerte Klein- Kameras mit höchster Bildqualität geschoben werden, um zu untersuchen, ob diese Wand weiter geöffnet werden kann oder ob man wichtige Zeichnungen oder Steinbilder, die sich auf der Wand befinden, zerstört. Die Anzahl derer, die in den Höhlen arbeiten, sollte nicht mehr als vier Personen betragen. Als Entdecker des „Menschen“ und zur ersten Besichtigung durften wir, Xenia und ich, dabei sein. Als sie das hörte, nahm sie meine Hand und drückte sie so stark, dass ich Schmerzen verspürte. Aber was sind schon diese Schmerzen gegen die Nachricht, dass wir Beide bei der Öffnung der Höhle zwei direkt dabei sein durften. Nach all den Meinungen der anwesenden Spezialisten war auf der Grundlage der Fotos und Videos immer noch nicht klar, ob es sich um einen Menschen, einem Menschen aus einer früheren Epoche der Erde oder um einen Außerirdischen handelt. Alle Fotos und Videos ließen die Antwort offen. Die Koordination der für die nächsten Tage notwendigen Aktivitäten war abgeschlossen. Der Minister beendete die Besprechung und bat uns und den Sicherheitschef mit in sein Büro zu kommen. Dort angekommen setzten wir uns in bequeme Sessel und bekamen einen kalten, roten Rooibos- Tee. „Sie gehören zu den wichtigsten Personen, die wir zurzeit als Gäste in Peru haben“ begann der Minister. „Ihr Hotel ist wunderschön, ich liebe es auch, aber sie müssen in eine sichere Unterkunft der peruanischen Regierung umziehen. Der Sicherheitschef und Ricardo haben bereits alles vorbereitet und Suyana wird sie begleiten. Dass ihre Sicherheit gefährdet ist, sehen sie daran, dass wir bereits eine Person der internationalen Archäologie- Mafia verhaften mussten. Sie werden später von diesen Zusammenhängen erfahren. Zunächst bitte ich sie, unseren Anweisungen Vertrauen entgegen zu bringen.

Wenn es sich bestätigt, dass dieser „Mensch“ aus einer anderen Zeit kommt oder aus einer anderen Galaxie, dann wird sich die Geschichte der Erde verändern. Konservative Wissenschaftler und besonders die Vertreter der Religionen werden Jagd auf sie machen und versuchen, ihre Entdeckung zu vernichten. Diese Beweise müssen mehr als beschützt werden. Wir arbeiten derzeitig an einer Konzeption, um den „Menschen“ und seine Artefakte in einem neuen Sicherheitsmuseum, welches gerade fertig gebaut wurde, ausstellen und damit der Öffentlichkeit präsentieren zu können. Wir werden mit modernster Lasertechnik die Höhle aus der Erde schneiden und sie mit dem „Menschen“ in das Sicherheitsmuseum transportieren“. Der Minister schien von den Ideen seiner Mitarbeiter begeistert und war sichtlich erregt, als er über die Ausstellung des geheimnisvollen „Menschen“ sprach. Im Hintergrund sah er wahrscheinlich nicht nur die außerordentliche Bedeutung für die Wissenschaft und für sein

Land, sondern auch die große Anzahl der Touristen, die nach Peru strömen würden, um die sensationelle Entdeckung zu sehen. „Bevor sie aber den Raum verlassen, bitte ich sie, ihre digitalen Speicher mit den Beweisen uns zu übergeben. Ich weiß, es ist ihr Eigentum und soll es auch bleiben. Aber die Sicherheit der Speicher ist bei ihnen nicht mehr gewährleistet. Ein kleiner Überfall und schon wären die Dokumente in der Hand von Kriminellen oder Gegnern. Unser Rechtsbereich hat entsprechende Übergabe- Unterlagen in Deutsch ausgearbeitet, die sie zur Kenntnis nehmen sollten und mit ihrer Unterschrift bestätigen müssen. Wenn sie unser Land verlassen, werden sie ihr Eigentum zurückerhalten. Ich hoffe, sie sind damit einverstanden“. Er lächelte uns an und erwartete eine Antwort. Ich sah Xenia an und sie mich und wir verharrten Sekunden in dieser Stellung. „Wenn sie noch Bedenken haben, dann sagen sie es uns“ hörte ich den Minister sprechen. „Nein, wir haben keine Bedenken.

Natürlich erhalten sie zur Sicherheit und Auswertung unsere digitalen Speicher. Wir sind an der Lösung des Rätsels der Entdeckung genauso interessiert wie sie“ sagte ich und Xenia bejahte diese Aussage. „Der einzige Wunsch, den wir haben ist, bei der Öffnung der zweiten Höhle den „Menschen“ direkt gegenüber zu stehen und ihn betrachten und fotografieren zu dürfen“. Beide sahen sich an und der Minister antwortete „Der Wunsch wird erfüllt“. Wir standen auf und gaben uns die Hände, wie als wenn sich Freunde verabschieden. Der Sicherheitschef führte uns in einen anderen Raum, wo Suyana und Ricardo auf uns warteten. Auf dem Tisch lagen die Papiere zur Übergabe unserer digitalen Speicher zur Auswertung und zeitweisen sicheren Verwahrung an die Regierung von Peru. Wir setzen uns in zwei Sessel nebeneinander und begannen die Verträge zu lesen. Bestimmt hatte die ältere Mitarbeiterin vom Minister, die ein perfektes Deutsch sprach, daran mitgearbeitet, denn wir fanden nur eine

Formulierung, die geändert werden musste. „Alle Foto- und Videorechte des Original-Materials auf den digitalen Speichern verbleiben beim Eigentümer“. Ansonsten war der Vertrag korrekt. Ricardo ließ nach der Zustimmung des Ministers die Änderung einfügen und wir unterschrieben die Verträge. Schweren Herzens übergab ich die digitalen Speicher und ließ mir die Übergabe auf unserem Vertrag unterzeichnen.

Im Hotel

Anschließend fuhren wir mit Suyana in einer schwarzen Limousine der Regierung zu unserem Hotel. Neben oder hinter uns waren wieder die zwei Männer, die uns schon auf der Hinfahrt begleitet hatten. Sie würdigten uns keinen Blick. Nur als Xenia mit ihren Fingern ein leichtes Zeichen gab, lächelte der Fahrer kurz, aber nur kurz. Im Hotel gingen wir sofort auf unser Zimmer. Es war bereits aufgeräumt und wir begannen unsere Koffer zu packen. Plötzlich fiel mir der Safe ein. Ich bat Suyana mich zum Safe zu begleiten und erklärte ihr kurz weshalb. Wir betrachteten beide den Safe und tatsächlich fehlte wieder der kleine Papierschnipsel, den ich in die Lücke zwischen Safe- Tür und Rahmen gesteckt hatte. Später erfuhren wir, dass der Sicherheitsdienst die ältere Reinigungskraft verhaftet hatte. Sie sollte für ein paar Dollar im Auftrag von Mr. Reacher den Safe nach digitalen Speichern durchsuchen. Sie hatte Pech, denn diese hatten wir ständig bei uns. Die Koffer waren schnell gepackt und im Safe hatten wir nur ein paar kleine unbedeutende Dinge, die auch alle noch vorhanden waren. In der Hotelhalle unseres Grand- Hotels begegneten wir wieder der Praktikantin aus München. Wir verabschiedeten uns und wünschten ihr noch eine gute Zeit in Peru. Wahrscheinlich nahm sie an, dass wir wieder zurück nach Deutschland reisten. Die Mitarbeiterin an der Rezeption wurde nur kurz von Suyana informiert. Als sie zurück kam sagte sie nur: "Alles erledigt". Unsere Fahrt ging in den Südwesten von Lima, wo wir in ein kleines Hotel am Rande eines Parks einzogen. Das Hotel lag selbst in einem kleinen Park und war für Regierungsgäste vorgesehen. Uns empfing eine kühle moderne Architektur, die zwar zweckmäßig aber wenig interessant war. Im Außenbereich wurden wir von mehreren Kameras begleitet, die die weiteren Sicherheitsmaßnahmen auch im Hotelinneren ergänzten. Man hatte uns eine Lodge im ersten Stockwerk gegeben, die für uns zwei ausreichend war. Der Blick vom relativ großen Balkon ging direkt auf den Park, den wir aber zunächst nicht betreten sollten. „Schade“ sagte ich zu Xenia, „nun haben wir so eine schöne Aussicht und dürfen sie nicht genießen“. Suyana wies uns darauf hin, dass das Hotel einen sehr schönen ruhigen und grünen Wintergarten hat, den wir jederzeit nutzen können. „Ihr werdet die nächsten beiden Tage noch in Lima verbringen müssen. Am dritten Tag reisen wir zusammen nach Ica. Am vierten Tag fahren wir mit den archäologischen Spezialisten in den Morgenstunden zu der Fundstätte. Dann werdet ihr persönlich in die Erforschung des „Menschen“ mit einbezogen. Ich beneide euch!“ sagte Suyana. Xenia und ich umarmten sie und ich sagte zu ihr: „Du wirst bald unsere Stelle einnehmen. Dann beneiden wir Dich!“. Suyanas Augen wurden feucht und sie antwortete: “Ich muss zurück. Ihr könnt das Hotel verlassen, aber nur in Begleitung. Wendet euch bitte an die Mitarbeiter der Rezeption, sie werden euch betreuen. Lasst eure Smartphons bitte eingeschaltet, damit wir euch jederzeit erreichen können. Die nächsten beiden Tage könnt ihr euch noch Lima ansehen, allerdings fahren wir am dritten Tag gegen 14.00 Uhr nach Ica. Denkt bitte daran. Falls ihr mich nicht erreichen könnt, sende ich euch noch die Nummer von Ricardo. Bis bald“ und Suyana verabschiedete sich mit einer kurzen Umarmung. Als sie das Zimmer verlassen hatte, sah ich zu Xenia, die ihren Koffer auspackte. „Was wird uns in den nächsten Tagen alles erwarten?“ fragte ich sie. „Es werden Tage sein, die wir nie mehr in unserem Leben vergessen werden“. Ich ging zu ihr, umarmte sie und sagte: „Ich hoffe, es wird so sein“.

Den Rest des Tages verbrachten wir in unserem neuen Hotel. Der Wintergarten war relativ groß und wirklich sehenswert. Elegante Möbel im spanischen Stil und große grüne Palmen luden zum Verweilen ein. Und wir waren in diesem kleinen Paradies die einzigen Gäste. Man hatte uns einen WiFi- Gastzugang gegeben und so konnten wir unseren

Bekannten per Mail mitteilen, das sich unsere Abreise aus Peru noch verzögert. Einen Grund gaben wir nicht an. Sowohl Xenia als auch ich schalteten bei unseren Smartphons und dem Notebook nach der kurzen Nachricht WiFi wieder aus. Ganz ausschalten konnten wir die Smartphons nicht, da wir ja für Suyana und Ricardo erreichbar sein mussten. Ansonsten gab es alles, was wir uns wünschten, sogar ein Glas Cachina für Xenia und einen Cappuccino für mich. Auf das Notebook hatte ich einen Teil der Fotos kopiert, die wir vor der Fahrt nach Ocucaje gemacht hatten. Bei der Ansicht der Fotos sah ich die Aufnahmen von den Steinen, die ich vorher in Lima und in Cusco gekauft hatte. Auch die Aufnahmen aus dem Museum von Dr. Cabrera waren dabei. Ich sah mir langsam die Fotos aus Dr. Cabreras Museum an und stoppte plötzlich die Fotoshow. Auf einen Stein, den ich aufgenommen hatte, war ein Mensch zu sehen, der wie unser „Mensch" einen großen langen Hut auf dem Kopf trug. Ich schloss das Notebook und sagte zu Xenia: „ich möchte jetzt auf unser Hotelzimmer gehen, weil ich dir was zeigen möchte“ und deutete dabei leicht auf die Kameras, die auch im Wintergarten vorhanden waren. Xenia hatte verstanden und wir verließen den Wintergarten. Da wir nicht wussten, wo in unserem Hotelzimmer Kameras versteckt waren, nahmen wir ein großes Duschhandtuch und deckten damit unsere Köpfe und gleichzeitig das Notebook ab. Ich klappte den Bildschirm auf und eine Sekunde später sahen wir auf dem Screen das Foto, dass mich etwas verwunderte. Auch Xenia war überrascht und flüsterte mir zu: „Wo hast du das Foto aufgenommen?“ „Es ist aus der Sammlung der Steine von Dr. Cabrera. Aber sieh dir doch einmal die Ähnlichkeit der Darstellung mit dem „Menschen“ an. Es sind die gleichen Gravuren auf dem Hut und es ist das gleiche Profil der seitlichen Ansicht des Kopfes“. Xenia zoomte die Ansicht größer. „Das bedeutet“, sagte sie, „dass derjenige, der den Stein modelliert hatte, diesen „Menschen“ kannte und der Stein in der

Sammlung von Dr. Cabrera echt ist. Hast du noch weitere Aufnahmen von diesem Stein?“ Wir sahen uns Fotos vor bzw. hinter der Aufnahme an, konnten aber ähnliche Aufnahmen nicht mehr finden. Mit hochroten Gesichtern tauchten wir unter dem Handtuch auf und ich hielt den Zeigefinger vor den Mund, was so viel bedeutete wie „z. Z. nicht mehr sprechen“. Auf meinem Smartphone startete ich einen Musik- Stream mit unserer Lieblingsmusik und stellte die Lautstärke ziemlich laut. Wir beugten uns einander zu und flüsterten uns ins Ohr. „Wir müssen es Suyana sagen, damit der Stein sichergestellt wird“ sagte ich in Xenias Ohr. Sie nickte und rief mit ihrem Smartphone Suyanas Nummer an. Suyana meldete sich sofort und Xenia fragte sie: „Hast Du Zeit mit uns morgen zu frühstücken?“ Diese Frage war zwischen uns eine Vereinbarung, die so viel hieß wie: wir müssen Dich dringend sprechen. Sie zögerte einen Moment und fragte dann: „im Hotel so gegen 10.00 Uhr?“ „In Ordnung“ antwortete

Xenia und wünschte ihr noch einen schönen Abend.

„Hast Du noch Lust in den Sonnenuntergang zu bummeln?" fragte ich Xenia. Sie sah mich lächelnd an und sagte: "Es ist schon spät. Lass uns lieber die Küche in unserem neuen Hotel erkunden und dann ein wenig kuscheln". Ihr verschmitztes Lächeln verriet mir, dass sie es ernst meinte. Ich umarmte sie, gab ihr einen kleinen Kuss und sagte leise „einverstanden". Das Essen, das wir im Wintergarten einnahmen, war vorzüglich. Die Gäste in einem Regierungshotel werden, zumindest was die Speisen betrifft, schon richtig verwöhnt. Wir genossen die vorzüglichen Speisen und die Ruhe, die es nur im Wintergarten gab, als plötzlich neue Gäste kamen. Es war nur eine kleine Gruppe von 5 Personen, die sich aber laut und temperamentvoll unterhielten. Der Sprache nach waren es Brasilianer, die unsere Ruhe störten. Xenia sah mich an und sagte: „lass nach oben gehen…". Nichts lieber als das, dachte ich mir. Wir tranken den Rotwein aus unseren Gläsern aus und schlenderten durch den Wintergarten in Richtung Aufzug. Im Hotelzimmer angekommen, füllte eine Stehlampe mit ihrem warmen Licht den Raum. Ich griff nach Xenias Hand und zog sie in das Nebenzimmer, in dem zwei große Betten standen. Wir ließen uns auf diese fallen. Meine Lippen suchten die roten, feuchten Lippen Xenias. Keiner von uns dachte mehr in diesen Moment an den „Menschen“ oder die „Steine von Ica“. Uns überkam die unendliche Sehnsucht nach Vereinigung. Eine Sehnsucht, die schon Jahrtausende zwischen Mann und Frau existiert und die es weitergeben wird, solange Menschen leben.

Der Beweis

Am Morgen des nächsten Tages hatte ich das Foto aus der Steinsammlung von Dr. Cabrera auf mein Smartphone kopiert und konnte es über den WiFi- Gastzugang auf einen Drucker an der Rezeption in Farbe ausdrucken. Das Papier des Druckers war zwar kein Fotopapier, aber die Qualität war ausreichend, um alle Details zu erkennen. Keiner der Mitarbeiter der Rezeption bekam das Foto zu Gesicht da der Raum, indem sich der Drucker befand, ein kleiner Nebenraum war. Nach dem Druck bedeckte ich die Oberseite des Fotos mit einer Leerseite und ging zum Frühstück in den Wintergarten. Xenia war vorausgegangen und hatte die Bestellung bereits aufgegeben. Auf dem Tisch stand schon ein Glas mit frischem Guave- Saft, der gekühlt getrunken sehr schmackhaft ist. „Hat sich Suyana schon gemeldet?“ fragte ich Xenia. Sie schüttelte den Kopf. In diesen Moment öffnete sich die Tür und Suyana kam herein. Sie sah sich suchend um, erblickte uns und ging mit einem Lächeln auf uns zu. Wir begrüßten uns und Suyana sah uns fragend an. „Hast du schon gefrühstückt?“ fragte Xenia. „Nein, aber wollt ihr mir nicht erst einmal erzählen, was es Neues gibt?“ „Du wirst gleich alles erfahren, aber zunächst solltest Du frühstücken“ sagte ich zu ihr und winkte den Kellner heran. Suyana war wie unsere Tochter und hörte natürlich auf ihre „Eltern“. Beim Frühstück erzählten wir ihr die Geschichte mit dem Foto. Als sie es sah, war sie wie wir von der Gleichheit beeindruckt. „Also gibt es unter den Steinen von Ica doch Originale die tausende von Jahren alt sind und nicht nur Fälschungen. Wir müssen den Stein so schnell als möglich sicherstellen. Habt ihr noch mehr Fotos gefunden?“ fragte sie. „Leider nicht, aber wir haben auch nicht alle Steine im Museum von Dr. Cabrera fotografiert. Bei der großen Anzahl von Steinen, die er gesammelt hat, gibt es bestimmt noch welche mit ähnlichem Motiv, die wir aber nicht gesehen haben“. In diesem Augenblick fielen mir unsere Steine ein, die ich gekauft bzw. die wir in der Höhle gefunden hatten. Sie lagen noch immer in meinem Koffer. Aber an ein ähnliches Motiv wie auf dem Foto konnte ich mich nicht erinnern. Als der Kellner an unseren Tisch kam, verdeckte Suyana schnell das Foto, damit er es nicht sehen konnte. „Könnt ihr euch noch erinnern, wo bzw. an welchem Regal ihr die Aufnahme gemacht habt?“ fragte sie. „Nein“ sagten wir beide fast gleichzeitig. „Aber die Exif-Daten könnte ich auslesen. Dann erhalten wir zumindest die Zeit der Aufnahme und können so ungefähr sagen, in welchen Raum wir waren“. Ich nahm mein Smartphone und startete eine App, mit der ich die Daten der Aufnahme darstellen konnte. Nachdem ich das Bild analysiert hatte, konnte ich Suyana die Zeit sagen. „Die Aufnahme wurde von Xenia genau 13.16 Uhr gemacht. Um diese Zeit waren wir im zweiten Raum, wo Dr. Cabrera die ersten Steine des Bauern gesammelt hatte. Dieser Bauer war aus Ocucaje, also dem Ort wo wir den „Menschen“ gefunden haben. Damit können wir von der Echtheit des Steines ausgehen, denn keiner außer uns hat den „Menschen“ in seiner Höhle gesehen. Nur der Künstler, der ihn auf den Stein gravierte, muss ihn gekannt haben“ antwortete ich. „Darf ich das Foto mitnehmen?“ Suyana sah mich fragend an. „Ja, natürlich! Versucht doch bitte den Stein so schnell als möglich sicherzustellen, damit er nicht in die Hände von Spekulanten kommt“. Xenia legte ihre Hand auf den Arm von Suyana und fragte sie: „Willst Du mit Ricardo und uns heute Abend, bevor wir nach Ica reisen, noch einen, zwei oder drei Cachina trinken?“ Sie lachte und sagte: „Moment, ich muss noch Ricardo fragen“, nahm ihr Smartphone, tippte ein paar Zeichen ein, erhielt kurz darauf eine Antwort und sagte „Ja“. Wir lachten und umarmten uns und Suyana ging mit dem Foto in ihrer Tasche zum Ausgang. Tage später erfuhren wir, dass dieser Stein aus der Sammlung von Dr. Cabrera sichergestellt und zunächst in einem Tresor des Museums von Ica lag.

Bis zum Abend packten wir aus unseren Koffern Kleidung und notwendige Dinge für die persönliche Körperpflege in eine große Reisetasche um. Gleichzeitig lud ich alle Akkus der Kameras und der Smartphones auf, überprüfte die Speicherkapazität der Speicherkarten und säuberte die Kameras und Objektive. Auf keinen Fall wollten wir durch Unachtsamkeit den Moment der Öffnung der Grabkammer des „Menschen“ verpassen oder durch schlechte Fotos dokumentieren. Xenia lag auf dem Bett und sah sich auf dem Notebook noch einmal über Google-Earth die Gegend um Ocucaje an. Sie fand zwar den Ort, aber nicht die Stelle, wo sie in die Höhle gefallen war. „Wenn du Glück hast, findest du noch ein Foto von dir in der Nähe des Fundortes. Nimm die Koordinaten und gebe sie bei Google – Earth ein“. Xenia suchte und fand wirklich noch ein Foto, das ich aufgenommen hatte. Sie gab die Daten ein und landete auf einer großen Fläche, auf der man die Felder sehen konnte. „Was suchst du eigentlich?“ „Ich suche uns“ sagte sie lächelnd. „Vielleicht hat uns der Satellit gerade in dem Moment aufgenommen, als wir auf dem Feld standen". „Spaßvogel" antwortete ich und legte mich zu Xenia auf das Bett. Erst am späten Nachmittag standen wir auf und ordneten die letzten Dinge für die Reise nach Ica.

Den Abend verbrachten wir auf einer wunderschönen Terrasse von einem Restaurant am Meer. Wir tranken mehrere Cachina, speisten einen sehr schmackhaften Fisch, dessen Namen ich vergessen habe, erzählten von unseren Reisen und lachten viel. Ricardo war der geborene Unterhalter und Suyana hatte sich wohl auch deshalb in ihn verliebt. Unsere fast unsichtbaren Begleiter beschützten uns und die Sterne funkelten an diesem Abend besonders hell. Irgendwo in diesem Universum gibt es einen Planeten, von wo der „Mensch" gekommen sein musste. Welcher Stern war es und wieviel Lichtjahre war er von der Erde entfernt? Die nächsten Tage werden hoffentlich einige Fragen der Menschen des Planeten Erde beantworten. Wir verabschiedeten uns, umarmten uns wie alte

Freunde und freuten uns auf die gemeinsame Reise nach Ica und auf das, was uns dann erwarten würde.

Im Hotel angekommen sehnten wir uns nach unserem Bett. Ich kuschelte mich an Xenia und wir schliefen tief und fest, bis uns der Weck-Ton des Smartphones, der mit einem Wellenrauschen anfing und dann in eine wunderschöne Melodie überging, aus dem Schlaf holte. Gegen 11.00 Uhr wollten uns Suyana und Ricardo am Hotel abholen, so dass wir noch Zeit für ein ruhiges Frühstück hatten.

Ica, die Stadt in der Wüste

Pünktlich 11.00 Uhr fuhr eine dunkle Toyota-Limousine vor den Eingang des Hotels. Aus dem Auto stieg Ricardo, während Suyana noch im Auto telefonierte. Wir begrüßten uns und verstauten unsere große Reisetasche im Kofferraum des Autos. Angezogen hatten wir unsere Outdoor- Kleidung und sahen wie Touristen aus, die mal für einen Tag die Sehenswürdigkeiten Perus erkunden wollen. Keiner der uns sah konnte ahnen, dass wir am nächsten Tag eine Sensation erleben, die die ganze Welt verändern würde. Als wir in das Auto stiegen, beendete Suyana ihr Telefongespräch und begrüßte uns herzlich. „Habt ihr eure Kameras mit?“, fragte sie. „Nein, wozu?“ antworteten wir. Lachend fragte Xenia, wie lange wir bis Ica fahren werden. „Ungefähr vier Stunden, wenn wir keine Panne haben. Es ist keine deutsche Autobahn“ antwortete Ricardo. Wir ließen uns in die bequemen Autositze fallen und mit einem leisen Brummen setzte sich der Wagen in Bewegung. Wir fuhren durch die Straßen von Lima in Richtung Süden. Das quirlige Leben der Stadt zog an unserem Autofenster vorbei. Als ich mich umdrehte sah ich hinter uns die gleiche Limousine, die uns schon seit Tagen begleitete. Unsere Sicherheit war also auch gewährleistet.

Ica, ein kleines peruanischen Städtchen, liegt rund 280 Kilometer südöstlich von Lima in der Atacama- Wüste. Es ist die Geburtsstadt von Suyana und wir kannten von unseren gemeinsamen Tagen diese Stadt ja schon ein wenig. Irgendwie hatte diese Stadt für mich eine besondere Bedeutung. Sowohl der Besuch im Museum von Dr. Cabrera und die geheimnisvollen Steine als auch der Flug über die Nasca- Linien von Ica aus, hatten sich tief in mein Gedächtnis verankert. Immer wieder sah ich die Bilder der Nasca- Linien vor mir und oftmals in meinen Träumen spielten auch die Steine von Ica eine Rolle. Wer oder was hat diese Steine modelliert? Warum scharrte man unter größten Entbehrungen im Hochland von Nasca Linien und Tierbilder in den harten

Felsboden? Wenn es eine Zeremonie- Stätte der Gläubigen sein sollte, dann wäre doch z.B. eine Pyramide sinnvoller gewesen. Oder, wie bei den Muslimen, eine Pilgerstätte wie die Kaaba in Mekka. Dort beten die Muslime einen Schwarzen Stein an, der sich an der östlichen der vier Ecken der Kaaba befindet. Warum also mussten auf einer Hochebene große Flächen mit Linien und Figuren in den Felsen gescharrt werden? Anbeten kann man auch einen Stein. Wollten die Paracas oder die Inkas oder wer es auch immer getan hat ihren Göttern, die vom Himmel kamen, gefallen oder sie mit diesen Bildern begrüßen? Die Wissenschaftler konnten bisher über 1200 verschiedene Figuren nachweisen. Und jede Woche findet man auf der Hochebene von Nasca neue Linien und Bilder. Meine Nachdenklichkeit fiel Xenia auf und sie fragte mich, an was ich denke. Ich gab meine Gedanken preis und kurze Zeit später entwickelte sich eine lange und interessante Diskussion, die bis Ica anhielt.

Von Lima fuhren wir auf der Panamericana in Richtung Süden. Als erstes erreichten wir die kleine Stadt Paracas. Ohne im Hafen die Pelikane zu fotografieren und einen Ausflug zu den Islas Ballestas, den „kleinen Galapagos Inseln“ zu unternehmen, fuhren wir weiter nach Ica. Die Fahrtzeit von Paracas beträgt ca. eine Stunde. Je näher wir Ica kamen, umso wärmer wurde es.

„Im Reiseführer habe ich von der „Schlucht der Verlorenen“ gelesen, die sich südwestlich von Ica befinden soll. Kannst Du uns darüber etwas erzählen“, fragte ich Suyana. Sie drehte sich um und lächelte uns an. „Ihr werdet doch bestimmt noch mal nach Peru kommen. Dann fahren wir auf die Ballestas Inseln und in die „Schlucht der Verlorenen“. Aufgrund seiner Lage inmitten der weiten Wüste, ist der Canyon fast unbekannt und wird nur von sehr wenigen Touristen besucht. Bis zum Canyon dauert die Fahrt von Ica rund 2 1/2 Stunden. Man fährt in Richtung Süden auf der Panamericana bis zum Ort Ocucaje, den ihr ja kennt. In Ocucaje biegt man rechts ab und fährt dann durch eine abenteuerliche Wüstenlandschaft ohne Wege und Straßen. Der Canyon „Schlucht der Verlorenen“ heißt deshalb so, weil sich vor Jahren Geländewagen-Fahrer in der Wüste verirrt und dabei den Canyon entdeckt haben. In diesem Niemandsland kann man bei fehlender Ortskenntnis schnell sich verirren und sein Leben lassen, denn die Nächte in der Wüste werden nachts sehr kalt. Deshalb sollte man die Wüste lieber bei Tageslicht und mit einer guten Führerin verlassen“. Suyana lächelte verschmitzt und sah in die etwas ängstlichen Augen von Xenia. „Vor Millionen von Jahren war diese staubige Wüste gar keine Wüste“, fuhr Suyana fort. „Es war ein Ozean mit Fischen und auch Walen. Noch heute finden Forscher im Wüstensand Walfossilien. Einige sind in dem kleinen Orts-Museum von Ocucaje ausgestellt. Leider werden wir keine Zeit haben die „Schlucht der Verlorenen“ noch das Museum zu besuchen“. In der Zwischenzeit waren wir in Ica angekommen. Das Auto bog in eine Straße ein und hielt vor einem modernen, mit einem schwarzen Gitterzaun gesicherten Gebäude. Es war unser Hotel, von dem wir am nächsten Tag unsere Fahrt nach Ocucaje beginnen sollten. Die großen Tore öffneten sich und der Wagen rollte gefolgt von der zweiten Limousine vor das Eingangsportal. Wir stiegen aus dem Wagen und gingen mit Suyana zur Rezeption. Auch dieses Hotel ähnelte dem Hotel in Lima, indem wir zuletzt wohnten. Wahrscheinlich unterlag der Baustil bestimmten Sicherheitsanforderungen. Man hatte uns schon erwartet. Bevor wir dem jungen Mann, der uns zu unserem Zimmer bringen sollte, folgten, kam Suyana auf uns zu. „Wir treffen uns in 30 Minuten im „Salon Paracas“ zu einer Besprechung. “Wir werden pünktlich sein“ antwortete ich. Etwas aufgeregt gingen wir, nachdem wir unsere Zimmer bezogen und kurz geduscht hatten, in den Salon. Als wir den Raum betraten, empfing uns ein leichtes Raunen mit einem anschließenden kurzen Beifall. Einige Gesichter kamen uns bereits bekannt vor. Es waren die verantwortlichen Leiter, die wir bereits im Ministerium kennengelernt hatten. Ricardo kam uns entgegen und führte uns zu unseren Plätzen in der ersten Reihe. Neben unseren Sitzen gab es noch einen freien Platz. Ich nahm Xenias Hand und sah in ihr leicht gerötetes Gesicht. Sie lächelte mich an und ich wusste, sie war genauso gespannt wie ich, was uns in den nächsten Tagen erwarten würde. In diesem Moment öffnete sich eine Seitentür und der Minister für Archäologie betrat mit einigen Mitarbeitern den Salon. Ein leichter Beifall erfüllte den Raum. Er ging direkt auf uns zu und gab uns die Hand. „Es ist schön Sie zu sehen. Geht es ihnen gut?“ „Danke ja“ antworteten wir und setzten uns wieder in die bequemen Sessel. Er ging weiter zum Rednerpult und aktivierte das Mikrofon. Ein roter Lichtring zeigte an, dass es aktiv war. Mit dem Zeigefinger klopfte er leicht auf die Vorderseite des Mikrofones und begann: „Ich begrüße sie zu unserer kurzen aber wichtigen Besprechung.

Soeben habe ich erfahren, dass die Fundstätte durch das Militär abgesichert ist, die ersten Kamera- Aufnahmen von der Innenwand der zweiten Höhle ausgewertet sind und wir ohne wichtige Wandmalereien oder Artefakte zu beschädigen, morgen die zweite Höhle betreten können. Unsere Gäste aus Deutschland, die den „Menschen“ entdeckt haben, dürfen, nachdem wir vorsichtig die kleine Öffnung vergrößert haben, die Höhle zuerst betreten“. Wir sahen uns an, standen auf und nahmen den kleinen Beifall entgegen. „Er hat unseren Wunsch respektiert“ sagte Xenia und strahlte den Minister an. „Bitte haben sie Verständnis dafür, dass zunächst nur wenige Mitarbeiter die Höhlen betreten dürfen. Bevor nicht alle Artefakte und vor allem der „Mensch“ gesichert und dokumentiert sind, gilt die höchste Sicherheitsstufe für archäologische Ausgrabungen. Wir werden uns nur wenige Minuten in den Höhlen aufhalten, damit dann die Experten mit ihren Forschungen beginnen können“. Er schaute zu Ricardo, der die

Gesprächsführung übernahm und setzte sich neben uns. „Ich würde sie gern zu einem Essen an diesem Abend einladen. Dann können wir uns über den bedeutungsvollen morgigen Tag noch unterhalten“. „Wir nehmen die Einladung sehr gern an“ antworteten wir gleichzeitig und bedankten uns. Er verließ den Salon, gefolgt von seiner engsten Mitarbeiterin, die uns mit einem kurzen Handzeichen begrüßte und uns zulächelte. Auf den freien Sessel setzte sich Suyana und wir folgten den weiteren Ausführungen der verantwortlichen Chefs.

Vor dem gemeinsamen Abendessen mit dem Minister wurde Xenia nervös. Sie hatte diese Einladung nicht erwartet und demzufolge nur die wichtigsten Kleidungsstücke in unsere große Reisetasche gepackt. „Hast du etwa das kleine Schwarze nicht mit?“ fragte ich und erhielt als Antwort ein Fauchen wie von einem Tiger. „Nimm es sportlich, ich ziehe auch nur ein Hemd und Jeans an“ sagte ich. „Genau“ sagte sie, „ich ziehe die leichte Outdoor- Bluse und auch Jeans an“. Xenia war groß, schlank und diese Outdoor- Bluse passte ihr wie eine zweite Haut. Kein Wunder, dass sich Männer nach ihr umdrehten, wenn sie diese Bluse anzog. „Hoffentlich wird der Minister nicht zu sehr von der Bluse abgelenkt“ sagte ich und bekam als Antwort: “du bist doof…“ Wir gingen gut gelaunt zum Abendessen, hörten unglaubliche Dinge über gewesene und zukünftige Ausgrabungen in Peru und erfuhren Geheimnisse, die nur der Minister und seine engsten Mitarbeiter kannten. „Als sie über die Nasca- Linien flogen haben sie bestimmt nicht gewusst, dass sich unter dem Hochplateau ein großes Netz von Gängen und Höhlen befindet, die wir erst noch erkunden müssen. Diese Höhlen sind über 70.000 Jahre alt. Erste Gänge sind schon freigelegt und man fand Höhlenzeichnungen, die Tiere und Menschen zeigen. Die Höhlengänge sind nicht mit der Hand in den Erdboden gegraben, sondern die Wissenschaftler gehen davon aus, dass diese Gänge mit Maschinen gegraben wurden“. Als wir auf die Steine von Ica zu sprechen kamen, sagte er. „Ich bin überzeugt, dass sich unter den Steinen mehr als hundert, wenn nicht sogar tausende Originale befinden. Leider ist eine schnelle Erkennung von Fälschungen noch nicht möglich. Aber wir arbeiten an modernen Messmethoden, die uns ermöglichen die Fälschungen zu erkennen. Übrigens fand man in der ersten Höhle des „Menschen“ auch Steine mit Gravuren, die echt sein müssten“. Xenia drückte ihr Bein an mein Knie und ohne uns anzusehen wusste ich was sie damit meinte. Wir sprachen über diese und jene Ausgrabungen und waren erstaunt, dass ein Minister so ein brillantes Wissen über diese Dinge hatte. Noch spät am Abend saßen wir mit roten Köpfen und voll mit neuen Erkenntnissen am Tisch und tranken einen Chachina, vielleicht waren es auch zwei oder drei. Irgendwann schaute Xenia auf die Uhr und erschrak: „Es ist schon spät, wir müssen schlafen gehen!“ Wir verließen gemeinsam das Restaurant und verabschiedeten uns herzlich von Ramirez.

Manchmal braucht es nur wenige Stunden, um einen neuen Freund zu gewinnen.

Die Begegnung

Nach einem gemeinsamen Frühstück mit Suyana und Ricardo fuhren wir in Richtung Süden, in die Stadt Ocucaje, die von Ica nur rund 50km entfernt liegt. Ramirez war mit seinem Stab wenige Minuten vor uns. Mit Pedro, unserem Taxifahrer, waren wir die gleiche Strecke gefahren. Ob Pedro noch einmal die hübsche Kellnerin in Ocucaje besucht hat, wissen wir nicht. Wir haben ihn nicht mehr gesehen. In Ocucaje zeigten uns Polizisten die Richtung an, in die wir fahren sollten. Als wir außerhalb der Stadt in die Berge fuhren, gab es immer mehr Kontrollen. Ohne die speziellen Ausweise wären wir noch nicht einmal auf die Straße bzw. auf den Weg gekommen, der über Felder und kleine Wiesen in Richtung der Berge zu unserem Fundort führte. Plötzlich hielt der Wagen an und Ricardo bat uns auszusteigen. Um uns herum standen Soldaten und Mitarbeiter des Ministeriums. Mehrere Toyota- Geländewagen fuhren auf uns zu. Aus dem ersten Auto stieg Ramirez und begrüßte uns herzlich. Er bat uns einzusteigen, um die restlichen Kilometer, die wir vor wenigen Tagen noch zu Fuß zurückgelegt hatten, mit den Geländewagen zu fahren. In der Ferne sahen wir ein großes Militärzelt, Menschen und Fahrzeuge. Dort musste die Fundstelle sein. Nach unseren GPS- Daten wurde die Höhle von dem archäologischen Team schnell gefunden und abgesichert. Die Öffentlichkeit und besonders die Presse hatte noch keine Information, so dass wir unbehelligt von Kameras zum Ziel gelangten. Als wir mit dem Minister aus dem Auto stiegen, wurden wir trotzdem fotografiert und mit einer Videokamera aufgenommen. Ramirez erklärte uns, dass diese Kameramänner zum Ministerium gehörten und die Öffnung der Höhle dokumentieren sollten. Wir gingen in das Zelt und sahen die vergrößerte Öffnung der Höhle. Die Grasbüschel waren beseitigt, nur der große Stein, wo ich das Seil befestigt hatte, um zu Xenia in die Höhle zu gelangen, war noch da.

Eine Leiter aus Aluminium führte in die Unterwelt. Bevor man das große Zelt aufgebaut hatte, waren diverse Geo- Scans durchgeführt worden, erzählte uns Ramirez. Dabei erkannte man neben der ersten und zweiten Höhle zwei weitere Hohlräume. Was diese weiteren Räume beinhalten, sollten die Untersuchungen der nächsten Tage klären. Xenia hatte meine Hand genommen und war genauso aufgeregt wie ich. Aber auch den anwesenden Wissenschaftlern erging es nicht anders. Viele waren an bedeutungsvollen Ausgrabungen beteiligt gewesen, aber dieser Fund war wohl doch etwas Besonderes. Nachdem Ramirez ein Zeichen bekommen hatte, bat er um Ruhe. Schlagartig war es ruhig, nur der Wind bewegte die Leinwand des Zeltes und verursachte damit ein leises Geräusch. „In wenigen Minuten werden wir in diese Höhle steigen. Einige von ihnen kennen bereits Fotos und Videos und wissen etwa, was uns erwartet. Es wird ein Höhepunkt in der archäologischen Forschung Perus, nein, der Welt sein. Vielleicht werden die

Artefakte und dieses Lebewesen die Geschichtsschreibung der gesamten Erde verändern. Wir werden es in wenigen Minuten erfahren“. Ramirez holte tief Luft und drehte sich zu Xenia und mir. „Diese junge Frau aus Deutschland fiel zufällig bei der Suche nach Steinen in diese Höhle. Leicht verletzt konnte ihr Ehemann sie retten. Nachdem er sich zu ihr abgeseilt und ihre Schürf- Wunden behandelt hatte, betrachteten beide die Wände der Höhle. Dabei tasteten sie unter dem Schein einer Taschenlampe diese ab und fanden einen lockeren Stein. Dieser löste sich und gab ein Sichtloch in eine weitere Höhle frei. Was sie dort sahen berechtigt sie, heute als Erste die zweite Höhle zu betreten“. Ein kleiner Beifall begleitete uns, als wir die Schritte zu dem Loch gingen. Xenia und ich bekamen eine LED-Leuchtfläche und gingen mit dieser zu dem Höhleneingang. Als wir davorstanden, drehten wir uns noch einmal um und bedankten uns bei den Wissenschaftlern und dem Minister. Ich gab Xenia die Hand und sie setzte den rechten

Fuß auf die Leiter, die in die Höhle führte. Langsam stieg sie in den dunklen Raum, der aber mehr und mehr durch ihre Leuchtfläche erhellt wurde. Als sie auf dem Boden angekommen war, leuchtete sie die Höhle aus. Alles war so, wie wir diesen Raum verlassen hatten. Xenia schaute nach oben und sagte: „Komm…“ Langsam stieg ich die Stufen herab, bis mein Fuß den Erdboden berührte. Was würde uns in wenigen Minuten erwarten? Es folgten zwei Archäologen mit leichtem Werkzeug und die Kameramänner, die neben ihren kleinen Kameras ebenfalls noch Leuchtflächen trugen. Sie positionierten die Leuchtflächen so, dass das Loch, welches wir zufällig entdeckt hatten, gut sichtbar vor uns lag. Die Bilder der Kameras wurden auf zwei große LED- Flächen übertragen, so dass alle im Zelt Anwesenden die Öffnung der zweiten Höhle miterleben konnten. Langsam lösten die beiden Archäologen einen Stein nach dem Anderen, bis eine ovale Öffnung entstand, die bis zur Erde reichte. Die zweite Höhle war größer als die Erste. In einer Entfernung von etwa zwei Metern stand ein Sessel, der im Licht der LED- Leuchtflächen eher an einen prunkvollen Thron eines Königs erinnerte. Aber er war anders. Er war an den Körper des „Menschen“ angepasst. Seine Seitenteile waren eher kunstvoll als funktionell gestaltet. Eine Vielzahl von „Schlangen“ gaben diesen Sitz seine Form. Oben endete er in einer Kugel, während er unten in eine senkrechte Pyramide überging. Das Material glänzte unter einer leichten Staubschicht in unterschiedlichen Farben. Von einem dunkelblauen Pyramiden-Sockel über ein glitzerndes Gold bis zur leuchtendblauen Kugel waren alle Farben vertreten. In diesem Thron der Farbe und der Form saß der, der alles auf der Erde verändern würde: der „Mensch“. Xenia und ich traten durch die ovale Öffnung in den zweiten unterirdischen Raum. Angezogen von „ihm“ hatten wir für andere Dinge, die sich noch im Raum befanden, noch kein Interesse. Vorsichtig gingen wir leicht nach links und sahen in zwei geöffnete große Augen. Augen wie wir sie nie vergessen werden! War es unser Licht oder war es die Farbe der Augen, die in einem Hellblau uns ansahen. Einem Hellblau, wie wir es eher von Huskys kennen. Die Augenform war leicht nach oben gezogen und ergab mit dem gesamten Gesicht eine harmonische Schönheit. Die Nase war klein und kurz wie der Mund. Die Haut zeigte keine Anzeichen von Alterung, sondern glänzte in einem leicht silbrigen- bläulichen Ton. Xenia suchte meine Hand und wir sahen beide in das Gesicht eines Lebewesens, welches uns ansah und sagen wollte: "Willkommen Erdlinge. Habt ihr mich endlich gefunden!" War es nun ein Mensch, kam er von einer anderen Galaxie oder gehörte er einer uralten Menschengeneration an, die hunderttausende Jahre vor uns lebte? In der Zwischenzeit hatten sich die beiden Kameramänner hinter uns bzw. seitlich gestellt und übertrugen die Bilder in das Zelt auf die LED- Flächen. Als die ersten Bilder vom Gesicht des „Menschen" übertragen wurden, hörten wir in der Höhle ein lautes Raunen aus dem Zelt über uns. Auf der hohen Stirn des Kopfes saß ein Hut aus Metall, der in einer Pyramidenspitze endete. Etwas oberhalb der Stirn leuchtete ein Kristall im gleichen Hellblau wie die Kugel, die sich am Ende des Pyramidenhutes befand. Beim flüchtigen Betrachten hätte man diesen Kristall als drittes Auge wahrgenommen. Welche wichtige Funktion er hatte, erfuhren wir erst später. Darüber waren Zeichen einer unbekannten Schrift. Auch seitlich sah man weitere Zeichen, die im Licht unserer Leuchten plastisch sich von der Unterfläche abhoben. Der Körper war bedeckt mit einem silbrig- glänzenden Stoff, der nahtlos den „Menschen“ umhüllte. Auf der linken Brustseite sah man eine blaue Fläche leuchten, auf der drei goldene Sterne und unter den Sternen ebenfalls goldene Zeichen sich vom Untergrund plastisch abhoben. Unterhalb der Brust umgab ein Gürtel seinen Körper. Dieser war aus einem silbrig- glänzenden Metallgeflecht, das verschiedene leicht farbige

Rechtecke beinhaltete. Er war relativ dick. War es ein Antigravitations- Gürtel? Dieser hätte dem „Menschen“ ein Schweben über der Erde ermöglicht. Auf den Lehnen des Sessels lagen Hände mit drei langen Fingern, deren Haut ebenfalls wie die Gesichtshaut leicht silbrig glänzte. Seine rechte Hand umschloss einen dunkelblau- silbrigen Zylinder, aus dem eine grau- weiße Fläche wie ein Bildschirm ragte. Später, als man den „Menschen“ und die Artefakte näher untersuchte, stellte man fest, dass diese Fläche wirklich ein Bildschirm war, der zu dem Gerät gehörte und sonst aufgerollt in dem Zylinder steckte. Erst bei der Aktivierung des Gerätes wurde die Fläche aus dem Zylinder geschoben. Mit der Auswertung der auf diesem Bildschirm angezeigten Zeichen und den weiteren Inhalten des Gerätes hatte man erst Tage später begonnen. Die Wissenschaftler waren sich aber einig, dass dieses Artefakt eine Erklärung liefern würde, wer und woher der „Mensch“ kam und warum er hunderttausende Jahre auf seine

Entdeckung gewartet hatte. Der silbrig-glänzende Stoff umhüllte auch seine langen Beine. Die schmalen Füße steckten in fast grazilen Schuhen, die ebenfalls hellblau schillernden und auf denen ebenfalls drei kleine goldene Sterne, wahrscheinlich als Verschluss, saßen. Bei der Größe und Form der Schuhe konnte man annehmen, dass der „Mensch“ ebenfalls nur drei Zehen besaß. Auf jeden Fall war er damit nicht über die steinigen Wege und Felder dieser Wüstengegend gelaufen. Seine Sitzgröße deutete auf eine Körpergröße von über zwei Meter hin. Immer wieder schauten Xenia und ich in sein Gesicht, das bei der kurzen Entfernung eine gewisse Ruhe ausstrahlte. Seine großen hellblauen Augen vermittelten ein Gefühl als würde er noch leben, uns nur ruhig anschauen und auf ein Willkommen warten. Später erzählte mir Xenia, dass in ihr das Gefühl aufkam, mit ihm zu sprechen und ihn zu berühren. Diese innere Verbundenheit, die erst nach dem ersten Blickkontakt mit ihm aufkam, konnte sie nicht erklären. Als wir ein leichtes Räuspern hinter uns hörten, erwachten wir aus unserer Gedankenwelt. Wir hatten einfach vergessen diesen Augenblick mit unseren Kameras festzuhalten. Ich richtete zuerst meine Videokamera auf das Gesicht von Xenia und schwenkte langsam auf das Gesicht des „Menschen“. Auch Xenia hatte in der Zwischenzeit ihre Kamera in der Hand und fotografierte mehr als hundert Fotos, die in einer späteren Ausstellung ihr große Achtung einbrachten. Sie hatte einfach den „fotografischen Blick“, der nicht jedem Menschen gegeben ist. Neben und hinter dem Thron standen weitere Artefakte, die wir in der kurzen Zeit nicht genau erkennen und deuten konnten. Wie sich später herausstellte waren es so wertvolle Artefakte, dass man sie dann nur unter höchster Sicherheit der Öffentlichkeit zeigte. Darunter befanden sich auch weitere digitale Speicher, die die ganze Geschichte der frühen Menschheit enthielten. Nachdem wir unser Gegenüber in allen Details fotografiert und als Video gespeichert hatten, zogen wir uns zunächst in den hinteren Teil der Höhle zurück. Immer wieder sah uns der „Mensch“ mit seinen großen blauen Augen an. Und wir sahen zurück und fragten: „Wer bist Du?“ Gehörte er zu einer früheren Menschengeneration, die trotz ihrer technischen Hochkultur ausstarben oder wurde die Erde von einer Katastrophe verwüstet? Hatten die damaligen Menschen keine Möglichkeit ihrer Vernichtung zu entfliehen? Man weiß, dass das Leben auf der Erde mehrmals ausgelöscht wurde. Immer wieder kamen mir die Steine von Ica in den Sinn. Auf ihnen sah man Menschen, die mit Dinosauriern lebten. Man weiß relativ genau, wann die Dinos ausstarben. Es war vor ca. 66 Millionen Jahren. Wenn in dieser Zeit, wie auf den Steinen zu sehen, auch schon Menschen lebten, dann konnten auch sie genauso wie die Dinos vor dem Untergang nicht fliehen. Gehörte der „Mensch“ zu diesen frühen Menschen oder kam er aus einem anderen Sonnensystem. Als ich die drei goldenen Sterne auf seiner Brust und an seinen Schuhen sah, musste ich an das Sternbild des Orion denken. Auch diese drei Sterne stehen wie beim Orion in einer Linie nebeneinander. Neueste Forschungen ergaben, dass die ägyptischen Pyramiden nach dem Sternbild des Orion ausgerichtet sind. Xenia sah mich an und ich sah in ihren Augen wie berührt sie von diesem Anblick war. In jedem Leben gibt es Begegnungen, die wir tief in unserem Inneren speichern. Oftmals aber vergessen wir sie wieder oder sie werden von anderen Erlebnissen überschrieben. Nie aber werden wir die Begegnung mit dem „Menschen" vergessen. Langsam gingen wir zu der ovalen Öffnung, die uns den Zugang zu der ersten Höhle frei gab. Als wir die letzten Stufen der Leiter, die uns aus der Höhle führte, verließen, empfing uns ein frenetischer Applaus. Ich nahm Xenias Hand und wir verbeugten uns vor Ramirez, dem Minister, den Mitarbeitern und Wissenschaftlern, die uns die direkte Begegnung mit dem „Menschen" ermöglicht hatten. Langsam gingen wir in Richtung der kleinen Gruppe. Aus dieser löste sich Suyana, lief auf uns zu und umarmte uns Beide. Als wir uns nach langen Sekunden trennten, hatten wir Tränen in den Augen. Ramirez gab uns die Hand und bat uns, noch einen Moment an einem Tisch im Zelt Platz zu nehmen. Auch er wollte dem „Menschen" direkt gegenüberstehen, um diesen außergewöhnlichen Augenblick zu erleben. Wir sahen, wie er die Leiter in die erste Höhle stieg. Sekunden später erschien er auf dem LED-Schirm. Die Kamera zeigte zunächst das Gesicht des „Menschen" und schwenkte dann auf Ramirez. Sein staunender Gesichtsausdruck ging über in ein Lächeln. Es sah aus, als unterhielte sich Ramirez mit ihm. Langsam löste sich sein Blick und er betrachtete nicht nur sein Gesicht, sondern auch seinen Körper und die Artefakte, die der „Mensch" in der Hand hielt bzw. die sich neben seinem Thron befanden. Die Kamera zeigte wieder das Gesicht des Unbekannten. Obwohl wir ihm vor Sekunden noch direkt gegenüberstanden, faszinierte uns auch der Anblick auf dem Bildschirm. Diese blauen gutmütigen Augen, dieser harmonische Gesichtsausdruck zog uns wie ein Magnet an. Immer wieder fragten wir uns: ist er einer von uns oder woher, aus welcher Galaxie und warum kam er auf die Erde? Nachdem Ramirez die Höhlen verlassen hatte und auf uns zu ging, betraten langsam die Archäologen und Wissenschaftler den Raum. Auch sie verharrten im ersten Moment vor dem Unbekannten. Danach aber begannen sie mit ihrer Arbeit, wie sie es schon bei vielen Ausgrabungen getan hatten. Da die gesamte Höhle im Original im neuen Museum ausgestellt werden sollte, war eine technologische Meisterleistung notwendig. Nur so viel: man trennte Höhle eins von Höhle zwei, verfestigte die Höhlenwände und den Boden mit Spezialbeton und transportierte die Höhle mithilfe internationaler Spezialisten in das neue Museum nach Lima. Der Minister setzte sich an unseren Tisch und sagte:“ Ich verstehe jetzt, warum sie relativ lange dem

„Menschen“ gegenüberstanden. Alles Unbekannte zieht uns an und wir Menschen wollen jedes Geheimnis lösen. Schon als kleiner Junge ging es mir so und heute fordert mich meine Erfahrung und mein Wissen geradezu raus, diese Fragen zu lösen. Und wir werden seine Herkunft und seine Geschichte erforschen und sie der Menschheit übergeben“. Ramirez war zwar Minister für Archäologie, aber er war auch Wissenschaftler. Einer der nach Wissen drängte und nie aufgab, bevor er das für Menschen noch Unbekannte erklären konnte. Wir sahen noch eine gewisse Zeit zu, wie die Wissenschaftler sorgfältig die Artefakte dokumentierten und dann aus der Höhle in das Zelt transportierten. Bevor sie diese in kleine und große Transportkisten packten, legten sie diese auf einen stabilen Metall- Tisch. Wir sahen uns die Artefakte an. Es waren kunstvoll gestaltete Metallflächen mit Symbolen und Zeichen, die wir nicht sofort deuten konnten. In kleineren und größeren Metallschachteln lagen in durchsichtigen Würfeln Kristalle in unterschiedlichen Farben, die man später als digitale Speicher erkannte. Als eine leicht bläulich schimmerte größere Metallschachtel auf den Tisch abgelegt wurde, bat Ricardo einen Mitarbeiter, diese vorsichtig zu öffnen. Als dieser auf einen goldenen Knopf drückte, bewegte sich langsam der mit Zeichen verzierte Deckel und gab den Inhalt preis. Es war ein Schädel aus Kristall. Ein Kristallschädel! War es der, der seit Jahrzehnten auf der Erde gesucht wurde? Mich aber interessierte ein Artefakt noch viel mehr. Es lag direkt vor mir und war der Zylinder aus der rechten Hand des „Menschen". Da Xenia neben mir stand, bat ich sie, mit ihrer Kamera ein paar Fotos zu machen. Während sie fotografierte nahm ich den Zylinder in einem Video- Clip auf. Beim Zoomen bemerkte ich die Zeichen auf dem Bildschirm und die Kontaktflächen auf dem Zylinder. Eine Fläche leuchtete leicht grün. Zugern hätte ich sie berührt, um zu wissen was dann passiert. Aber wie konnte es sein, dass nach tausenden von Jahren dieses Gerät noch

Energie gespeichert hatte? In einer Dokumentation zu den Artefakten des „Menschen“ fand ich später die Antwort: das Gerät benutzte das Magnetfeld der Erde, um daraus Energie zu gewinnen. Wir standen noch längere Zeit an dem Tisch und betrachteten die Artefakte, die von den Archäologen aus der Höhle geholt wurden. Während es bei den Pharaonen aus dem alten Ägypten oftmals nur um Schmuck und Artefakte zum „Weiterleben nach dem Tod“ handelte, befanden sich in der Höhle des „Menschen“ technische Geräte und digitale Speicher, die, wie wir später nach der Auswertung der Artefakte durch die Wissenschaft erfuhren, die Menschen über ihre Herkunft und Geschichte aufklären sollten. Ramirez bat uns um Rückzug, damit seine Wissenschaftler ungestört weiter an der Bergung des „Menschen“ und seiner Artefakte arbeiten konnten. Wir fuhren mit ihm in seinem Geländewagen und in seiner Limousine zurück, gefolgt von den Sicherheitskräften.

Zurück in Ica

Am Abend trafen wir uns im Hotel in Ica im kleinen Kreis zu einem Abendessen. Als ich dann in der Nacht mit Xenia im Bett lag und sie fragte, was sie an diesem Abend gegessen hatte, bekam ich keine konkrete Antwort. Sie wusste es einfach nicht mehr. Die Speisen waren an diesen Abend bei ihr genauso wie bei mir reine Nebensache. Alle Gespräche drehten sich nur um den „Menschen“ und die Artefakte. Suyana und Ricardo waren noch längere Zeit im Zelt geblieben, um genauso wie wir dem Unbekannten gegenüber zu stehen und ihm in die blauen Augen zu sehen. Aber sie brachten auch eine Überraschung mit. Zufällig standen sie noch am Tisch mit den Artefakten, als ein Wissenschaftler seine Neugier nicht zügeln konnte und beim Einpacken des Zylinders auf die grün leuchtende Kontaktfläche drückte. Mit einer kurzen Tonfolge leuchtete die Fläche hellblau auf und zeigte ein Symbol mit drei

Sternen, also ähnlich einem Start- Screen eines Computers oder Tablets. Erschrocken von der Reaktion des Artefaktes drückte er ein zweites Mal auf die grüne Kontaktfläche und der Bildschirm zog sich in das Innere des Zylinders zurück. Damit war klar, dass der Zylinder noch funktionierte. „Schade, warum hat er nicht weiter den Zylinder bedient“ äußerte sich Xenia, „dann wüssten wir jetzt schon etwas mehr über unseren Unbekannten“. Ramirez lachte und tröstete Xenia mit den Worten:“ Xenia, sie müssen sich noch etwas gedulden, um alles über ihren Fund zu erfahren. Ich werde ein Team von internationalen Wissenschaftlern zusammenstellen, die bald die Geheimnisse um unseren Unbekannten lüften werden“. „Bitte informieren sie uns so schnell als möglich über alle Erkenntnisse, auch wenn wir dann wieder in Deutschland sind?“ bettelte Xenia. „Das Versprechen gebe ich ihnen“ sagte Ramirez und drückte dabei Xenias Hand. „Sie werden Zugang zu den neusten wissenschaftlichen Ergebnissen bekommen. Denn wären sie nicht in die Höhle gefallen, dann gäbe es den „Menschen“ nicht und wir würden weiter nach unserer Herkunft, der Herkunft der Menschheit suchen müssen. So hoffe ich auf baldige Antworten, die viele Fragen lösen werden. Ricardo und Suyana werden sie morgen über unseren weiteren Kontakt informieren“. Der weitere Abend war voller Informationen und Wissen. Man merkte Ramirez an, dass er selbst Wissenschaftler war und für die Archäologie große Zuneigung hegte. Alle neusten wissenschaftlichen Ergebnisse begeisterten ihn. Er erzählte uns von dem Tunnelsystem, das man unter der Hochebene von Nasca nach und nach ausgrub. „Als man die ersten hunderte Meter eines Tunnels ausgegraben hatte, zeigten die Tunnelwände eine gleichmäßige Struktur, die kein Mensch mit dem Hammer und einem Meisel, sondern nur eine Maschine in den Felsen graben konnte. So ähnlich werden heute Tunnel für den Autoverkehr oder für Untergrundbahnen gebaut. Allerdings ist nicht bekannt, dass die

Paracas oder die Inkas über solche Maschinen verfügten. Wer also hat diese Tunnel gebaut? Übrigens fand man dabei einen ähnlichen Stein wie den „Hypatia"-Stein, der bereits 1996 vom ägyptischen Geologen Barakat in der libyschen Wüste im Südwesten Ägyptens entdeckt wurde. Dieser Stein aber ist kein Meteorit. Meteoriten kommen für gewöhnlich aus dem sogenannten Asteroidengürtel geflogen, der sich zwischen Mars und Jupiter befindet. Unser Stein wie auch der „Hypatia"- Stein kommen aus einer weit größeren Entfernung, nämlich aus dem interstellaren Raum. Aber alles sind nur Steine, Höhlen und Artefakte. Jetzt haben wir einen viel interessanteren Fund, den „Menschen". Er wird uns hoffentlich mehr über sich, seine und unsere Vergangenheit erzählen als alle Steine oder Artefakte". Ramirez sah uns an und lächelte. „Wann wollt ihr zurück nach Deutschland fliegen?" „Wenn möglich in zwei bis drei Tagen, aber eigentlich nicht" sagte ich. „Die Tage sind so spannend und interessant, dass wir gern noch ein Jahr hierbleiben möchten" ergänzte lachend Xenia. „Kein Problem" konterte Ramirez, „ihr könnt auch nach Peru ziehen. Wir würden uns über solche prominenten Mitmenschen freuen". Wir saßen noch zwei oder drei Stunden zusammen und wurden Freunde. Um Mitternacht gingen wir auseinander und verabschiedeten uns von Ramirez. Er musste dringend zurück ins Ministerium, um weitere Aufgaben mit internationalen Partnern abzustimmen. Wir wollten noch einen halben Tag in Ica bleiben, um dann am Nachmittag gemeinsam mit Suyana in unser Hotel in Lima zu fahren. Leider fanden wir nicht mehr die Zeit, noch einmal in das Museum von Dr. Cabrera zu gehen und dort nach weiteren echten Steinen zu suchen. Suyana erzählte uns auf der Rückreise, dass man jetzt mit der Analyse der im Stein eingeschlossenen Edelgase und mit chemischen Analysen die Echtheit der Steine von Ica feststellen kann. Da es sich um bereits tausende „Steine von Ica", Fälschungen oder Originale, handelt, wird es mehrere Jahre dauern, bis alle Steine untersucht sind. Die Universität von Suyana sollte dabei einen Großteil der Untersuchungen vornehmen.

Rückflug nach Deutschland

Angekommen in unserem Hotel erhielten wir die Flugtickets nach Deutschland. Wir packten unsere Koffer und zogen uns nach dem Abendessen in unseren Wintergarten zurück, um unsere Aufnahmen vom „Menschen“ und den Artefakten anzusehen. Immer wieder forderte mich Xenia mit „sieh mal“ auf, die Fotos zu betrachten, die sie fotografiert hatte. Und immer wieder forderte ich sie auf, meine Video- Clips zu betrachten. Wir hatten einen Schatz in der Hand, der nicht aus Gold war aber mit einem hohen ideellen und wissenschaftlichen Wert, den sonst kein Mensch besaß. In unseren Gläsern war Cachina. Wir glaubten, es war unser letztes Glas, welches wir in Peru trinken und nahmen jeder für sich, Abschied von diesem schönen und interessanten Land. Ja, es war unser letztes Glas, aber nur an diesem Abend. Wir sollten noch viele davon trinken.

Nach einer Nacht voller Träume und einem wunderbaren Frühstück holte uns Suyana ab. Sie war wie immer fröhlich und trank mit uns noch ein Glas Guave- Juice. Wir fuhren in der schwarzen Regierungs- Limousine zum Flughafen, begleitet von unseren fast unsichtbaren Sicherheitsmitarbeitern. Dort verabschiedeten wir uns mit einem leichten Winken von ihnen und drückten unseren Dank mit einem Händedrücken aus. Beide hatten wir unsere Sonnenbrillen auf, um nicht erkannt zu werden. Denn die örtliche Presse hatte einen Bericht über die Ausgrabung mit unseren Fotos veröffentlicht, wie wir aus der Zeitung entnehmen konnten, die Suyana uns mitgebracht hatte. Gleichzeitig übergab sie uns in einer kleinen Tasche unsere digitalen Speicher. Ramirez hatte Wort gehalten. Langsam liefen wir in Richtung Abflugterminal. „Wann kommt ihr zurück?“ fragte uns Suyana. Ihre Augen waren feucht und auch Xenia wischte sich mit einem Tuch die erste Träne aus dem Gesicht. „Wir wissen es noch nicht“

antwortete ich ihr. „Aber wir kommen noch einmal nach Peru. Wir müssen uns noch die Atakama- Wüste und die Ballestas- Inseln ansehen und dann natürlich das neue Museum mit dem „Menschen“ besuchen. Und mit dir deinen Abschluss nachfeiern, oder deine Promotion?“ Suyana umarmte Xenia und mehrere Tränen tropften auf ihre Schulter. „Versprecht ihr mir, dass ihr zurückkommt?“ „Ja“ riefen wir gleichzeitig. Suyana hatte ihre Umarmung von Xenia gelöst und kam auf mich zu, schlang ihre Arme um meinen Hals und fragte nochmal: “Versprochen?“ „Dreimal ja“ sagte ich und drückte sie fest an mich. Suyana war mehr als eine Freundin, sie war unsere Tochter geworden. Als wir durch den Check In waren, winkte sie uns noch einmal zu und verließ das Terminal. Unser Flug mit einem Lufthansa- Airbus verlief ruhig. Ohne besondere Aufmerksamkeit konnten wir uns im Flugzeug bewegen. Nur einmal sah uns eine Stewardess etwas genauer an. Vielleicht war sie aber auch nur am Lippenstift von Xenia interessiert. In der deutschen Presse, die sich an Bord befand, fanden wir, bis auf eine kleine Notiz über neue Ausgrabungen in Peru, nichts. Stattdessen konnte man über die Flüchtlingsproblematik, die bevorstehenden Wahlen und die Angst der Parteien weitere Stimmen zu verlieren als auch über die boomende deutsche Wirtschaft lesen. All das hatte uns glücklicherweise in den letzten Wochen nicht interessiert. Wir konnten also sicher sein, dass am Flughafen in Frankfurt bzw. in Berlin nur unsere Freunde warteten. Leider kam es anders.

Ankunft in Deutschland

Unser Flugzeug landete nach 12 Stunden ruhigem Flug etwas holprig auf der Landebahn des Frankfurter Flughafens. Im Vergleich zu den Landungen der kleinen Sportmaschinen in Peru war diese Landung aber eine mit fünf Sternen. Da wir in Berlin leben und der BER immer noch eine Investruine ist, müssen wir in Frankfurt in eine kleinere Regionalmaschine umsteigen, um dann in einer Stunde in Berlin zu sein. Wir gingen langsam in Richtung unseres Terminals. Unsere Koffer wurden hoffentlich dabei durchgecheckt. So konnten wir im Transitbereich bleiben, um keinen Journalisten, der vielleicht mehr als andere Journalisten weiß, zu begegnen. Dreißig Minuten später saßen wir in der Maschine, die uns nach Berlin brachte. Unsere Freunde hatten wir über unsere Ankunft informiert und sie gebeten, uns vom Flughafen abzuholen. Wir landeten pünktlich in Berlin- Tegel und warteten auf unsere Koffer. „Hoffentlich sind sie nicht verloren gegangen" sagte ich zu Xenia und dachte dabei an die Steine aus Peru, die sich in meinem Koffer befanden. Schon einmal mussten wir in Australien auf unsere Koffer warten. Glücklicherweise kamen diese nach drei Tagen doch noch aus London, wo sie, verursacht durch einen islamistischen Anschlag, versehentlich gelandet waren. Xenias Koffer kam zuerst. Sie hatte um den Koffer einen roten Koffergurt gespannt, so dass man ihn von den anderen Koffern in der gleichen Farbe gut unterscheiden konnte. Auf meinen dunkelgrauen größeren Koffer mussten wir länger warten. Als er auf dem Koffertransportband auftauchte holte ich tief Luft und zog ihn vom Band. Wenn der Koffer da ist, sind auch die Steine da, dachte ich so bei mir und ging mit Xenia zur Passkontrolle. In wenigen Minuten war diese passiert und wir liefen zum Ausgang des Ankunftsterminals. Als wir die Pendeltür passierten, wurden wir von mehreren Fotoblitzen geblendet. Wir stoppten kurz unseren Schritt und gingen dann doch weiter. Ein Reporter stellte sich uns in den Weg, der Kameramann positionierte sich hinter ihm, und fragte uns nach einem Interview. Wir fühlten uns etwas überfallen und verneinten die Anfrage. „Sie werden in den nächsten Tagen auf einer Pressekonferenz von uns über unsere Peru- Reise informiert werden. Respektieren sie bitte, dass wir nach den anstrengenden letzten Tagen in Peru und einer Reisezeit von über 12 Stunden einfach nur ausruhen wollen“. Der Reporter gab aber nicht den Weg frei und fragte an Xenia gewandt: „Ist es ein Mensch oder ist es ein Außerirdischer, den sie gefunden haben“? „Die Wissenschaftler wissen es noch nicht, aber der Fund wird der Menschheit neue Erkenntnisse bringen“ antwortete sie und drückte sich am Reporter und dem Kameramann vorbei. Ich folgte ihr, denn im Hintergrund standen unsere Freunde, die uns vor weiteren Fragen und vor dem aufdringlichen Reporter beschützten. Schnell verließen wir den Ankunftsbereich des Flughafens und liefen zum Parkplatz, wo das Auto von unseren

Freunden stand. Glücklicherweise folgte uns keiner der Reporter oder Fotografen. Nachdem wir die Koffer im Kofferraum verstaut hatten, umarmten wir uns erst einmal. „Herzlich willkommen in der Heimat! Wie geht es euch“? fragten sie gleichzeitig. „Lasst uns schnell einsteigen und losfahren. Wir erzählen es euch während der Fahrt“ antwortete Xenia. Als wir nach fast einer Stunde Fahrt über die Berliner Stadtautobahn und- Straßen an unserem Haus ankamen, waren unsere Freunde begeistert davon, was wir alles erlebt hatten. „Ruht euch erst einmal aus. Die Fotos und Videos sehen wir uns in den nächsten Tagen an“ sagten sie und halfen uns die schweren Koffer in das Haus zu tragen. Wir verabschiedeten uns mit dem Versprechen, uns in den nächsten Tagen zu sehen. Wir stimmten zu, obwohl wir ahnten, dass wir kaum Zeit für einen gemütlichen Abend haben werden. Die Koffer ließen wir im Korridor stehen und gingen in unser Wohnzimmer. Auf einer Anrichte stand unser Festnetztelefon, welches hektisch rot blinkte.

„Willst du jetzt wissen, wer angerufen hat?“ fragte ich Xenia. „Nein, du?“ „Ich will es auch nicht wissen“ antwortete ich und ging in die Küche, um aus dem Kühlschrank eine Flasche Weißwein zu holen, die ich mit Xenia zum Abschluss unserer Reise trinken wollte. Sie hatte schon Gläser auf dem Tisch unserer gemütlichen Couch- Ecke gestellt und sah sich die erste Seite der Tageszeitung an, die unsere Freunde uns auf den Tisch gelegt hatten. Ich goss den Wein in die Gläser, reichte Xenia das zweite Glas, stieß mit ihr an und sagte: „Auf uns!“ „Auf uns!“ antwortete sie und gab mir einen kleinen Kuss. „Sieh mal, auf der ersten Seite steht nicht einmal eine Notiz über unseren Fund in Peru. Woher wussten es dann die…“ Sie stockte plötzlich beim Aufschlagen der zweiten Seite. In großen Buchstaben stand als Überschrift: „Deutsche Touristen finden in Peru Außerirdischen?“ Darunter die üblichen Sätze wie: „Wie wir aus sicherer peruanischer Quelle erfahren haben, sollen zwei deutsche Touristen…“ „Ja, wir haben den Unbekannten gefunden, aber ob er ET ist, wissen wir noch nicht“ spöttelte Xenia. Ich nahm ihr die Zeitung aus der Hand, legte sie zusammen und drückte meine Frau an mich. „Lass uns etwas kuscheln“ schlug ich vor. „Alexa, spiele Yiroma – Songs“ rief ich unserem Audiosystem zu. Einige Sekunden später hörten wir die harmonische, wunderbare Klaviermusik eines südkoreanischen Pianisten. Beide gingen wir unseren Erinnerungen nach, bis Xenia mich fragte: „Meinst du, Ramirez wird uns zur Eröffnung des neuen Museums in Lima einladen?“ Ich überlegte kurz und antwortete: „Ich glaube schon, denn wir beide sind eigentlich Kolumbus, die Entdecker des „Menschen“. Kurze Zeit später hörte ich ein tiefes Atmen meiner Frau. Sie war eingeschlafen. Ich genoss die Ruhe und die Nähe von Xenia und ließ meine Gedanken zu, die zurück in die letzten Wochen in Peru gingen. Irgendwann muss auch ich eingeschlafen sein. Als „Alexa“ mich fragte: „Was soll ich jetzt spielen?“ wachten wir beide auf. „Lass uns schlafen gehen“ sagte ich leise zu Xenia. Die Nacht schliefen wir fest und ruhig, ohne einen Traum. Ob es die gewohnte Umgebung war? Ich glaube schon.

Eine aufregende Zeit in Deutschland

Leise, aber immer lauter werdend, weckte uns „Alexa“ mit Vogelzwitschern. Irgendwann hatten wir diesen Klingelton für uns entdeckt und fanden ihn ideal, um langsam aufzuwachen. Seltsam, dachte ich, kein Telefon klingelt, keine Türklingel schrillt und auch unsere Handys blieben ruhig. Wir machten unsere Morgentoilette und freuten uns auf unser Frühstück. Unsere Freunde hatten unseren Kühlschrank gefüllt, so dass wir u. a. Rührei mit Schinken auf frischem Vollkornbrot essen konnten. Dazu gab es grünen Tee, den wir schon seit Wochen nicht mehr getrunken hatten. Die rote Lampe an unseren Festnetztelefon blinkte immer noch. „Irgendwann müssen wir die Anrufe mal abhören“ sagte ich zu Xenia. „Ja, aber lass uns über die nächsten Tage sprechen. Wie wollen wir uns verhalten. Verstecken können und wollen wir uns nicht. Unser restlicher Urlaub wird nicht ausreichen, um alle Termine, die an uns herangetragen werden, anzunehmen. Außerdem möchte ich mit dem Wissen und mit unserem Foto- und Videomaterial die Menschen in Deutschland über die Schönheiten und die archäologischen Besonderheiten des Landes Peru informieren. Meinst du, dass wir für ein Jahr eine Freistellung von unseren Arbeitgebern bekommen?“ „Nehmen wir an, dass man die Bedeutung des Fundes des „Menschen“ erkennt und wir als „Hobby-Archäologen“ akzeptiert werden, dann haben wir eine Chance, eine Freistellung zu bekommen“ antwortete ich Xenia. Irgendwie hatte sich meine Frau verändert. Seitdem sie dem „Menschen“ nah war, in seine Augen geblickt hatte und ein Gefühl der Verbundenheit mit ihm spürte, seitdem wollte sie mit allen Menschen auf der Erde ihr Wissen teilen. Als wir noch überlegten, wie und was wir in den nächsten Stunden alles tun müssen, klingelte unser Telefon. Es meldete sich ein gewisser Herr Hansen vom ZDF, der uns als Redakteur in seine nächste Wissenschaftssendung einlud.

Zu einer Sendungsvorbesprechung sollten wir schon am nächsten Tag in das Berliner ZDF-Studio kommen, um entsprechende Absprachen für eine Sondersendung zu treffen. Ich schaute Xenia an, welche das Gespräch mitgehört hatte. Sie zeigte mir den senkrechten Daumen, was ihre Zustimmung bedeuten sollte und ich sagte dem kurzfristigen Termin zu. Als ich das Telefon aufgelegt hatte, umarmte mich Xenia und gab mir einen Kuss. „Wir werden berühmt…“ jubelte sie und drückte sich so fest an mich, dass ich an ganz andere Dinge dachte als an berühmt zu werden. Xenia holte unser Tablet, öffnete die Kalender- App und trug den ZDF- Termin ein. Ich bat „Alexa“ um die Speicherung des Termines. In den folgenden Stunden hörten wir den Anrufbeantworter ab. Von Begrüßungen unserer anderen Freunde bis zu Einladungen in verschiedene Zeitungsredaktionen zu einem Interview war alles vorhanden. Langsam füllte sich unser Terminkalender, so dass wir nach Zusagen auch Absagen erteilen mussten. Den Rest des

Tages verbrachten wir mit der Beantwortung von Mails und Anrufen. Glücklicherweise hatten wir in der Vergangenheit unsere Handy-Nummern nur unseren Freunden und Bekannten gegeben, so dass wir auf unseren Handys kaum Anrufe bekamen. Manchmal hat die Nichtweitergabe von Daten auch Vorteile. Besonders freute uns eine Mail aus Peru. Sie kam von Suyana. Sie fragte uns, ob wir gut in Deutschland angekommen sind und teilte uns mit, dass das Ministerium die Vielzahl der Anfragen von Wissenschaftlern und Medien kaum beantworten kann. Ramirez hatte einen wissenschaftlichen Sonderstab gebildet, der nur die neusten wissenschaftliche Erkenntnisse über den „Menschen" und seine Artefakte an ausgewählte Wissenschaftler anderer Länder weitergab. Er hatte auch dafür gesorgt, dass wir auf die Verteilerliste kommen und somit immer aktuell informiert werden. Wir schrieben Suyana sofort zurück und beantworteten ihre Fragen. Weiterhin sollte sie an Ramirez unseren Dank und herzliche Grüße ausrichten. Weiter unten im Mailprogramm lasen wir eine Einladung des Deutschen Archäologischen Instituts. Die Präsidentin lud uns zu einem ersten Gespräch ein und wollte uns kennenlernen. Eigentlich hatten wir mit diesem hohen Interesse einen Tag nach unserer Ankunft in Deutschland nicht gerechnet. „Die internationale Kommunikation zwischen den Wissenschaftlern und den Medien scheint besser zu sein, als zwischen den Politikern“ scherzte Xenia. Ich konnte ihr nur recht geben.

Die folgenden Tage waren ungewöhnlich. Wir pendelten zwischen den Fernseh- und Rundfunksendern, zwischen Zeitungs-redaktionen und Freunden und Bekannten hin und her und mussten uns vor Pseudowissenschaftlern und religiösen Sekten schützen. Unweit unseres Hauses stand ein PKW, dessen Insassen uns schützen sollten, so der Verantwortliche für Personenschutz. Dieser Schutz sollte aber nur befristet sein, bis eine gewisse Sicherheit wiederhergestellt war.

In unserer geringen Freizeit optimierten wir unsere Video- und Foto Show und hielten diverse Vorträge, z. B. in der Urania in Berlin aber auch in anderen deutschen Städten. Mit unseren Arbeitgebern hatten wir ein Jahr Freistellung vereinbart, die wir auch benötigten. Jeden Tag checkten wir unseren E- Mail Account nach neuesten Nachrichten aus Lima. Suyana und Ricardo informierten uns zusätzlich zum offiziellen Wissenschaftsverteiler über den Stand der Forschung. Man hatte alle Artefakte, die sich in der Höhle befanden, untersucht. Besonders die digitalen Speicher interessierten die Wissenschaftler, aber man konnte den Kristallen ihre gespeicherten Daten noch nicht entlocken. Der „Zylinder", der sich in der Hand des „Menschen" befunden hatte, war so etwas Ähnliches wie ein Tablet. Man konnte zwar das Gerät starten, aber über den Start screen hinaus zeigte es nur eine Seite mit gleichen Schriftzeichen, wie auf den anderen Artefakten zu sehen, an. Da man diese noch nicht übersetzen konnte, war ein weiteres Vordringen in den Speicher des „Zylinders“ unmöglich. Die internationale Forschergruppe, die sich mit den Artefakten, der Übersetzung der Schrift und mit der Untersuchung des „Menschen“ befasste, waren ausgesuchte Spezialisten. Es war nur eine Frage der Zeit, bis diese Wissenschaftler sowohl die Hieroglyphen als auch die Zeichen, die einer Keilschrift ähnlich sahen, übersetzen konnten. Bevor die Höhle mit dem „Menschen“ nach Lima in das neue Museum umgesetzt werden sollte, hatte man den „Menschen“ mit diversen Scans untersucht. Von Ricardo erhielten wir vorab die Antwort, dass der Körperbau anders als der von uns Menschen war. Die Finger waren nur drei und länger als bei uns Menschen, die Fußzehen ebenfalls. Der Schädel war größer und länger, ähnlich den Langschädeln, die man bei Ausgrabungen in Peru gefunden hatte. Die Augenhöhlen waren größer und oval nach seitlich oben im Schädel angeordnet und die Muskeln wenig stark ausgeprägt, aber gut erhalten. Eine Besonderheit gab es bei der Haut. Wie Xenia schon beim ersten Anblick bemerkte, hatte die Haut einen silbrig- bläulich glänzende Farbe. Die Wissenschaftler stellten nun fest, dass die eigentliche Haut des „Menschen“ von einer Folie überzogen war, um diese zu schützen. Nun konnte man sich auch erklären, warum dieser Unbekannte keinem Verfall unterlag. Aber auch die inneren Organe waren so gut erhalten, dass die Wissenschaftler von einer Plastifizierung des gesamten Körpers ausgingen. Weitere Untersuchungen sollten folgen. Jeder Tag brachte uns neue Erkenntnisse und neue Fragen. In der Zwischenzeit verfolgte ein Großteil der Menschen in Deutschland die Ausgrabung in Peru. In unseren Vorträgen, die alle überfüllt waren, wurden wir mit Fragen über dieses ferne Land überhäuft. Viele Deutsche kannten Peru nicht, wollten aber in einen der nächsten Urlaube in dieses Land fliegen. Immer mehr Anfragen nach Bild- und Videomaterial von Redaktionen trafen bei uns ein. Ab und zu sahen wir unsere eigenen Fotos in

Publikationen und im Fernsehen und waren beide erfreut über das Interesse unser Mitbürger.

Die Geschichte der Menschheit muss neu geschrieben werden

Eines Tages saß ich so gegen 15.00 Uhr mit Xenia bei einer Tasse Cappuccino, als mein Smartphone klingelte. Auf dem Screen erschien das Foto von Suyana. In Peru war es erst gegen 09.00 Uhr am Morgen. Ich stellte den Lautsprecher an, damit Xenia mithören konnte und meldete mich mit: „Hello Suyana“. Sie schien etwas aufgeregt zu sein und sagte: „Er ist kein Mensch! Habt ihr gehört, er, der „Unbekannte“ ist kein Mensch!“ „Was!?“ riefen wir fast zur gleichen Zeit. „Wo kommt er dann her?“ fragten wir Suyana. „Wir wissen es noch nicht“ antwortete sie. „Aber unsere Spezialisten werden uns informieren, sobald sie etwas mehr wissen. Ich musste es Euch vor allen anderen sagen.“ Sie hatte sich wieder beruhigt und wir fragten: „Wie wurde das festgestellt?“ „Es wurden Gen- Analysen durchgeführt. Die DNS ist zwar ähnlich dem eines Menschen, aber unterscheidet sich doch von unserer DNS.

Weitere Untersuchungen ergaben, dass der Unbekannte auch in der Struktur des Skelettes und in der Knochenstruktur Unterschiede aufweist. Besonders auffällig ist ja der große Schädel gegenüber dem eines Menschen. Als man die in Peru gefundenen Langschädel mit den des Unbekannten verglich, stellt man mehr Übereinstimmung als mit einem menschlichen Schädel fest. Man vermutet, dass es mit Menschenfrauen gezeugte Nachkommen der Unbekannten sind, die aber später ausstarben". „Wann werden wir es offiziell erfahren?" fragten wir Suyana. „In den nächsten Stunden werden wir die Information an die Wissenschaftler und dann erst an die Öffentlichkeit herausgeben. Also, bitte wartet noch bis ihr die offizielle Information von uns bekommt". Suyana verabschiedete sich und wir schauten uns leicht erregt an. Ich legte das Smartphone aus der Hand und griff zu meiner Tasse Cappuccino. „Weißt du was das bedeutet?" fragte ich Xenia. „Wir müssen davon ausgehen, dass diese Information, die uns Suyana soeben mitgeteilt hat, der Wahrheit entspricht. Irgendwie hatte ich so ein Gefühl, als wir ihm gegenüberstanden. Damals fragte ich mich: „Wer bist Du?“ „Wie war es bei dir?“ Xenia sah mich ruhig an und antwortete: „Ich wusste es, ich wusste es“ wiederholte sie. „Ich wusste es, dass er kein Mensch war. Als Frau spürt man es. Ich habe dir es nur nicht gesagt, weil ich mir nicht ganz sicher war“. Ich nahm das Tablet, schaltete unseren großen OLED- TV ein und koppelte beide Geräte. Auf dem Bildschirm erschien groß und ganz nah der „Mensch“, der ja nun kein „Mensch“ mehr war. Wir sahen in seine Augen und wünschten uns, er könnte mit uns sprechen. „Wo kommst Du her?“ fragte ich leise. „Vom Sternbild des Orion“ antwortete die Stimme verstellend Xenia. Wir saßen beide ruhig vor dem Bildschirm, sahen in seine Augen, betrachteten seine Haut und seinen schillernden Metallhut, als würde er uns in den nächsten Sekunden antworten. Xenia nahm das Tablet und rief auf einer Sternenkarte das Sternbild des Orion auf. Sie zoomte das

Sternenbild größer und wir sahen zwei hellleuchtende Sterne. „Oben links“, erläuterte Xenia, “sieht man den Stern Beteigeuze, unten rechts den Stern Rigel. Beide sind 640 bis 773 Lichtjahre von der Erde entfernt. In der Mitte bilden die Sterne Alnitak, Alnilam und Mintaka einen Gürtel. Sie sind 818 bis 1342 Lichtjahre von der Erde entfernt. Diese drei Sterne werden auch die drei Könige genannt und sind mit bloßem Auge sichtbar. Verbindet man diese Sterne und weitere aus dem Sternbild Orion mit einer Linie, ergeben sie zwei auf sich stehende Dreiecke oder Pyramiden. Betrachtet man die Pyramiden von Gizeh aus der Luft, ergibt die Anordnung und Ausrichtung derselben, gleiche Abstände wie bei den drei Sternen des Orion. Warum also haben die alten Baumeister der ägyptischen Pyramiden diese auf das Sternbild des Orion ausgerichtet? In mehreren tausend Jahren wird der rote Riese Beteigeuze als Supernova explodieren und das Sonnensystem zerstören. Wenn um diesen Fixstern Planeten mit Lebewesen existieren, würden sie im Chaos der Explosion untergehen“. „Du bist so klug“ hänselte ich Xenia. „Bitte zeige uns noch einmal das Bild vom Unbekannten“ bat ich sie. Xenia wechselte in den Foto- Ordner und die Bilder erschienen auf dem TV. „Sieh mal die Anordnung der Sterne auf der blauen Brustleiste. Diese sind genauso angeordnet wie die Gürtelsterne im Sternbild Orion. Was, wenn der Unbekannte vom Orion kommt und eine neue Heimat suchte. Er fand sie auf der Erde, die aber schon mit primitiven Lebewesen besiedelt war. Sie veränderten gentechnisch diese Lebewesen und schufen den heutigen modernen Menschen. Nachdem die Unbekannten die Grundlage für eine Rückkehr und für ein gemeinsames Leben mit den Menschen auf der Erde geschaffen hatten, flog ein Teil von ihnen in die Heimat zurück. Ein paar von ihnen blieben auf der Erde, um mit den Menschen den Planeten und die Menschheit weiter zu entwickeln. Unser Unbekannte gehörte dazu. Sie bauten die Pyramiden und sorgten damit für eine weltumspannende Energieversorgung. Sie modellierten tonnenschwere Steinblöcke, Megalithe, und schufen damit große Städte. Dabei benutzten sie eine moderne Steinbearbeitungstechnologie, die man heute noch in vielen Ländern, aber auch in Peru bewundern kann. Die größten Megalithe entdeckte man in Baalbek im Libanon mit einem Gewicht von 1500 Tonnen als auch im russischen Kemerowo, in Sibirien. In Kemerowo haben Forscher einige der Steine auf ein Gewicht von 3.000 Tonnen geschätzt. Die Steine sind rechteckig und werden von ebenen Flächen begrenzt. Sie sind bis zu 40 Meter hoch und sehr präzise übereinandergestapelt. Etwas Vergleichbares gibt es bisher nicht. Als die Lebenszeit der Unbekannten, die wahrscheinlich mehr als dreihundert Jahre währte, zu Ende war, beerdigte man sie in Peru. Ähnlich wie die Paracas ihre Häuptlinge. Bestimmt gibt es in anderen Ländern ähnliche Gräber, die man nur noch nicht gefunden hat. Die mit den

Erdenfrauen gezeugten Nachkommen, von denen nur noch die Langkopfschädel übrig sind, konnten aber ihre Gene nicht weitervererben. Die menschlichen Gene waren stärker und überdeckten die Gene der „Unbekannten“ mit der Zeit. Die Menschen entwickelten sich zwar weiter, vergaßen aber viel Wissen und Technologien der Unbekannten. Sie schufen Orte wie die Nasca-Linien, wo man die Unbekannten zurückerwartete. Sie schufen Religionen und beteten ihre Götter und später ihren einzigen Gott in Kirchen und Moscheen an, in der Hoffnung der „Erlöser“ kommt zur Erde zurück. Aber er kam nicht.“ Wir sprachen und diskutierten den ganzen Abend. Irgendwann sagte Xenia: „Vielleicht haben sie uns schon die neuesten Ergebnisse per Mail geschickt“ und sah in unseren Mail- Account. „Ja, sieh mal. Der offizielle Bericht an die Wissenschaftler ist da.“ Wir saßen beide vor dem Monitor und lasen die offizielle Bekanntgabe der wissenschaftlichen Erkenntnisse über den

„Unbekannten". Irgendwann gegen Mitternacht sagte Xenia: „Lass uns ins Bett gehen. Morgen wird bestimmt ein anstrengender Tag." Ich aktivierte die Sicherheitsanlage und wir gingen schlafen. In meinem Traum stand ich dem Unbekannten gegenüber und sprach mit ihm. Er erzählte mir seine Geschichte.

Am frühen Morgen wurden wir mit dem Klingeln des Telefons geweckt. „Lass es klingeln", sagte ich zu Xenia, die schon aus dem Bett springen wollte, um zum Telefon zu gehen. „Sie sollen auf den Anrufbeantworter sprechen." „Ja" sagte sie und drehte sich mir zu. „Ist es wahr oder war es nur ein Traum?" „Nein, es ist wahr" antwortete ich. „Er kommt aus dem Sternbild des Orion. Ich habe mit ihm im Traum gesprochen und er hat es mir erzählt. Sie müssen sich einen neuen Planeten suchen und haben sich unsere Erde ausgewählt, weil wir ihnen ähnlich sind und auf der Erde ähnliche Lebensbedingungen herrschen wie auf ihrem Planeten. Der rote Riese Beteigeuze wird in tausenden von Jahre als Supernova explodieren und die Sonnensysteme der Sterne Alnitak, Alnilam und Mintaka zerstören. Alle Lebewesen würden im Chaos der Explosion untergehen. Entgegen anderen Zivilisationen, die es im näheren Universum gibt, die aber kriegerisch veranlagt sind, sind sie friedlich und wollen auch friedlich mit uns zusammenleben. Sie schenken uns ihr Wissen und ihre hochentwickelte Technologie und werden die Venus und den Mars gemeinsam mit uns zu lebenswerten Planeten umgestalten. Das Einzige was sie an unserem Planeten stört, sind unsere Frauen. Diese müssen noch lieber zu den Männern werden, sonst bleiben sie fern." „Spinner" fauchte Xenia mich an und stieg aus dem Bett. Sie ging ins Bad und ich streckte mich und genoss die Sekunden der Ruhe.

Nach dem Frühstück setzten wir uns wieder vor den Monitor, um die letzten Abschnitte der Information zu lesen. Zwischendurch klingelte immer mal wieder das Telefon.

Wissenschaftlich genau hatte man alles aufgeführt, was die medizinischen und auch die gentechnischen Untersuchungen herausgefunden hatten. „Wir müssen unseren Vortrag auf der Grundlage der neusten Erkenntnisse ergänzen und verändern“ sagte Xenia. „Ja, das ist richtig, aber wie wollen wir vorgehen?“ fragte ich. „Nachdem die Öffentlichkeit über die Presse und die elektronischen Medien informiert ist, wird es Unruhen unter der Menschheit geben. Die fortschrittlichen Menschen werden die Entdeckung des Unbekannten vom Sternensystem des Orion begrüßen und auf weitere Erkenntnisse warten, die man aus den digitalen Speichern auslesen wird. Besonders junge Menschen werden sich der Wissenschaft zuwenden und auf weitere Ergebnisse warten. Was aber werden die religiösen, besonders die fundamentalistischen Menschen tun? Wird es zu weiteren religiösen Kriegen wie im nahen Osten kommen oder werden die Religionen endlich den Menschen und nicht Gott in den Vordergrund stellen?

Werden sie die „Götter“ von damals, wie es der Prophet Hesekiel im 6. Jahrhundert vor Chr. in einer Schrift, die man in der Bibel im Alten Testament nachlesen kann, beschrieben hat, akzeptieren oder wird es einen großen religiösen Krieg, Gläubige gegen Ungläubige, geben? Wir sollten auf solche Fragen vorbereitet sein“. Xenia sah mich ernst an und sagte: „Bis jetzt war es nur eine Ausgrabung im fernen Peru, eine von vielen in der Welt. Aber jetzt verändert die Existenz des Unbekannten die ganze Welt. Auf die zerstrittene und langsame EU können wir nicht hoffen, auch nicht auf die Parteien, die nur ihre eigenen politischen Interessen vertreten, sondern es muss schnell ein neues internationales Gremium von den fortschrittlichsten Ländern gebildet werden, welches den neuen Herausforderungen gerecht wird. Auch die UNO ist in ihren alten Strukturen zu unbeweglich. Es muss ein Gremium über der UNO die neuen Herausforderungen annehmen und schnell handlungsfähig sein“. Ich erkannt meine Frau nicht wieder. Sie war voller Tatendrang und wollte die ganze Welt verändern. „Ich schlage dich als Präsidentin von diesem Gremium vor“, sagte ich leicht schmunzelnd. „Vorsichtig!“ fauchte Xenia und legte ihren Stift, mit dem sie die ganze Zeit gespielt hatte, zur Seite. „Aber warum nicht! Frauen waren schon immer die Stärkeren, oder?“ „Wollen wir es mal probieren?“ scherzte ich zurück. Sie ging in eine Angriffsstellung über und wartete auf meinen Angriff. „Ach, heute habe ich keine Lust. Vielleicht heute Abend?“ „Feigling“ bekam ich zu hören und ein zugespitzter Mund sagte mir: „Gib mir einen Kuss“. Ich befolgte die Anweisung meiner Frau und nutzt sie etwas länger aus. „Lass uns doch mal die Online- Presse lesen. Vielleicht gibt es schon erste Meldungen auf der Grundlage der wissenschaftlichen Informationen aus Peru.“ Oftmals wurden bestimmte Redakteure von Wissenschaftlern vor der offiziellen Bekanntgabe informiert, so dass man davon ausgehen konnte, dass bei dieser

Sensationsmeldung das Netz voller Meldungen und Spekulationen war.

In unserem Wohnzimmer stand ein Smart- TV, der es uns ermöglichte, News aus Deutschland, aber auch aus der ganzen Welt zu lesen. Vorher schaltete ich aber noch auf die Nachrichtensender „Welt“ und „n-tv“. Auf beiden Sendern liefen Diskussionsrunden mit Redakteuren und Wissenschaftsjournalisten bzw. unbekannten Wissenschaftlern, die über den „Unbekannten“ oder „Alien“ sprachen, als hätten sie ihn persönlich kennengelernt. Ich schaltete weiter. Zunächst auf die online-Ausgabe der „Welt“. Wir waren, entgegen der Gesprächsrundenspekulationen im TV, über die sachliche online- Berichterstattung erstaunt. Zum großen Teil hatte man die Textinhalte der wissenschaftlichen Informationen aus Peru übernommen und mit den Ansichten der Redaktion ergänzt. Die Fotos stammten aus unserem Fotoarchiv, da wir verschiedenes Fotomaterial einer Bildagentur übergeben hatten. Immer wieder tauchte die Frage nach der Herkunft und dem Alter des Unbekannten auf. Man spekulierte ein wenig, wollte aber auf die Ergebnisse weiterer Untersuchungen warten. Ansonsten las man die üblichen Schlagzeilen. Von Äußerungen religiöser Führer war nichts zu lesen. Weder vom Pabst noch von den Führern muslimischer Länder gab es Meinungen oder Kommentare. Wahrscheinlich war man von den wissenschaftlichen Erkenntnissen über den Unbekannten überrascht wurden und musste sich erst einmal eine neue Strategie ausdenken, um die Gläubigen nicht an die Wissenschaft zu verlieren. „Wir müssen noch den Anrufbeantworter abhören. Vielleicht ist etwas Wichtiges dabei“, sagte Xenia. Sie holte unser Tablet, auf dem sie eine Übersicht über alle Termine erstellt hatte. Zusätzlich speicherten wir über „Alexa“ kurzfristig aktuelle Termine ein und ließen uns daran erinnern. Auf dem Anrufbeantworter waren die üblichen Anfragen von Redaktionen und Organisationen für einen Gesprächs- oder Vortragstermin. Xenia trug die Termine in unseren Terminkalender ein und notierte sich Überschneidungen von Terminen. In kurzen telefonischen Gesprächen klärte sie in wenigen Minuten die Problematik, ohne ständig Mails schreiben zu müssen. Das gute alte Telefon war eben doch noch nützlich.

Ich hatte mich in der Zwischenzeit in unser gemeinsames Arbeitszimmer begeben, um an der Korrektur unserer Vorträge zu arbeiten. Als Xenia das Zimmer betrat, sagte ich: „Ich muss nochmal Suyana anrufen, um zu erfahren, ob es schon Fortschritte bei der Entschlüsselung der digitalen Speicher gibt. Suyana und Ricardo bekommen im Ministerium doch zuerst die Information. Ich möchte nur einmal wissen, ob es da schon etwas Neues gibt.“ Xenia rechnete sechs Stunden zurück und meinte: „Ja, sie müsste schon in ihrem Büro sein.“ Ich nahm mein Smartphone und rief Suyanas Nummer an. Erst nach fünf Sekunden hörte ich ein

Rufzeichen. Nach zwei weiteren Rufzeichen war sie am Telefon und sagte: „Ich wollte euch auch gerade anrufen. Es gibt Neuigkeiten betreffs der digitalen Speicher. Man konnte den Code des „Zylinders“ entschlüsseln und die Inhalte sichtbar machen. Nach dem Start screen erscheint auf dem Display ein kurzer Videoclip. Ein Raumschiff, viel größer als ein UFO, fliegt auf das Sternensystem des Orion zu. Es steuert einen Planeten an, der ähnlich wie unsere Erde im Dunkel des Raumes leuchtet, aber in einem helleren Blau. Um den Planeten kreisen drei Monde, die farblich unterschiedlich sind und...“ Suyana machte eine kurze Pause sagte dann: „Ich muss zu einer wichtigen Besprechung. Ich sende Euch den Video- Clip zu. Seht selbst, wie schön dieser Planet ist. Bis bald!“ Sie hatte aufgelegt und kurze Zeit später kam eine Mail von ihr mit einem Anhang. Es war der Video- Clip. Wir gingen beide in unser Wohnzimmer und riefen auf unseren Smart- TV die Mail auf. Ich kopierte die Datei zunächst auf eine SSD, um dieses wichtige Videodokument sicher zu behalten. Xenia hatte sich in der Zwischenzeit ein paar Nüsse geholt. Als der Kopiervorgang beendet war, startete ich den Video- Clip. Auf dem TV war zunächst alles schwarz. Dann begann eine harmonische, in der Luft schwebende Klangfläche, die uns umgab und bei mir eine Gänsehaut erzeugte. Gleichzeitig wurden im Schwarz des Screens kleine Sterne sichtbar, die langsam rechts und links wieder verschwanden. Plötzlich tauchten in der Mitte drei leuchtende Sterne auf, die oben und unten von rötlich bzw. bläulich leuchtenden größeren Sternen umgeben waren. Das Sternbild des Orion! In das Bild kam von rechts ein großes, rundes Raumschiff, begleitet von länglich ovalen kleineren Schiffen. Jedes der Schiffe wurde von einem hellblauen Leuchten umgeben, das seitlich in der Stärke zunahm. Gemeinsam steuerten sie auf den linken Stern des Orion zu. Um diesen Stern sah man Planeten mit einer unterschiedlichen Anzahl von Monden kreisen. Der dritte Planet war von mittlerer Größe und leuchtete in einem wunderschönen Hellblau. Je näher die Raumschiffe diesem Planeten kam, umso mehr konnte man erkennen. Man sah, ähnlich wie auf der Erde, unterschiedlich große Kontinente und Meere. Um den Planeten verteilt sah man sechs ebenfalls hellblau leuchtende Kugeln. Wie wir später erfuhren, waren es riesige Satelliten, die das hellblauleuchtende Schutzfeld um den Planeten erzeugten. Das große Raumschiff steuerte den größeren der drei Monde an, während die kleinen Schiffe in die Atmosphäre des Planeten eintauchten. Einem brodelten Rot der Flammen folgte ein Weiß der Wolken und dann grüne, rote, blaue und braune Flächen, die sich in Wälder, Seen, Flüsse und Städte auflösten. „Fast wie die Erde", flüsterte Xenia leise. Die Raumschiffe überflogen eine große Stadt und landeten senkrecht außerhalb auf einer runden, bräunlichen Fläche, wo schon andere Raumschiffe standen. Das blaue Leuchten der Schiffe war verschwand plötzlich. Ihre

Metallkörper schillerten leicht in allen Farben, ähnlich dem Anzug des Unbekannten. In der Mitte des Platzes lag eine große, ebenfalls schillernde Kugel, aus der ein Wesen auf die Kamera zukam. Als die Kamera das Gesicht groß zeigte, erkannten wir unseren Unbekannten aus der Höhle wieder. In diesem Moment stoppte die Aufzeichnung. Man hörte keine Klangfläche mehr, sondern sah nur in das Gesicht des unbekannten Wesens, in seine hellblauen sanftmütigen Augen. In diesen Sekunden der Ruhe sagte ich: „Schade, ich hätte gern noch mehr von seinem Heimatplaneten gesehen. Aber wir wissen jetzt, dass unsere Annahme richtig war. Er kommt vom Sternbild des Orion.“ Xenia atmete tief, schloss die Augen und lehnte sich im Sessel zurück. „Wann kommen sie zurück? Vielleicht gibt es kein Leben mehr auf ihren Planeten, weil der rote Riese in ihrem Sternbild schon so intensive Infrarotstrahlung und erhöhte Gravitationsfelder ausstrahlte, so dass ein Leben nicht mehr möglich war. Seitdem die

„Unbekannten“ auf der Erde waren sind mehr als 400 Millionen Jahre vergangen. Möchtest du, dass sie noch leben?“ Auch ich hatte in der Zwischenzeit die Augen geschlossen und antwortete Xenia: „Ja ich möchte, dass sie noch leben und ich hoffe, sie kommen bald die Erde besuchen und erklären allen Menschen, wie wertvoll unser Planet ist. Und dass es keinen Gott gibt, den wir anbeten müssen, sondern nur eine Unendlichkeit, die wir aber nicht erkennen und begreifen können, weil wir selbst ein Teil davon sind.“ Xenia sah mich mit feuchten Augen an, holte tief Luft und sagte: „Ich hoffe, sie leben noch!“

In den folgenden Tagen kamen immer mehr Informationen in Form von Texten, Fotos und Videos von Suyana und auch Ricardo. In der Zwischenzeit war es den Wissenschaftlern auch gelungen, die anderen digitalen Speicher auszulesen. Sie beinhalteten Informationen über die Entwicklung ihres Planeten, über das Zusammenleben der Unbekannten in einer freien Gesellschaft, über ihr Wissen und über die von ihnen entwickelten Technologien. Wie weit war dagegen die heutige Menschheit in allem entfernt. Sie hatten Technologien entwickelt, um ihren Planeten gegen alle möglichen Angriffe zu schützen. Ihre Lebenserwartung lag bei bis zu 300 Jahren. Krankheiten hatten sie durch Genforschung und Genveränderung eliminiert. Sie waren durch Sonden und Raumschiffe in die Tiefen des Universums vorgedrungen und hatten dabei andere Lebensformen entdeckt. Nur die in ein paar Jahrtausenden anstehende Explosion des roten Riesen und damit die Zerstörung ihres Sonnensystems und ihres Planeten konnten sie nicht verhindern. Die Gesetze des Universums waren auch für sie nicht änderbar. Als sie die nahende Katastrophe erkannt hatten, suchten sie nach Planeten mit ähnlicher Lebensgrundlage und fanden die Erde. Sie schickten Sonden zur Erde und erkannten, dass diese bereits mit primitiven Wesen bewohnt war. Später besuchten einige von ihnen unseren Planeten, um diesen für eine Umsiedlung der Unbekannten vorzubereiten. Später sollten der Mars und die Venus bewohnbar gemacht werden. Sie bauten große Städte, veränderten die Lebewesen der Erde durch Genmanipulation in Menschen und unterrichteten diese in der Nutzung moderner Technologien. Einige von den Unbekannten blieben auf unseren Planeten, um die Entwicklung der Menschen weiter zu fördern. Dazu gehörte wahrscheinlich unser „Mensch“. Irgendwann dann, vor Millionen von Jahren, war der Zeitpunkt erreicht, um die ersten Bewohner des Planeten des Orion auf die Erde umzusiedeln. An alles hatte man gedacht, nur nicht an die Unberechenbarkeit des Universums. Innerhalb des Asteroiden- Gürtels, der sich zwischen Mars und Jupiter befindet, kam es zu einem Zusammenprall von mehreren Asteroiden. Ein Asteroid wurde dabei mit hoher Geschwindigkeit in Richtung Erde geschleudert. Trotz des hohen Technologiestandes der „Unbekannten“ kam es zur Kollision des

Asteroiden mit der Erde. Jegliches Leben wurde sofort oder später als Folge der großen Eiszeit vernichtet. Die Erde war unbewohnbar geworden. Einige Menschen konnten sich zwar in mit Maschinen schnell gegrabene Tunnelsysteme retten. Sie starben aber nach Jahren durch die Folgen der Eiszeit, die fast den ganzen Planeten einnahm. Millionen Jahre später, als auf die Erde wieder erste Sonnenstrahlen fielen, begann das Leben neu. Als die durch die Evolution entstandene heutige Menschheit in der Lage war, ihre Umgebung zu erforschen, fanden sie die Überreste der Zivilisation der früheren Menschen. Sie sahen Pyramiden, Reste von Städten, die aus großen und schweren Steinen gebaut waren. Sie fanden Zeichnungen und Reliefs, wo Lebewesen mit Raum- Scheiben vom Himmel kamen und den früheren Menschen in ihrem Leben halfen. Es waren friedliche Bilder und Reliefs. Sie aber, die heutigen Bewohner der Erde, lebten in primitiven Höhlen oder Hütten, kämpften jeden Tag um Nahrung und mussten sich gegen gefährliche Tiere und Feinde schützen. Je mehr sie sich die alten Reliefs ansahen, umso mehr wuchs die Sehnsucht nach den „Göttern“, die vom Himmel kamen. Nur sie konnten ihnen helfen, konnten ihnen Regen und Sonnenschein und damit reiche Ernten bringen. Die Menschen kratzten Geoglyphen in die Felsen von Gebirgen oder opferten sogar ihre eigenen Töchter und Söhne bei lebendigem Leib. Immer in der Hoffnung, die Unbekannten kommen zurück. Später bauten sie Kirchen und Moscheen, dachten sich die Schöpfungsgeschichte aus und beteten und beten noch heute…

Die Rückkehr

Die Welt war verändert. Nicht jeder Mensch auf der Erde kannte Peru bzw. hatte anfangs von den Ausgrabungen und der Entdeckung des „Unbekannten“ gehört. Nun aber waren schon zwei Monate vergangen und fast alle Menschen auf der Erde wussten davon. Einige sahen in den Erkenntnissen der Wissenschaft die große Lüge, die gegen die derzeitige religiöse Ordnung gerichtet war. Die Mehrheit erkannten die wissenschaftlichen Ergebnisse an und hofften auf eine baldige Begegnung mit den Bewohnern des Planeten des Orion. In öffentlichen Publikationen und TV-Gesprächsrunden prallten diese Meinungen aufeinander. Extreme religiöse Gruppen griffen Wissenschaftler und wissenschaftliche Einrichtungen an und bezichtigten sie der Lüge. In Kirchen und Moscheen beteten die Gläubigen noch öfter und hofften auf die Rückkehr des „Allerheiligen“. Xenia und ich mussten sich oft in öffentlichen Auftritten gegen extreme Meinungen wehren und verwiesen auf die Beweise, die aus den digitalen Speichern des Unbekannten kamen. Glücklicherweise wurden wir beschützt und unsere Freunde, die alle Atheisten waren, hielten zu uns.

In den letzten Tagen waren die Informationen aus Peru weniger geworden. Wir wussten von Xenia und Ricardo, dass die Bergung des „Unbekannten“ und der Transport per Lasten-Hubschrauber in das neue Museum in Lima kurz bevorstand. Es war gelungen, die Wände der Höhle mit Beton und Plastik so zu verfestigen, dass aus der zweiten Höhle eine Kugel entstand, die man transportieren konnte.

Die Einladung

Zwei Tage später hielt vor unserem Haus eine dunkle Limousine, aus der ein älterer seriöser Herr ausstieg. Es war der stellvertretende Botschafter der peruanischen Botschaft in Deutschland, der im Auftrag vom Präsidenten von Peru uns eine Einladung zur feierlichen Eröffnung des neuen Museums in Lima überbrachte. Wir nahmen die Einladung dankend an, packten die Koffer und flogen am nächsten Morgen mit einer Lufthansa-Maschine nach Peru. Kurz vor dem Abflug sendeten wir an Suyana und Ricardo noch eine Mail, wo wir unsere Ankunft mitteilten. „Wir freuen uns auf Euch. Viele Grüße von Ramirez“, schrieb Suyana kurz zurück. Am Flughafen in Berlin als auch in Frankfurt erwarteten uns überraschenderweise ein paar Journalisten und stellten uns die üblichen Fragen. „Woher wissen die denn, dass wir heute nach Lima fliegen“ fragte Xenia mich leicht genervt. „Ich kann es dir leider nicht sagen“, antwortete ich und ging mit ihr in schnellen Schritten zum Abflug- Terminal. Im Flugzeug hatte man uns zwei Plätze in der First- Class reserviert. „Schließlich sind wir die Entdecker“ freute sich Xenia und lehnte sich zur Entspannung in ihren bequemen Flugzeugsessel zurück. Die letzten Wochen hatten uns etwas gestresst. Und die nächsten Tage werden wohl auch nicht eine reine Erholung sein. Also lehnte auch ich mich zurück und wartete auf den Start der Maschine. Leise rollte diese zur Startposition, um dann mit lautem Brummen zu starten. Als die Maschine beschleunigte, wünschten wir uns einen guten Flug und gaben uns wie immer einen Kuss. Xenia war kurz nach dem Start eingeschlafen. Ich hatte mein Tablet in der Hand um einige Video- Clips, die man aus den digitalen Speichern des „Unbekannten“ auslesen konnte, mir noch einmal anzusehen. Es waren wunderschöne Bilder vom Planeten des Orion. Auch dieser Planet war wie die Erde ein Wasserplanet. Er besaß üppige Wälder und

Seen. Die Seen und Meere schillerten in einem Blau, wie wir es auf der Erde ganz selten sehen. Dieses Blau kam von dem hellblauleuchtenden Schutzfeld, welches den Planeten umgab. In den Wäldern gab es seltsame Pflanzen, die zwar wunderschön, aber auch gefährlich aussahen. Einige Bäume ähnelten unseren Bäumen, die vor Millionen Jahren auf der Erde wuchsen. Die Vielfalt der Tiere und Tierrassen überstieg weit die der Erde. Bei einigen Tieren hatte man den Eindruck, dass sie sowohl im Körperbau als auch in den Farben designt wurden. Die Bewohner des Planeten waren groß und schlank und besaßen alle die großen gutmütigen Augen wie unser „Unbekannter“. Es schien keine unterschiedlichen Hautfarben zu geben, sondern alle besaßen eine leicht bläulich- schillernde Haut. Besonders auffällig war die Architektur auf dem Planeten. Exakt aufeinander abgestimmte sandfarbene Steinblöcke bildeten unterschiedliche Formen. Es erinnerte mich an die Reste von Bauten, die man in Peru, in Bolivien, auf den Osterinseln und weiteren Ländern der Erde gefunden hatte. Diese Steintechnologie hatten also die „Unbekannten“ mit auf die Erde gebracht. Nur der heutige Mensch kennt sie nicht mehr. Das Wissen, wie man aus Felsen riesige Steinblöcke wie mit einem Messer schneidet, diese über tausende Meter transportiert und dann noch zu extrem großen Gebäuden ohne Zement oder Kleber zusammensetzt, ging verloren. Das gleichmäßige Rauschen der Außenluft, die am Flugzeugkörper vorbei glitt und leise Musik, die ich hörte, ließen auch mich einschlafen. Als ich durch eine Ansage der Stewardess aufwachte, hielt ich immer noch das Tablet in der Hand. Das hatte sich automatisch abgeschaltet, um den Akku nicht zu belasten. Ich schaute zu Xenia, die immer noch schlief. In wenigen Stunden werden wir in Lima landen. Was werden wir dort erleben? Viele Artefakte, die man in der zweiten Höhle gefunden hatte, kannten wir noch nicht. Die Artefakte aus der dritten und vierten Höhle wurden gerade ausgewertet. Nicht alle Erkenntnisse, die die Wissenschaftler aus den digitalen Speichern auslesen konnten, hatte man der Öffentlichkeit mitgeteilt. Die wenigen Informationen, die man veröffentlichte, hatten jetzt schon für Unruhen in streng religiösen Ländern geführt. Nach Aussage von Ricardo sollen sich vollständige Unterlagen für moderne Wasserstofftechnologien darunter befinden. Ebenso hatte man detaillierte Zeichnungen und Unterlagen für die Anwendung von Antigravitation gefunden. Der Gürtel, den der „Unbekannte" trug und in dem ich einen Antigravitationsgürtel vermutete, war wirklich einer. Er stellte sich als noch funktionsfähig heraus. Ein Wissenschaftler war damit schon wenige Meter geflogen. In einigen Kristallen war die Geschichte des Planeten des Orion gespeichert. Was aber die Forscher besonders interessierte, war der Antrieb der Raumschiffe, mit denen sie die Unendlichkeit des Universums überwunden hatten und zu unserem Planeten gelangten. Viele

Darstellungen konnte man noch nicht deuten. Man erkannte nur ganz grob, dass die Unbekannten die unendlich starken Energiefelder des Universums für den Antrieb ihrer Raumschiffe nutzten und somit zur Erde gelangten. Wie sie die Raumzeit verkürzten, um in kurzer Zeit in unser Sonnensystem zu gelangen, war noch nicht erkannt. Ich lehnte mich zurück, schloss meine Augen und dachte an die nächsten Tage. Was wird uns in Peru erwarten? Kurze Zeit später muss ich eingeschlafen sein und erwachte erst, als Xenia mich mit ihrer Hand leicht berührte. „Du schnarchst“ sagte sie liebevoll und leise und gab mir einen Schmatz. „Ich habe gerade geträumt.“ „Was hast Du geträumt?“ fragte mich Xenia. „Wir waren lange Zeit auf dem Planeten des „Unbekannten. Es war wunderschön. Die Bewohner hatten aus den Fehlern und Kriegen der Vergangenheit gelernt. Mit ihren fortschrittlichen Technologien waren sie zunächst auf ihren Monden gelandet und hatten diese als natürliche Raumstationen und gleichzeitig als Industriekomplexe geformt. Ihr Planet war zum Paradies geworden. Später hatten sie die nähere Umgebung ihres Sonnensystems erkundet und waren in den interstellaren Raum geflogen. Sie lernten die Unterschiedlichkeit des Universums kennen und die verschiedenen Lebensformen, welche sich auf geeigneten Planeten gebildet hatten. Nicht alles Leben war friedlich und intelligent. Zum Glück konnten diese Lebensformen aufgrund ihrer geringen Intelligenz ihren Planeten nie verlassen. Als die „Unbekannten“ erkannten, dass ihr Fixstern in tausenden von Jahren explodieren würde und sie keinen „Schöpfer“ des Universums um Hilfe bitten können, weil es keinen gibt, suchten sie einen Planeten mit ähnlichen Lebensbedingungen und fanden irgendwann die Erde. Als wir auf dem Planeten des Orion waren und am Abend durch die wunderschönen Gärten und Parks spazierten, leuchteten uns drei Monde. Schade, dass wir nur einen Mond haben.“ „Na das war aber ein schöner Traum. Ich habe nichts geträumt, leider“, antwortete Xenia und schaute aus dem Fenster des Flugzeuges. Kurze Zeit später meldete sich der Flug- Kapitän. „Wir befinden uns im Landeanflug auf Lima. Bitte schnallen sie sich an. Vielen Dank.“ Die Nase der Maschine senkte sich leicht und wir verstauten unsere Tablets in unserem Handgepäck. Danach kuschelten wir uns aneinander und jeder ging seinen Gedanken nach.

Ankunft in Lima

Die Maschine setzte butterweich auf und rollte auf das Ankunfts- Terminal zu. Als wir auf unsere Koffer warteten, erschien plötzlich Suyana und ein Mitarbeiter des Ministeriums, den wir nicht kannten. Sie hatte einen großen Blumenstrauß in der Hand, lief lachend auf uns zu und umarmte uns Beide. Dann ließ sie uns los, wurde ernst und sagte ganz förmlich: „Ich begrüße sie im Namen der Republik Peru. Herzlich willkommen!“, gab Xenia den Blumenstrauß und mir einen leichten Kuss auf die Wange und lachte übers ganze Gesicht. In unseren Augen standen Tränen und wir drückten uns nochmal und nochmal. „Schön, dass Du uns abholst. Wir hatten gehofft, dass du kommst und nicht ein Mitarbeiter aus dem Ministerium, den wir nicht kennen.“ Das Kofferband begann sich zu drehen und wie ein Wunder gehörten unsere Koffer zu den Ersten auf dem Band. „Lasst uns durch den Diplomatenausgang gehen. Wir haben

Sonderrechte“ sagte Suyana. Kurze Zeit später saßen wir im Auto, das uns zu unserem Hotel fuhr. Wir redeten und redeten und unsere Gesichter glühten vor Wiedersehensfreude. „Es ist so schön, dass ihr wieder hier seid. Es gibt viel zu erzählen und ich hoffe, ihr könnt länger bleiben“ sagte Suyana. „Eine Überraschung habe ich noch für heute. Ramirez würde gern heute Abend mit Euch essen. Ich hoffe, ihr lehnt nicht ab?“ „Nein, nein“ sagten wir fast gleichzeitig und freuten uns, Ramirez rein privat wiederzusehen. „Morgen werden wir dann zur Eröffnung des neuen Museums fahren. Die nächsten Tage stehen Euch zum Austausch mit verschiedenen Wissenschaftsbereichen zur Verfügung. Und dann gibt es noch eine Überraschung, die aber Ramirez Euch selbst sagen möchte. Wenn es Euch recht ist, werde ich Euch in den nächsten Tagen begleiten und heute Abend mit Ricardo am Essen teilnehmen.“ Suyana war wieder ganz die ernste junge Frau, deren Ziel es war, uns so gut wie möglich zu betreuen.

Das Abendessen

Unser Hotel hatte sich nicht verändert. Wir bekamen sogar die gleiche Suite, die wir bewohnten, als wir zum ersten Mal in diesem Hotel waren. Der Wintergarten empfing uns mit seinen großen grünen Palmen und die Mitarbeiter begrüßten uns freundlich. Vielleicht hatten sie uns wiedererkannt. Suyana und Ricardo kamen uns im Foyer entgegen. Auch Ricardo umarmte uns und führte uns in den Wintergarten. Dort war ein großer Tisch für uns reserviert. Wir ließen uns in die eleganten Sessel im spanischen Stil fallen und genossen das kleine Paradies. „Ramirez kommt etwas später", sagte Ricardo. „Er bittet euch um Verständnis." Wir ließen uns vier Gläser Cachina bringen und hörten Suyana und Ricardo zu, als die Tür aufging und Ramirez mit seinen unauffälligen Begleitern den Wintergarten betrat. Er ging auf unseren Tisch zu und begrüßte Xenia mit einem flüchtigen Handkuss. Sie errötete leicht. Dann gab er mir die Hand und deutete eine Umarmung an. „Herzlich Willkommen. Ihr wisst ja gar nicht, was ihr mit eurem Fund angerichtet habt. Die ganze Welt spielt verrückt und ich habe kaum noch Zeit!“. Ramirez lachte und setzte sich zu uns. „Ich brauche erst einmal ein Bier, ein deutsches Bier“ und sah zu Ricardo, der dem Kellner ein Zeichen gab. „Ihr seht gut aus“ und meinte damit Xenia. „Wir freuen uns, dass ihr da seid. Es gibt soviel zu besprechen und so viele Neuigkeiten. Ihr werdet euch noch wundern, was wir alles entdeckt und in der Zwischenzeit auch verstanden haben. Leider konnten wir Euch nicht alles mitteilen, da viele Dinge über die Interessen von Peru hinausgehen und international erst noch geregelt werden müssen. Morgen werden wir das neue Museum eröffnen. Unsere Fachleute haben es geschafft, den „Unbekannten“ mit seinem Thron und seiner Höhle in das Museum zu transportieren und ihn an einem zentralen Platz zu präsentieren. Ihr werdet begeistert sein.“ Ramirez erzählte von den fast unlösbaren

Problemen bei der Stabilisierung und Ausgrabung der Höhle und beschrieb den Transport mit einem großen Lastenhubschrauber zum Museum in Lima. Gleichzeitig bekamen sie jeden Tag neue Erkenntnisse bei der Auswertung der digitalen Speicher. „Diese „Unbekannten“ haben uns Schätze an Wissen hinterlassen, was wir erst noch begreifen müssen und sie versprachen wieder auf die Erde zu kommen.“ Nach dem Abendessen erfuhren wir noch, wie der morgige Tag ablaufen wird. Wir waren Gäste des Staates Peru und sollten an der Seite des Präsidenten das Museum mit der Hauptattraktion eröffnen. Nach einem Rundgang werden wir in einer feierlichen Zeremonie vom Präsidenten mit einem hohen Orden ausgezeichnet. Anschließend erfolgt ein feierliches Essen. Das Peruanische Fernsehen und andere Medien werden die Eröffnung weltweit übertragen und uns zu einem Interview bitten. „Eine Überraschung aber habe ich heute schon für Euch. Der Staat Peru lädt Euch ein, alles das nachzuholen, was ihr beim letzten Urlaub nicht sehen konntet. Ihr werdet die Ballestas- Inseln als auch die Atakama-Wüstengebiete kennenlernen. Wir erlauben Euch schon jetzt Zugang zu den Ausgrabungen des Tunnelsystems von Nasca. Wenn ihr wollt, könnt ihr auch noch einmal über die Nasca-Linien fliegen und im Tiefflug Euch die neu entdeckten Scharrbilder ansehen. Wenn ihr nicht den „Unbekannten“ gefunden hättet, wären meine vergangenen Wochen deutlich ruhiger gewesen!“ Ramirez lachte übers ganze Gesicht und wir waren echt überrascht. Er sah uns unsere Ungläubigkeit an und rief: „Es ist die Wahrheit, ihr könnt solange in Peru bleiben, wie ihr wollt!“ Man sah ihm an, dass der Stress der letzten Tage von ihm abfiel. Er hob sein Glas und sagte: „Auf Euch!“ Wir schauten uns an und Xenia fragte mich:“ Ist es wahr oder träume ich?“ „Nein, es ist wahr“ sagte ich und gab ihr das Glas in die Hand. Wir stießen unsere Gläser zusammen, als ob wir einen Bund besiegeln. Ja, es war ein Bund. Ein Bund von

Freunden, die wir in Peru gefunden hatten. Der Abend ging sehr temperamentvoll zu Ende. Nachts fielen wir in unser Bett und hofften, dass unsere Smartphones uns rechtzeitig wecken.

Die Eröffnung

Unsere Smartphones hatten uns rechtzeitig geweckt. Das Frühstück war wie immer ein Genuss und wir warteten auf unser Auto, das uns zum neuen Museum bringen sollte. Xenia sah wunderbar aus. Sie trug ein weißes Spitzenkleid und hatte ihre Haare hochgesteckt, so dass lustige Haarbüschel zu sehen waren. Aber alles an ihr, auch ihr dezenter Schmuck, wirkte elegant. Ich hatte für mich einen hellgrauen Anzug ausgewählt mit einem etwas dunklerem Hemd und einer dezenten Krawatte. Der Anzug saß perfekt. So perfekt, dass ich nach dem üppigen Abendessen des gestrigen Tages leicht meinen Bauch einziehen musste. Eine dunkle Limousine fuhr vor das Hotel, aus der Suyana ausstieg. Wir umarmten uns und stiegen in das Auto. Leise rollte der Wagen durch Lima. Als ich mich umdrehte sah ich unsere zwei unsichtbaren Begleiter. Ich drückte Xenias Hand und fragte: „alles gut?“ Sie lächelte mich an und ich sah, wie schön sie war. Das Auto wurde langsamer und hielt vor einem großen Gebäude aus Glas. „Das ist unser neues Museum“, sagte stolz Suyana. Wir stiegen aus und ein Schwarm von Fotojournalisten stand uns gegenüber. „Wartet bitte einen kurzen Moment“ sagte Suyana und gab den Fotografen die Möglichkeit, uns, die Entdecker des „Unbekannten“, zu fotografieren. Danach liefen wir die große Treppe empor. Sie führte direkt zum Haupteingang des Museums. Rechts und links begrüßten uns Menschen und winkten uns zu. Wir winkten leicht zurück und betraten das Gebäude. Eine riesige elegante moderne lichtdurchflutete Halle empfing uns. Seitlich standen in Vitrinen wertvolle Artefakte aus der Zeit der Inkas und der Paracas. Ein langer hell erleuchteter Gang führte geradeaus zu einer größeren Halle. In dieser Halle konnte man einen mit Seidenstoff verhüllten größeren Quader erkennen. Ein uns unbekannter Mann, wahrscheinlich der Protokoll- Chef, kam uns entgegen und führte uns in einen links liegenden Saal, der bereits mit internationalen

Gästen gefüllt war. Als wir den Saal betraten, verstummte das Stimmengewirr und alle Anwesenden begrüßten uns mit einem leichten Beifall. Wir grüßten rechts und links zurück und folgten dem Protokoll- Chef in die vorderste Reihe. Dort angekommen, bat er uns in zwei eleganten Sesseln Platz zu nehmen. Auf dem Sessel neben Xenia stand auf einem kleinen Schild: „Presidente“. Xenia saß also direkt neben dem Präsidenten des Landes Peru. Als ein weicher Glockenton erklang, nahmen alle Gäste Platz. Die Türen wurden geschlossen und wir sahen wie eine Fernsehkamera auf eine seitliche Tür schwenkte. Vor uns war ein durchsichtiges Rednerpult aufgebaut. Links saß ein Streichquartett mit relativ jungen Musikern, die leise eine klassische Komposition spielten. In die Wand gegenüber hatte man einen großen LED- Schirm integriert, der leicht hellblau leuchtete und ein Symbol in der Mitte darstellte. Ein Symbol das mich an die Zeichen auf dem Hut des „Unbekannten“ erinnerte. Die Tür rechts ging auf und der Präsident des

Landes Peru betrat den Saal. Wir erhoben uns von den Plätzen und begrüßten den Präsidenten mit einem kurzen Beifall. Ruhig ging er zum Rednerpult, verbeugte sich vor den internationalen Gästen und sah uns an. „Sehr geehrte Gäste, meine Damen und Herren, heute weihen wir unser neues Museum ein. Es ist ein großartiges Museum geworden. Ein Museum, das wir uns seit Jahren gewünscht haben. Endlich können wir den Menschen, auch denen die unser Land besuchen, einen Großteil der Artefakte unserer Geschichte zeigen. Aber gebe es nicht diese Frau und ihren Mann aus Deutschland, wäre dieses Museum eines von vielen Museen. Sie aber haben es zu einer Einzigartigkeit in der Welt gemacht. Sie haben den „Unbekannten“ entdeckt und verantwortungsvoll unserem Land übergeben. Aber es ist nicht nur ein „Unbekannter“ aus einer anderen Welt. Sie, die „Unbekannten“ aus dem Sternbild des Orion, wollten schon einmal vor Millionen Jahren den Menschen auf der Erde ihr Wissen und ihre

Technologien schenken, zum Wohle der Menschen. Sie wollten, wie wir heute wissen, die Venus und den Mars zu weiteren lebenswerten Planeten machen und mit uns friedlich zusammenleben." Der Präsident hatte eine hervorragende Rede bekommen oder diese selbst geschrieben. Er plädierte für eine friedliche Welt, die wir mit dem Wissen des „Unbekannten" erreichen könnten. Dann kam er wieder auf den Anfang und auf uns zurück. Er bat uns zu sich und übergab uns einen der höchsten Auszeichnungen des Landes Peru. Nach dem Beifall bedankten wir uns beim Präsidenten und bei den wunderbaren Menschen, die wir in Peru kennengelernt hatten. Wir versprachen, uns weiterhin für die friedliche Anwendung des Wissens des „Unbekannten" einzusetzen, um so die Welt von der Unwissenheit und vom religiösen Fanatismus zu befreien.

Nachdem wir neben dem Präsidenten Platz genommen hatten, leuchtete die LED- Wand auf und zeigte die Phasen der Entdeckung und die Bergung des „Unbekannten." Dieser Film war wie eine Dokumentation, aber auch wie ein Krimi. Man konnte erkennen, dass die Bergung und der Transport des „Unbekannten" in das neue Museum nur von erfahrenen Fachleuten erfolgreich durchgeführt werden konnte, so groß waren die Hürden, die man überwinden musste. Am Ende des Filmes sah man im neuen Museum einen mit Stoff verhüllten Quader. Nach der langsamen Abblende erschien wieder der hellblaue Hintergrund mit dem unbekannten Symbol- Zeichen. Der Protokoll- Chef forderte die Anwesenden auf, zur feierlichen Übergabe des „Unbekannten" an das Museum in das Zentrum des Museums zu gehen. Alle verließen ruhig den Saal. Angekommen im Zentrum des Museums sahen wir einen lichtdurchfluteten gläsernen Raum, in dessen Mitte der Quader stand. Der Präsident bat Xenia zu sich nach vorn und übergab ihr eine Kordel, die zum Seidenstoff des Quaders führte und sich dort verteilte. Im Raum hörte man den Anfang der Klangfläche, die man dem Video- Clip des „Unbekannten“ entnommen hatte. Als die Töne immer leiser wurden, sagte der Präsident: „„Sehr geehrte Gäste, meine Damen und Herren, wir stehen heute an einer neuen Epoche der Menschheitsgeschichte. In den nächsten Jahrzehnten wird sich unsere Erde zu einer friedlichen Welt verändern. Wir stehen vor einem Denkmal, welches Millionen von Jahren alt ist und deren Inhalt uns von Lebewesen aus einer anderen Galaxie geschenkt wurde. Vergessen wir nicht, dass es unsere Pflicht sein wird, diese Botschaft allen Menschen zugänglich zu machen und unsere Erde in ein friedliches Paradies zu verwandeln. Sie wollten es schon vor Millionen Jahren gemeinsam mit uns Menschen tun, aber das Universum zerstörte ihre Absicht. In ihrem Untergang haben sie für die neuen Menschen der Erde diese Botschaft hinterlassen, die wir verstanden haben und die wir mit allen Menschen dieser Erde erfolgreich umsetzen werden. Ich bitte jetzt die Frau, der wir diesen

Fund zu verdanken haben, um die Enthüllung des „Unbekannten." Für eine friedliche Welt!" Erneut hörte man die Klangfläche und der mit Seidenstoff umhüllte Quader wurde in farbiges Licht getaucht. Xenia zögerte einen Moment. Sie sah mich an und ich sah ihre feuchten Augen. „Tue es" rief ich ihr leise zu und sie zog an der goldfarbenen Kordel. Wie von einer höheren Macht bewegt rutschte der Seidenstoff mit einem Rascheln langsam nach unten und die Höhle des „Unbekannten" erstrahlte in der Helligkeit von hunderten Lichtquellen. Ein lautes Raunen ging durch die Halle und brach sich an den gläsernen Wänden. Darauf folgte eine Symphonie, gestaltet aus den Ausrufen der Menschen und den Klatschen ihrer Hände. Er, der „Unbekannte" saß auf seinem Thron. Das Licht erhellte sein Gesicht und man sah seine leicht- bläulich glitzernde Haut. Sein Anzug, den wir nur in der Höhle unter geringem Licht sehen konnten, schillerte leicht metallisch in allen Farben. Seine hellblauen gutmütigen Augen sahen uns an als wollte er sagen:

„Endlich habt ihr mich gefunden!“ Durch das Licht glänzten die drei Sterne des Orion auf seiner Brust noch mehr. Irgendwie war dieser „Unbekannte“ uns so nah, aber gleichzeitig auch so fern. Xenia stand ganz eng vor mir und wir betrachteten Beide die Höhle, in der wir ihn zum ersten Mal gesehen hatten. Zugern wären wir einer Einladung gefolgt, mit ihm gemeinsam seinen Heimatplaneten im Sternbild des Orion zu besuchen. Allein deshalb, um nachts die drei Monde zu betrachten. Aber auch alles andere an diesem Planeten zog uns an. Würden wir Menschen die Erde so gestalten können, wie die Bewohner ihren Planeten? Um uns herum waren die Anwesenden ruhig geworden und betrachteten tief bewegt das Wesen aus einer anderen Welt. Zugern hätten wir ihre Gedanken gelesen, zu gern ihre Wünsche erfahren. In unseren Gedanken versunken wurde ich leicht an der Schulter berührt. Der Protokoll- Chef bat uns zum gemeinsamen Essen mit dem Präsidenten. Uns fehlte Suyana und wir waren froh, als wir sie im Restaurant entdeckten. Sie winkte uns leicht zu und wendete sich wieder ihrem Gesprächspartner zu. Xenia wurde direkt neben dem Präsidenten Perus platziert und musste ihm unsere Geschichte, wie wir den „Unbekannten“ fanden, erzählen. Neben mir saß Ramirez und teilt mir mit, dass man in der UN über eine internationale Kommission nachdenkt, die die Erkenntnisse und wissenschaftlichen Ergebnisse aus den digitalen Speichern des „Unbekannten“ für die Erde umsetzen soll. Es würde zwar Jahrzehnte, wenn nicht Jahrhunderte dauern, bis die Erde so sein wird wie der fremde Planet des Orion, aber es sollte unsere Zukunft sein. Auch Ramirez war von den Bildern begeistert und wünschte sich genauso wie wir einen Flug zu diesem Planeten. „Leider werde ich es nicht mehr erleben. Aber meine Enkel oder Urenkel haben, wenn wir alles richtig machen, vielleicht schon die Möglichkeit zum Orion zu fliegen.“ „Oder die „Unbekannten“ besuchen uns schon vorher“, sagte ich. „Das glaube ich nicht, denn dann wären sie schon da oder würden uns ein

Zeichen geben, dass sie bald kommen. Aber alles Suchen nach fremden Leben in den Galaxien war bisher ergebnislos“ antwortete Ramirez.

Die folgenden Stunden füllten Interviews mit TV- Sendern, Gespräche mit Wissenschaftlern und speziell mit Archäologen aus, die an den Ausgrabungen der Tunnel, welche unter dem Hochplateau von Nasca liegen, arbeiteten. Wir bedankten uns bei den Arbeitern und Ingenieuren, die „unseren Unbekannten“ so perfekt aus seiner Einsamkeit gerettet hatten und in dieses Museum brachten. Am späten Abend fielen wir im wahrsten Sinne nach diesem anstrengenden Tag in unser Bett. Ich gab Xenia einen Gute Nacht- Kuss und wir rollten uns in unsere Einschlafstellung. „Wie wird unser Leben weitergehen. Es hat sich in kurzer Zeit soviel geändert“, dachte ich und schlief Sekunden später tief und fest.

Es folgten Tage voller interessanter Begegnungen. Ramirez hatte seinen

Mitarbeitern mitgeteilt, uns alle Artefakte und die Inhalte der digitalen Speicher zu zeigen. Wir sahen Dinge, die der Öffentlichkeit noch nicht zugänglich waren und die man erst langsam bekannt geben wollte. Man befürchtete einen zu schnellen Zusammenbruch der Religionen und damit große Unruhen auf der Erde. Wir trafen uns mit internationalen, aber auch mit deutschen Wissenschaftlern, die sich bei uns bedankten und lernten phantastische Menschen kennen, die unabhängig von Herkunft und Hautfarbe das gleiche Ziel wie wir hatten: eine friedliche und für alle Menschen lebenswerte Erde.

In den anschließenden Wochen holten wir unsere verpassten Reiseziele nach und erlebten Peru nochmal neu. Wir flogen mit einem Schnellboot über das Meer zu den Ballestas- Inseln. Im Wüstensand der Atacama-Wüste sahen wir Skelette von Walen und anderen Meerestieren. Wir drangen tief in die Tunnel und Höhlen von Nasca ein und sahen aus der Luft neue Geoglyphen und Reihen von Wasserlöchern, auch Puquios genannt. Wir wissen jetzt, dass im Gebiet von Nasca ein riesiges unterirdisches Kanalnetz existiert, deren Alter man auf tausende von Jahren vor unserer Zeitrechnung schätzt und, und, und.

Als wir wieder in Lima in unserem Hotel eintrafen, setzten wir uns in unseren geliebten Wintergarten und bestellten einen Cachina und einen Cappuccino. Aus der Hotelhalle hatte ich mir eine deutsche Zeitung mitgebracht und begann diese zu lesen. Neben den aktuellen Meldungen über politische und soziale Probleme in Deutschland erweckte ein kleiner Artikel meine Aufmerksamkeit. Ein interstellares Objekt war innerhalb unseres Sonnensystems beobachtet wurde. Dieses Objekt wurde „Oumuamua" genannt. Aufgrund seiner Bahneigenschaften konnte man die genaue Herkunft von „Oumuamua" nicht feststellen. Mit großer Wahrscheinlichkeit kam es aus einem fremden Sternensystem. Man weiß weiterhin, dass es nichtgravitative Einflüsse zeigte, was so viel heißt wie: es fliegt mit eigenem Antrieb. „Oumuamua“ hat zwar unser Sonnensystem wieder verlassen, aber ein Symbol in Richtung des Sternbildes Orion gezeichnet.

Es war das Symbol, welches am Hut oder am Anfang des Video- Clips des „Unbekannten zu sehen war.“

Also leben sie! Wann werden sie kommen?

Weitere Bücher:

Jochen Peter Ihle – Benjamin Alexander Ihle

„Gedichte und Gedanken von Vater & Sohn“

Wie unterschiedlich Gedichte und Gedanken in verschiedenen Lebensphasen sein können, soll dieses kleine Buch dem Leser zeigen. Es sind Erinnerungen und Gedanken über das Leben und über die Liebe zwischen Mann und Frau aus Sicht eines jungen und eines älteren Mannes. Erinnerungen und Gefühle, Liebe und Schmerz schrieben diese Worte. ISBN 97815220905174

Jochen Peter Ihle

„Cayla“ – Ein Kriminalroman

Cayla, eine junge Studentin der Humanbiologie, verliebt sich in ihren Professor und entdeckt später als Wissenschaftlerin ein Enzym, das die Alterung der Körperzellen verzögert und damit das Leben der Menschen verlängern kann. Die Pharmaindustrie versucht dieses Forschungsprojekt zu stoppen und schreckt noch nicht einmal vor einem Mord zurück. Bringt Cayla das Projekt erfolgreich zum Abschluss? Liebe, Sehnsucht, Erfolg und Verbrechen prägen diesen Roman. ISBN 9781521733257

32707165R00268

Printed in Poland
by Amazon Fulfillment
Poland Sp. z o.o., Wrocław